I0730300

The Wonderful Wizard of Oz
El mago de Oz

L. Frank Baum

The Wonderful Wizard of Oz
El mago de Oz

Texto paralelo bilingüe
Bilingual edition

Inglés - Español
English - Spanish

texto en español, traducido del inglés por Santiago M. Villafañe

ROSETTA EDU

Título original: *The Wonderful Wizard of Oz*

Primera publicación: 1900

Rosetta Edu Ltd.
© 2025 para la traducción al español: Santiago M. Villafañe.

All rights reserved.

Quedan prohibidos, dentro de los límites establecidos en la ley y bajo
los apercibimientos legalmente provistos, la reproducción total o
parcial de esta obra por cualquier medio o procedimiento, ya sea elec-
trónico o mecánico, el tratamiento informático, el alquiler o cualquier
otra forma de cesión de la obra sin la autorización previa y por escrito
de los titulares del *copyright*.

Primera edición: Septiembre 2025

Publicado por Rosetta Edu
Londres, septiembre 2025
www.rosettaedu.com

ISBN: 978-1-83647-136-3

Rosetta Edu
Ediciones bilingües

Páginas enfrentadas
Páginas enfrentadas con la traducción y texto de origen
en libros impresos.

Párrafos alineados
Los párrafos alineados entre los dos idiomas facilitan la
comparación y la comprensión, ahorrando la necesidad
de referirse constantemente al diccionario.

Integridad y fidelidad
Traducciones íntegras, fieles y no abreviadas del texto de
origen.

Cuidado del vocabulario
Traducciones especiales para ediciones bilingües, con
especial cuidado por la hegemonía de vocabulario utili-
zando glosarios en el proceso de traducción.

Contexto educativo
Ediciones enfocadas a estudiantes intermedios y avanza-
dos del idioma de origen o del español en libros coleccio-
nables y aptos para el contexto educativo.

INDICE

INTRODUCTION

Folklore, legends, myths and fairy tales have followed childhood through the ages, for every healthy youngster has a wholesome and instinctive love for stories fantastic, marvelous and manifestly unreal. The winged fairies of Grimm and Andersen have brought more happiness to childish hearts than all other human creations.

Yet the old time fairy tale, having served for generations, may now be classed as "historical" in the children's library; for the time has come for a series of newer "wonder tales" in which the stereotyped genie, dwarf and fairy are eliminated, together with all the horrible and blood-curdling incidents devised by their authors to point a fearsome moral to each tale. Modern education includes morality; therefore the modern child seeks only entertainment in its wonder tales and gladly dispenses with all disagreeable incident.

Having this thought in mind, the story of "The Wonderful Wizard of Oz" was written solely to please children of today. It aspires to being a modernized fairy tale, in which the wonderment and joy are retained and the heartaches and nightmares are left out.

L. Frank Baum
Chicago, April, 1900.

INTRODUCCIÓN

Tanto el folclore, como las leyendas, los mitos y los cuentos de hadas fueron compañía para los niños a través de los años, pues todos los jóvenes sanos tienen un amor beneficioso e instintivo por las historias fantasiosas, maravillosas y explícitamente irreales. Las hadas aladas de los hermanos Grimm y de Andersen alegraron más corazones infantiles que cualquier otra creación humana.

Aun así, el antiguo cuento de hadas, habiendo servido por generaciones, puede ahora clasificarse como «anticuado» en la literatura infantil; porque llegó el momento de que una nueva serie de «cuentos maravillosos» en la que se eliminen los genios, los enanos y las hadas estereotipados, junto con todos los horribles incidentes que hielan la sangre y que los autores diseñaron para agregarle una moraleja temible a cada cuento. La educación moderna incluye la moral; por lo tanto, los jóvenes modernos solo buscan entretenimiento en sus cuentos maravillosos y con gusto se deshacen de todos los incidentes desagradables.

Teniendo esta reflexión en mente, el cuento de *El maravilloso mago de Oz* se escribió con el único propósito de complacer a los niños del presente. Intenta ser un cuento de hadas moderno, en el que la maravilla y la alegría se conservan y las penurias y pesadillas se desechan.

L. Frank Baum
Chicago, abril de 1900.

THE WONDERFUL WIZARD OF OZ

CHAPTER I — THE CYCLONE

Dorothy lived in the midst of the great Kansas prairies, with Uncle Henry, who was a farmer, and Aunt Em, who was the farmer's wife. Their house was small, for the lumber to build it had to be carried by wagon many miles. There were four walls, a floor and a roof, which made one room; and this room contained a rusty looking cookstove, a cupboard for the dishes, a table, three or four chairs, and the beds. Uncle Henry and Aunt Em had a big bed in one corner, and Dorothy a little bed in another corner. There was no garret at all, and no cellar— except a small hole dug in the ground, called a cyclone cellar, where the family could go in case one of those great whirlwinds arose, mighty enough to crush any building in its path. It was reached by a trap door in the middle of the floor, from which a ladder led down into the small, dark hole.

When Dorothy stood in the doorway and looked around, she could see nothing but the great gray prairie on every side. Not a tree nor a house broke the broad sweep of flat country that reached to the edge of the sky in all directions. The sun had baked the plowed land into a gray mass, with little cracks running through it. Even the grass was not green, for the sun had burned the tops of the long blades until they were the same gray color to be seen everywhere. Once the house had been painted, but the sun blistered the paint and the rains washed it away, and now the house was as dull and gray as everything else.

When Aunt Em came there to live she was a young, pretty wife. The sun and wind had changed her, too. They had taken the sparkle from her eyes and left them a sober gray; they had taken the red from her cheeks and lips, and they were gray also. She was thin and gaunt, and never smiled now. When Dorothy, who was an orphan, first came to her, Aunt Em had been so startled by the child's laughter that she would scream and press her hand upon her heart whenever Dorothy's merry voice reached her ears; and she still looked at the little girl with wonder that she could find anything to laugh at.

EL MARAVILLOSO MAGO DE OZ

CAPÍTULO I — EL HURACÁN

Dorothy vivía en medio de las grandes llanuras de Kansas, con el tío Henry, un granjero, y con la tía Em, la esposa del granjero. Su casa era pequeña porque a la madera necesaria para construirla había que traerla en carro por varios kilómetros. Era de cuatro paredes, con un piso y con un techo, todo lo cual constituía una sola habitación, y en esta habitación había una cocina de apariencia herrumbrosa, una alacena para los platos, una mesa, tres o cuatro sillas y las camas. El tío Henry y la tía Em tenían una cama grande en una esquina y, Dorothy, una pequeña en otra esquina. No había ningún ático ni ningún sótano, a excepción de un pequeño pozo cavado en el suelo, llamado el «sótano para huracanes», a donde la familia podía ir para refugiarse en caso de que se desatara alguno de esos grandes torbellinos con el poder suficiente para aplastar cualquier edificio que se le interpusiera en el camino. Para entrar en él, se bajaba a través de una trampilla en el medio del suelo, por una escalera que conducía al pequeño pozo negro.

Cuando Dorothy se paró en la puerta y miró en rededor, no pudo ver nada salvo la gran llanura gris por todos lados. Ningún árbol ni ninguna casa rompían la vasta planicie de campo que se extendía en todas las direcciones hasta tocar el cielo. La luz del sol había quemado la tierra arada y la había transformado en una masa gris atravesada por pequeños surcos. Ni siquiera el césped era verde, pues el sol había quemado las puntas de las largas hojas hasta que se volvieron del mismo gris que se extendía por todas partes. La casa supo estar pintada alguna vez, pero el sol había resecado la pintura y las lluvias se la llevaron; ahora la casa era tan gris y deslucida como todo lo demás.

Cuando la tía Em se había ido a vivir ahí, era una esposa linda y joven. El sol y el viento también la cambiaron. Le quitaron el brillo de los ojos y se lo reemplazaron por un gris sobrio; le quitaron el rubor de los labios y de los cachetes y también los dejaron grises. Era pálida y demacrada y ya no sonreía nunca. Cuando Dorothy, quien quedó huérfana, se había ido a vivir con ella, la tía Em se sorprendía tanto por la risa de la niña que soltaba un grito y se llevaba las manos al corazón cada vez que la alegre voz de Dorothy le entraba por los oídos, y todavía la miraba con extrañamiento cada vez que la niña encontraba algo de qué reírse.

Uncle Henry never laughed. He worked hard from morning till night and did not know what joy was. He was gray also, from his long beard to his rough boots, and he looked stern and solemn, and rarely spoke.

It was Toto that made Dorothy laugh, and saved her from growing as gray as her other surroundings. Toto was not gray; he was a little black dog, with long silky hair and small black eyes that twinkled merrily on either side of his funny, wee nose. Toto played all day long, and Dorothy played with him, and loved him dearly.

Today, however, they were not playing. Uncle Henry sat upon the doorstep and looked anxiously at the sky, which was even grayer than usual. Dorothy stood in the door with Toto in her arms, and looked at the sky too. Aunt Em was washing the dishes.

From the far north they heard a low wail of the wind, and Uncle Henry and Dorothy could see where the long grass bowed in waves before the coming storm. There now came a sharp whistling in the air from the south, and as they turned their eyes that way they saw ripples in the grass coming from that direction also.

Suddenly Uncle Henry stood up.

"There's a cyclone coming, Em," he called to his wife. "I'll go look after the stock." Then he ran toward the sheds where the cows and horses were kept.

Aunt Em dropped her work and came to the door. One glance told her of the danger close at hand.

"Quick, Dorothy!" she screamed. "Run for the cellar!"

Toto jumped out of Dorothy's arms and hid under the bed, and the girl started to get him. Aunt Em, badly frightened, threw open the trap door in the floor and climbed down the ladder into the small, dark hole. Dorothy caught Toto at last and started to follow her aunt. When she was halfway across the room there came a great shriek from the wind, and the house shook so hard that she lost her footing and sat down suddenly upon the floor.

El tío Henry nunca se reía. Trabajaba duro de amanecer a anochecer y desconocía qué era la alegría. También era grisáceo, desde la barba larga hasta las botas desgastadas; su apariencia era severa y solemne y siquiera apenas hablaba.

Era Toto quien causaba las risas de Dorothy y quien evitaba que Dorothy se contagiara con el gris del entorno. Toto no era gris, sino un perrito negro con cabello largo y sedoso y con ojitos negros que brillaban llenos de alegría a cada lado del hociquito gracioso. Toto jugaba todo el día, Dorothy jugaba con él y lo quería con toda su alma.

Sin embargo, hoy no jugaban. El tío Henry se sentó en el umbral de la puerta y miró inquieto el cielo, que estaba más gris de lo que solía estar. Dorothy estaba parada en la puerta con Toto en los brazos y también miraba el cielo. La tía Em lavaba los platos.

Desde el norte lejano escucharon al viento rugir gravemente y el tío Henry y Dorothy podían ver cómo los pastos se inclinaban ante la llegada de la tormenta. Luego llegó desde el sur un silbido agudo del viento y, mientras giraban las cabezas, vieron que los pastos también ondeaban desde esa dirección.

El tío Henry se levantó de golpe.

—Se aproxima un huracán, Em —le avisó a la esposa—. Voy a revisar el ganado. —Entonces se fue corriendo hacia los establos donde guardaban las vacas y los caballos.

La tía Em dejó de lavar los platos y se asomó por la puerta. Con una sola mirada comprendió el peligro que se les cernía.

—¡Rápido, Dorothy! —gritó—. ¡Corre al sótano!

Toto saltó de los brazos de Dorothy y se escondió bajo la cama, y la niña fue tras él. La tía Em, llena de temor, abrió de un portazo la trampilla en el piso y bajó por la escalera hasta el pequeño pozo negro. Dorothy atrapó por fin a Toto y empezó a seguir a su tía. Cuando hubo atravesado la mitad de la habitación, el viento pegó un bramido y la casa se sacudió con tanta fuerza que Dorothy perdió el equilibrio y se tuvo que sentar en el suelo.

Then a strange thing happened.

The house whirled around two or three times and rose slowly through the air. Dorothy felt as if she were going up in a balloon.

The north and south winds met where the house stood, and made it the exact center of the cyclone. In the middle of a cyclone the air is generally still, but the great pressure of the wind on every side of the house raised it up higher and higher, until it was at the very top of the cyclone; and there it remained and was carried miles and miles away as easily as you could carry a feather.

It was very dark, and the wind howled horribly around her, but Dorothy found she was riding quite easily. After the first few whirls around, and one other time when the house tipped badly, she felt as if she were being rocked gently, like a baby in a cradle.

Toto did not like it. He ran about the room, now here, now there, barking loudly; but Dorothy sat quite still on the floor and waited to see what would happen.

Once Toto got too near the open trap door, and fell in; and at first the little girl thought she had lost him. But soon she saw one of his ears sticking up through the hole, for the strong pressure of the air was keeping him up so that he could not fall. She crept to the hole, caught Toto by the ear, and dragged him into the room again, afterward closing the trap door so that no more accidents could happen.

Hour after hour passed away, and slowly Dorothy got over her fright; but she felt quite lonely, and the wind shrieked so loudly all about her that she nearly became deaf. At first she had wondered if she would be dashed to pieces when the house fell again; but as the hours passed and nothing terrible happened, she stopped worrying and resolved to wait calmly and see what the future would bring. At last she crawled over the swaying floor to her bed, and lay down upon it; and Toto followed and lay down beside her.

In spite of the swaying of the house and the wailing of the wind, Dorothy soon closed her eyes and fell fast asleep.

Luego sucedió algo extraño.

La casa rotó dos o tres veces y se elevó despacio por los aires. Dorothy sintió como si se estuviera elevando en un globo aerostático.

Los vientos del norte y del sur se encontraron donde la casa se asentaba e hicieron de ese sitio el centro exacto del huracán. En el ojo de los huracanes, el aire suele ser tranquilo, pero la intensa presión que el viento ejercía sobre cada lado de la casa la hizo subir más y más hasta llegar a la cima del huracán, y allí permaneció y viajó por varios kilómetros, como una pluma arrastrada por el viento.

Estaba muy oscuro y el viento rugía con fiereza alrededor de ella, pero Dorothy se dio cuenta de que se desplazaba sin problemas. Después de los primeros giros y una vez más en la que la casa se sacudió con fuerza, sintió como si la estuvieran meciendo con suavidad, como a un bebé en la cuna.

A Toto no le gustaba. Corría por la habitación, por aquí y por allá, ladrando fuerte, pero Dorothy se sentó muy quieta en el suelo y esperó a ver qué sucedería.

En un momento Toto se acercó mucho a la trampilla abierta y se cayó; y lo primero que pensó la niña fue que lo había perdido. No obstante, pronto vio una de las orejitas asomándose por el vano de la puerta porque la presión intensa del aire lo mantenía a flote y no podía caerse. Se arrastró al agujero, agarró a Toto de la oreja y lo metió a rastras en la habitación de vuelta, y por último cerró la trampilla para que no pudieran suceder nuevos incidentes.

Pasaban las horas y poco a poco Dorothy superó el pánico, pero se sintió muy sola y el viento aullaba con tanta fuerza alrededor de ella que casi se queda sorda. Primero se preguntó si se haría trizas cuando la casa cayera de nuevo, pero a medida que transcurrían las horas y no sucedía nada terrible, dejó de preocuparse y decidió esperar con calma a ver qué le depararía el futuro. Por último, se arrastró por el piso tambaleante hasta su cama y se recostó; Toto la siguió y se recostó con ella.

A pesar de las sacudidas de la casa y de los rugidos del viento, Dorothy pronto cerró los ojos y se durmió como una marmota.

CHAPTER II — THE COUNCIL WITH THE MUNCHKINS

She was awakened by a shock, so sudden and severe that if Dorothy had not been lying on the soft bed she might have been hurt. As it was, the jar made her catch her breath and wonder what had happened; and Toto put his cold little nose into her face and whined dismally. Dorothy sat up and noticed that the house was not moving; nor was it dark, for the bright sunshine came in at the window, flooding the little room. She sprang from her bed and with Toto at her heels ran and opened the door.

The little girl gave a cry of amazement and looked about her, her eyes growing bigger and bigger at the wonderful sights she saw.

The cyclone had set the house down very gently—for a cyclone—in the midst of a country of marvelous beauty. There were lovely patches of greensward all about, with stately trees bearing rich and luscious fruits. Banks of gorgeous flowers were on every hand, and birds with rare and brilliant plumage sang and fluttered in the trees and bushes. A little way off was a small brook, rushing and sparkling along between green banks, and murmuring in a voice very grateful to a little girl who had lived so long on the dry, gray prairies.

While she stood looking eagerly at the strange and beautiful sights, she noticed coming toward her a group of the queerest people she had ever seen. They were not as big as the grown folk she had always been used to; but neither were they very small. In fact, they seemed about as tall as Dorothy, who was a well-grown child for her age, although they were, so far as looks go, many years older.

Three were men and one a woman, and all were oddly dressed. They wore round hats that rose to a small point a foot above their heads, with little bells around the brims that tinkled sweetly as they moved. The hats of the men were blue; the little woman's hat was white, and she wore a white gown that hung in pleats from her shoulders. Over it were sprinkled little stars that glistened in the sun like diamonds. The men were dressed in blue, of the same shade as their hats, and wore well-polished boots with a deep roll of blue at the tops.

Dorothy se despertó con una sacudida tan fuerte y repentina que, si no hubiese estado recostada en la suavidad de su cama, podría haberse herido. Así y todo, el choque le hizo dar un respingo y preguntarse qué había sucedido y Toto le puso el hocico frío en la cara y se quejó asustado. Dorothy se sentó y se dio cuenta de que la casa no se movía y de que tampoco estaba oscuro porque el sol entraba por la ventana e inundaba la habitación. Bajó de la cama dando un salto y, con Toto siguiéndola a los tobillos, corrió a abrir la puerta.

Soltó un grito de sorpresa y miró alrededor con los ojos cada vez más abiertos por las maravillas que contemplaba.

El huracán había dejado la casa muy suavemente (para ser un huracán) en el medio de una tierra de espectaculares bellezas. El verde brotaba de pastos tiernos por todas partes, con impresionantes árboles cargados de frutas tentadoras y deliciosas. En ambos lados, crecían montones de flores magníficas y unas aves de plumajes raros y brillantes cantaban y revoloteaban entre los árboles y arbustos. Un poco más allá, corría un arroyito brillante que atravesaba las orillas verdes y que con un murmullo gentil le cantaba a una niña agradecida que por tanto tiempo vivió en las áridas llanuras grises.

Mientras ella estaba parada, viendo emocionada el hermoso paisaje desconocido, notó que se le acercaba un grupo con las personas más extrañas que nunca antes había visto. No eran tan grandes como las personas típicas a las que estaba acostumbrada a ver, pero tampoco eran muy pequeñas. De hecho, parecían ser igual de altas que Dorothy, quien era bastante grande para su edad, aunque, por lo que se podía ver, eran mayores que ella.

Eran tres hombres y una mujer y todos vestían atuendos muy particulares. Usaban sombreros redondos de treinta centímetros de alto, con una bolita en la punta y cintas de pequeños cascabeles que sonaban con suavidad cuando se movían. Los sombreros de los hombres eran azules; el de la mujercita, blanco; ella además usaba un vestido blanco que caía en pliegues desde los hombros. Lo decoraban estrellitas que brillaban bajo el sol como diamantes. Los hombres vestían un azul del mismo tono que los sombreros y calzaban botas bien lustrosas y con pliegues

The men, Dorothy thought, were about as old as Uncle Henry, for two of them had beards. But the little woman was doubtless much older. Her face was covered with wrinkles, her hair was nearly white, and she walked rather stiffly.

When these people drew near the house where Dorothy was standing in the doorway, they paused and whispered among themselves, as if afraid to come farther. But the little old woman walked up to Dorothy, made a low bow and said, in a sweet voice:

"You are welcome, most noble Sorceress, to the land of the Munchkins. We are so grateful to you for having killed the Wicked Witch of the East, and for setting our people free from bondage."

Dorothy listened to this speech with wonder. What could the little woman possibly mean by calling her a sorceress, and saying she had killed the Wicked Witch of the East? Dorothy was an innocent, harmless little girl, who had been carried by a cyclone many miles from home; and she had never killed anything in all her life.

But the little woman evidently expected her to answer; so Dorothy said, with hesitation, "You are very kind, but there must be some mistake. I have not killed anything."

"Your house did, anyway," replied the little old woman, with a laugh, "and that is the same thing. See!" she continued, pointing to the corner of the house. "There are her two feet, still sticking out from under a block of wood."

Dorothy looked, and gave a little cry of fright. There, indeed, just under the corner of the great beam the house rested on, two feet were sticking out, shod in silver shoes with pointed toes.

"Oh, dear! Oh, dear!" cried Dorothy, clasping her hands together in dismay. "The house must have fallen on her. Whatever shall we do?"

"There is nothing to be done," said the little woman calmly.

"But who was she?" asked Dorothy.

azules al final de las cañas. Dorothy pensó que los hombres eran igual de ancianos que el tío Henry porque tenían barbas. No obstante, la mujercita era sin lugar a dudas mucho mayor. Las arrugas le cubrían el rostro, el cabello era casi blanco y caminaba con dificultad.

Cuando se acercaron a la casa en cuya puerta Dorothy estaba parada, se detuvieron y susurraron entre ellos, como si temieran acercarse más. Pero la viejita se adelantó hacia Dorothy, hizo una reverencia y dijo con voz suave:

—Bienvenida seas, nobilísima hechicera, al país de los munchkins. Te estamos muy agradecidos por acabar con la Bruja Malvada del Este y por librar nuestro pueblo de sus cadenas.

Dorothy la escuchó con extrañeza. «¿A qué se podría estar refiriendo esta mujercita llamándola hechicera y afirmando que mató a la Bruja Malvada del Este?». Dorothy era una niñita inocente e inofensiva a quien el huracán había alejado de su hogar por varios kilómetros y nunca había matado a nadie en su vida.

No obstante, estaba claro que esperaba una respuesta, así que Dorothy respondió llena de dudas: «Es muy amable, pero debe de haber algún error. Yo no maté a nadie».

—De todos modos; tu casa, sí —contestó la mujercita con una risa—, y es lo mismo. ¡Mira! —añadió, mientras señalaba la esquina de la casa—. Ahí están las dos piernas asomándose por debajo de un bloque de madera.

Dorothy miró y pegó un grito del susto. Era cierto, justo debajo de la esquina del gran tronco sobre el que reposaba la casa, se asomaban dos piernas con unos puntiagudos zapatos plateados.

—¡Ay, no!, ¡ay, no! —exclamó Dorothy desesperada y juntando las manos—. De seguro la casa aterrizó sobre ella. ¿Qué iremos a hacer?

—No hay nada que se pueda hacer —dijo tranquila la mujercita.

—Pero ¿quién era? —preguntó Dorothy.

"She was the Wicked Witch of the East, as I said," answered the little woman. "She has held all the Munchkins in bondage for many years, making them slave for her night and day. Now they are all set free, and are grateful to you for the favor."

"Who are the Munchkins?" inquired Dorothy.

"They are the people who live in this land of the East where the Wicked Witch ruled."

"Are you a Munchkin?" asked Dorothy.

"No, but I am their friend, although I live in the land of the North. When they saw the Witch of the East was dead the Munchkins sent a swift messenger to me, and I came at once. I am the Witch of the North."

"Oh, gracious!" cried Dorothy. "Are you a real witch?"

"Yes, indeed," answered the little woman. "But I am a good witch, and the people love me. I am not as powerful as the Wicked Witch was who ruled here, or I should have set the people free myself."

"But I thought all witches were wicked," said the girl, who was half frightened at facing a real witch.

"Oh, no, that is a great mistake. There were only four witches in all the Land of Oz, and two of them, those who live in the North and the South, are good witches. I know this is true, for I am one of them myself, and cannot be mistaken. Those who dwelt in the East and the West were, indeed, wicked witches; but now that you have killed one of them, there is but one Wicked Witch in all the Land of Oz—the one who lives in the West."

"But," said Dorothy, after a moment's thought, "Aunt Em has told me that the witches were all dead—years and years ago."

"Who is Aunt Em?" inquired the little old woman.

"She is my aunt who lives in Kansas, where I came from."

—Como dije, era la Bruja Malvada del Este —respondió la mujercita—. Oprimió a los munchkins por muchos años y los hizo sus esclavos de por vida. Ahora son libres y te agradecen el favor.

—¿Quiénes son los munchkins? —preguntó Dorothy.

—Son las personas que viven en el País del Este, en donde la Bruja Malvada del Este gobernaba.

—¿Es usted una de los munchkins? —preguntó Dorothy.

—No, pero soy su amiga, a pesar de que vivo en el País del Norte. Al ver que la Bruja Malvada había muerto, me mandaron un mensajero veloz y vine de inmediato. Soy la Bruja del Norte.

—¡Por todos los cielos! —exclamó Dorothy—. ¿Es una bruja de verdad?

—Así es —respondió la Bruja—. Pero soy una bruja buena y la gente me quiere. No soy tan poderosa como lo era la Bruja Malvada que gobernaba aquí, sino hubiera sido yo quien librara a las personas.

—Pero yo creía que todas las brujas eran malvadas —dijo Dorothy un poco asustada por estar ante una bruja verdadera.

—Ay, no. Es un error muy grande. En todo el Reino de Oz solo había cuatro brujas; dos de ellas, la del norte y la del sur, somos brujas buenas. Lo sé porque soy una de ellas y no puedo equivocarme. Las que habitan el este y el oeste son brujas malvadas, pero ahora que acabaste con una de ellas, solo queda una de las brujas malvadas en todo el Reino de Oz: la que mora en el oeste.

—Pero —añadió Dorothy habiendo pensado por un momento— la tía Em me dijo que todas las brujas habían muerto hacía ya muchos años.

—¿Quién es la tía Em? —preguntó la viejita.

—Mi tía que vive en Kansas, de donde vengo.

The Witch of the North seemed to think for a time, with her head bowed and her eyes upon the ground. Then she looked up and said, "I do not know where Kansas is, for I have never heard that country mentioned before. But tell me, is it a civilized country?"

"Oh, yes," replied Dorothy.

"Then that accounts for it. In the civilized countries I believe there are no witches left, nor wizards, nor sorceresses, nor magicians. But, you see, the Land of Oz has never been civilized, for we are cut off from all the rest of the world. Therefore we still have witches and wizards amongst us."

"Who are the wizards?" asked Dorothy.

"Oz himself is the Great Wizard," answered the Witch, sinking her voice to a whisper. "He is more powerful than all the rest of us together. He lives in the City of Emeralds."

Dorothy was going to ask another question, but just then the Munchkins, who had been standing silently by, gave a loud shout and pointed to the corner of the house where the Wicked Witch had been lying.

"What is it?" asked the little old woman, and looked, and began to laugh. The feet of the dead Witch had disappeared entirely, and nothing was left but the silver shoes.

"She was so old," explained the Witch of the North, "that she dried up quickly in the sun. That is the end of her. But the silver shoes are yours, and you shall have them to wear." She reached down and picked up the shoes, and after shaking the dust out of them handed them to Dorothy.

"The Witch of the East was proud of those silver shoes," said one of the Munchkins, "and there is some charm connected with them; but what it is we never knew."

Dorothy carried the shoes into the house and placed them on the table. Then she came out again to the Munchkins and said:

La Bruja del Norte pareció pensar por un momento con la cabeza inclinada y con los ojos posados sobre el suelo. Levantó la mirada y dijo: «No sé dónde queda Kansas, pues nunca lo escuché mencionar. Pero dime, ¿es una tierra civilizada?».

—Oh, sí —contestó Dorothy.

—Eso explica todo. Creo que en las tierras civilizadas no quedan brujas, ni magos, ni hechiceras, ni brujos. Pero verás, el Reino de Oz nunca fue civilizado porque estamos aislados del resto del mundo. Por eso todavía existen brujas y magos entre nosotros.

—¿Quiénes son los magos? —inquirió Dorothy.

—Oz es el Gran Mago —respondió la Bruja bajando la voz hasta que fue solo un murmullo—. Es más poderoso que todas nosotras juntas. Vive en la Ciudad Esmeralda.

Dorothy iba a preguntarle algo más, pero entonces los munchkins, quienes habían estado parados en silencio, lanzaron un grito estridente y señalaron la esquina de la casa donde yacía la Bruja Malvada.

——¿Qué pasa? —preguntó la viejita, que miró y se echó a reír. Los pies de la Bruja muerta habían desaparecido por completo y no quedaron rastros salvo sus zapatos plateados.

»Era tan vieja —explicó la Bruja del Norte— que el sol la hizo polvo en un santiamén. Así acaba. Pero los zapatos son tuyos y los puedes usar. —Se agachó y levantó los zapatos y, habiéndolos desempolvado de un sacudón, se los entregó a Dorothy.

—La Bruja del Este estaba orgullosa de esos zapatos plateados —dijo uno de los munchkins— y portan algún encantamiento, pero ¿cuál era? Nunca lo supimos.

Dorothy metió los zapatos en la casa y los dejó sobre la mesa. Salió de nuevo y les dijo a los munchkins:

"I am anxious to get back to my aunt and uncle, for I am sure they will worry about me. Can you help me find my way?"

The Munchkins and the Witch first looked at one another, and then at Dorothy, and then shook their heads.

"At the East, not far from here," said one, "there is a great desert, and none could live to cross it."

"It is the same at the South," said another, "for I have been there and seen it. The South is the country of the Quadlings."

"I am told," said the third man, "that it is the same at the West. And that country, where the Winkies live, is ruled by the Wicked Witch of the West, who would make you her slave if you passed her way."

"The North is my home," said the old lady, "and at its edge is the same great desert that surrounds this Land of Oz. I'm afraid, my dear, you will have to live with us."

Dorothy began to sob at this, for she felt lonely among all these strange people. Her tears seemed to grieve the kind-hearted Munchkins, for they immediately took out their handkerchiefs and began to weep also. As for the little old woman, she took off her cap and balanced the point on the end of her nose, while she counted "One, two, three" in a solemn voice. At once the cap changed to a slate, on which was written in big, white chalk marks:

"LET DOROTHY GO TO THE CITY OF EMERALDS"

The little old woman took the slate from her nose, and having read the words on it, asked, "Is your name Dorothy, my dear?"

"Yes," answered the child, looking up and drying her tears.

"Then you must go to the City of Emeralds. Perhaps Oz will help you."

"Where is this city?" asked Dorothy.

—Quiero volver con mi tía y mi tío porque estoy segura de que estarán preocupados por mí. ¿Me pueden ayudar a encontrar el camino de vuelta?

Los munchkins y la Bruja primero se miraron los unos a los otros, luego a Dorothy y negaron con la cabeza.

—Al este, no lejos de aquí —explicó uno—, hay un gran desierto y nadie vivió para cruzarlo.

—Igual que al sur —agregó otro—, pues estuve ahí y lo vi. El sur es el país de los quadlings.

—Según escuché —añadió el tercer hombre—, en el oeste pasa lo mismo. Y en esa tierra, donde viven los winkies, gobierna la Bruja Malvada del Oeste, quien te esclavizaría si te cruzaras por su camino.

—En el norte es donde vivo yo —dijo la viejita— y al borde está el mismo gran desierto que rodea al Reino de Oz. Temo decirte, mi niña, que tendrás que vivir con nosotros.

Al oír esto, Dorothy se largó a llorar porque se sentía sola entre todas estas personas extrañas. Sus lágrimas parecieron conmover a los bondadosos munchkins, quienes sacaron de inmediato sus pañuelos y también empezaron a lagrimear. Por su parte, la viejita se sacó el sombrero y lo balanceó sobre la nariz, mientras contaba con una voz seria: «Uno, dos, tres». De repente, el sombrero se transformó en una tabla en donde decía con letras grandes de tiza blanca:

QUE DOROTHY VAYA A LA CIUDAD ESMERALDA.

La viejita se sacó la tabla de la nariz y, habiendo leído las palabras, le preguntó: «¿Te llamas Dorothy, querida?».

—Sí —contestó la niña levantando la mirada y secándose las lágrimas.

—Entonces debes ir a la Ciudad Esmeralda. Quizás Oz te ayude.

—¿En dónde queda la ciudad? —preguntó Dorothy.

"It is exactly in the center of the country, and is ruled by Oz, the Great Wizard I told you of."

"Is he a good man?" inquired the girl anxiously.

"He is a good Wizard. Whether he is a man or not I cannot tell, for I have never seen him."

"How can I get there?" asked Dorothy.

"You must walk. It is a long journey, through a country that is sometimes pleasant and sometimes dark and terrible. However, I will use all the magic arts I know of to keep you from harm."

"Won't you go with me?" pleaded the girl, who had begun to look upon the little old woman as her only friend.

"No, I cannot do that," she replied, "but I will give you my kiss, and no one will dare injure a person who has been kissed by the Witch of the North."

She came close to Dorothy and kissed her gently on the forehead. Where her lips touched the girl they left a round, shining mark, as Dorothy found out soon after.

"The road to the City of Emeralds is paved with yellow brick," said the Witch, "so you cannot miss it. When you get to Oz do not be afraid of him, but tell your story and ask him to help you. Good-bye, my dear."

The three Munchkins bowed low to her and wished her a pleasant journey, after which they walked away through the trees. The Witch gave Dorothy a friendly little nod, whirled around on her left heel three times, and straightway disappeared, much to the surprise of little Toto, who barked after her loudly enough when she had gone, because he had been afraid even to growl while she stood by.

But Dorothy, knowing her to be a witch, had expected her to disappear in just that way, and was not surprised in the least.

—En el centro exacto del Reino de Oz y la gobierna Oz, el Gran Mago del que te conté.

—¿Es un hombre bueno? —preguntó la niña con ansias.

—Es un mago bueno. Si es un hombre o no, no puedo decirlo porque nunca lo vi.

—¿Cómo puedo llegar hasta allí? —preguntó Dorothy.

—Debes caminar. Es un viaje largo a través de una tierra que a veces es apacible y a veces oscura y terrible. No obstante, usaré todos los encantamientos mágicos que conozco para protegerte de los peligros.

—¿No me acompañará? —suplicó la niña, que había empezado a considerar a la viejita como su única amiga.

—No, no puedo hacerlo —replicó ella—, pero voy a concederte mi beso y nadie se atrevería a lastimar a alguien a quien la Bruja del Norte haya besado.

Se acercó a Dorothy y la besó con gentileza en la frente. Pronto, Dorothy descubriría que los labios dejaron una marca redonda y brillante en donde la besaron.

—El camino a la Ciudad Esmeralda está empedrado con adoquines amarillos —explicó la Bruja—, así que no podrás perderte. Cuando veas a Oz, no te acobardes, sino cuéntale tu historia y pídele su ayuda. Adiós, querida.

Los tres munchkins hicieron una reverencia con la cabeza y le desearon un viaje agradable, para luego perderse entre los árboles. La Bruja le hizo un pequeño gesto amistoso con la cabeza a Dorothy, giró tres veces sobre el talón izquierdo y en un instante desapareció, lo que sorprendió a Toto, que empezó a ladrar con fuerza al sitio en donde estaba, porque estaba asustado de siquiera gruñir cuando ella estaba presente.

Sin embargo, Dorothy, sabiendo que era una bruja, esperaba que desapareciera de esa manera y no se sorprendió en lo más mínimo.

CHAPTER III — HOW DOROTHY SAVED THE SCARECROW

When Dorothy was left alone she began to feel hungry. So she went to the cupboard and cut herself some bread, which she spread with butter. She gave some to Toto, and taking a pail from the shelf she carried it down to the little brook and filled it with clear, sparkling water. Toto ran over to the trees and began to bark at the birds sitting there. Dorothy went to get him, and saw such delicious fruit hanging from the branches that she gathered some of it, finding it just what she wanted to help out her breakfast.

Then she went back to the house, and having helped herself and Toto to a good drink of the cool, clear water, she set about making ready for the journey to the City of Emeralds.

Dorothy had only one other dress, but that happened to be clean and was hanging on a peg beside her bed. It was gingham, with checks of white and blue; and although the blue was somewhat faded with many washings, it was still a pretty frock. The girl washed herself carefully, dressed herself in the clean gingham, and tied her pink sunbonnet on her head. She took a little basket and filled it with bread from the cupboard, laying a white cloth over the top. Then she looked down at her feet and noticed how old and worn her shoes were.

"They surely will never do for a long journey, Toto," she said. And Toto looked up into her face with his little black eyes and wagged his tail to show he knew what she meant.

At that moment Dorothy saw lying on the table the silver shoes that had belonged to the Witch of the East.

"I wonder if they will fit me," she said to Toto. "They would be just the thing to take a long walk in, for they could not wear out."

She took off her old leather shoes and tried on the silver ones, which fitted her as well as if they had been made for her.

Finally she picked up her basket.

CAPÍTULO III — CÓMO DOROTHY SALVÓ AL ESPANTAPÁJAROS

En cuanto Dorothy se hubo quedado sola, se le despertó el hambre. Así que fue al aparador y rebanó un pedazo de pan, que untó con manteca. Le dio un poco a Toto, tomó un balde del estante, lo llevó al arroyito y lo llenó de brillante agua limpia. Toto corrió hacia los árboles y le empezó a ladrar a los pájaros allí reposados. Dorothy fue a buscarlo, vio colgando de las ramas unas frutas tan deliciosas que recogió algunas y descubrió que eran justamente lo que quería para completar el desayuno.

Volvió a la casa y, habiéndose servido una buena cantidad de la fresca agua limpia para ella y para Toto, inició los preparativos para emprender el viaje a la Ciudad Esmeralda.

Solo tenía un vestido más, pero justo ese estaba limpio y colgaba de un gancho junto a la cama. Era de cuadrillé azul y blanco y, aunque el azul se había desgastado un poco tras varios lavados, seguía siendo un vestido lindo. Se limpió con cuidado, se vistió con el cuadrillé limpio y se ató su moño rosa en la cabeza. Tomó una canasta, la llenó con pan del aparador y lo tapó con un paño blanco. Luego se miró los pies y vio cuán desgastados estaban sus zapatos.

—Sin lugar a dudas no aguantarán un viaje largo, Toto —dijo ella. Con los ojitos negros, Toto la miró a la cara y movió la cola para hacerle entender que sabía a qué se refería.

En ese momento Dorothy vio sobre la mesa los zapatos plateados que habían pertenecido a la Bruja del Este.

—¿Me quedarán? —le preguntó a Toto—. Serían lo ideal para llevar en un viaje largo, ya que no se pueden desgastar.

Se sacó los viejos zapatos de cuero y se probó los plateados, que le quedaron como si los hubieran hecho para ella.

Por último, tomó la canasta.

"Come along, Toto," she said. "We will go to the Emerald City and ask the Great Oz how to get back to Kansas again."

She closed the door, locked it, and put the key carefully in the pocket of her dress. And so, with Toto trotting along soberly behind her, she started on her journey.

There were several roads nearby, but it did not take her long to find the one paved with yellow bricks. Within a short time she was walking briskly toward the Emerald City, her silver shoes tinkling merrily on the hard, yellow road-bed. The sun shone bright and the birds sang sweetly, and Dorothy did not feel nearly so bad as you might think a little girl would who had been suddenly whisked away from her own country and set down in the midst of a strange land.

She was surprised, as she walked along, to see how pretty the country was about her. There were neat fences at the sides of the road, painted a dainty blue color, and beyond them were fields of grain and vegetables in abundance. Evidently the Munchkins were good farmers and able to raise large crops. Once in a while she would pass a house, and the people came out to look at her and bow low as she went by; for everyone knew she had been the means of destroying the Wicked Witch and setting them free from bondage. The houses of the Munchkins were odd-looking dwellings, for each was round, with a big dome for a roof. All were painted blue, for in this country of the East blue was the favorite color.

Toward evening, when Dorothy was tired with her long walk and began to wonder where she should pass the night, she came to a house rather larger than the rest. On the green lawn before it many men and women were dancing. Five little fiddlers played as loudly as possible, and the people were laughing and singing, while a big table near by was loaded with delicious fruits and nuts, pies and cakes, and many other good things to eat.

The people greeted Dorothy kindly, and invited her to supper and to pass the night with them; for this was the home of one of the richest Munchkins in the land, and his friends were gathered with him to celebrate their freedom from the bondage of the Wicked Witch.

—Vamos, Toto —lo llamó—. Iremos a la Ciudad Esmeralda y le preguntaremos a Oz el Grande cómo volver a Kansas de nuevo.

Cerró la puerta con cerrojo y guardó la llave con cuidado en el bolsillo del vestido. De esa manera, junto a Toto que serio la seguía, emprendió su viaje.

Había muchos caminos cerca, pero no tardó en encontrar el camino de adoquines amarillos. En poco tiempo, iba llena de energía hacia la Ciudad Esmeralda y con sus zapatos plateados brillando sobre el duro suelo amarillo del camino. El sol brillaba con fuerza y los pájaros cantaban alegres, y Dorothy no sintió ni un atisbo del malestar que se esperaría que una niña sintiera al ser desarraigada de su hogar por un huracán repentino y abandonada en medio de una tierra desconocida.

Durante la caminata, se sorprendió al ver cuán hermosos eran los paisajes que la rodeaban. A ambos lados del camino, había vallas prolijas y pintadas de un azul claro y, más allá, abundaban los campos de granos y verduras. Estaba claro que los munchkins eran buenos granjeros y eran capaces de cultivar campos grandes. De vez en cuando, ella pasaba por una casa y la gente salía a verla y a hacerle reverencias mientras pasaba, porque todos sabían que había sido ella quien acabó con la Bruja Malvada y quien los liberó. Las casas de los munchkins eran edificios extraños, pues todas eran redondas y con una cúpula en el techo. Estaban todas pintadas de azul porque, en el País del Este, el azul era el color predilecto.

El atardecer estaba cada vez más cerca; Dorothy estaba cansada por la larga caminata y empezaba a preguntarse dónde podría pasar la noche cuando llegó a una casa algo más grande que las demás. En el verde jardín delantero, muchos hombres y mujeres bailaban. Cinco violinistas tocaban tan fuerte como podían y la gente cantaba y se reía, mientras que a una mesa cercana la cargaban de frutas y nueces deliciosas, tartas y tortas y muchas otras delicias para comer.

Saludaron a Dorothy con amabilidad y la invitaron a cenar y a pasar la noche con ellos, pues era el hogar de unos de los munchkins más ricos del país que se había reunido con sus amigos para celebrar que se habían librado del yugo de la Bruja Malvada.

Dorothy ate a hearty supper and was waited upon by the rich Munchkin himself, whose name was Boq. Then she sat upon a settee and watched the people dance.

When Boq saw her silver shoes he said, "You must be a great sorceress."

"Why?" asked the girl.

"Because you wear silver shoes and have killed the Wicked Witch. Besides, you have white in your frock, and only witches and sorceresses wear white."

"My dress is blue and white checked," said Dorothy, smoothing out the wrinkles in it.

"It is kind of you to wear that," said Boq. "Blue is the color of the Munchkins, and white is the witch color. So we know you are a friendly witch."

Dorothy did not know what to say to this, for all the people seemed to think her a witch, and she knew very well she was only an ordinary little girl who had come by the chance of a cyclone into a strange land.

When she had tired watching the dancing, Boq led her into the house, where he gave her a room with a pretty bed in it. The sheets were made of blue cloth, and Dorothy slept soundly in them till morning, with Toto curled up on the blue rug beside her.

She ate a hearty breakfast, and watched a wee Munchkin baby, who played with Toto and pulled his tail and crowed and laughed in a way that greatly amused Dorothy. Toto was a fine curiosity to all the people, for they had never seen a dog before.

"How far is it to the Emerald City?" the girl asked.

"I do not know," answered Boq gravely, "for I have never been there. It is better for people to keep away from Oz, unless they have business with him. But it is a long way to the Emerald City, and it will take you many days. The country here is rich and pleasant, but you

Dorothy cenó en abundancia y Boq en persona, el munchkin rico, la atendió. Más tarde ella se sentó en un sillón y observó a las personas bailar.

Al ver los zapatos plateados, Boq supuso: «Debes ser una hechicera poderosa».

—¿Por qué? —preguntó la niña.

—Porque tienes zapatos plateados y mataste a la Bruja Malvada. Además, tu vestido lleva blanco y solo las brujas y hechiceras visten de blanco.

—Mi vestido es de cuadrillé azul y blanco —respondió Dorothy mientras le quitaba las arrugas.

—Es amable de tu parte que lo uses —agregó Boq—. El azul es el color de los munchkins y, el blanco, el de las brujas. Así sabemos que eres una bruja amigable.

Dorothy no supo qué contestar, pues todos parecían considerarla bruja y ella sabía muy bien que solo era una niña común que había llegado a esta tierra extraña por casualidad y de la mano de un huracán.

Cuando se hubo cansado de ver el baile, Boq la guio a la casa donde le dio una habitación y una cama preciosa para dormir. Las sábanas eran de una tela azul y Dorothy durmió profundamente hasta la mañana, con Toto acurrucado en la alfombra azul junto a ella.

Desayunó mucho y vio a un munchkin bebé muy pequeño jugar con Toto, tirarle de la cola, balbucear y reírse tanto que Dorothy se divirtió en gran manera. Toto era un objeto de curiosidad para todos porque nunca antes habían visto un perro.

—¿Qué tan lejos está la Ciudad Esmeralda? —preguntó la niña.

—No lo sé —respondió Boq con gravedad—, pues nunca estuve ahí. Es mejor para las personas mantenerse alejadas de Oz, a menos que tengan asuntos con él. Pero el camino hasta la Ciudad Esmeralda es largo y te tomará varios días. El campo aquí es abundante y placentero, pero

must pass through rough and dangerous places before you reach the end of your journey."

This worried Dorothy a little, but she knew that only the Great Oz could help her get to Kansas again, so she bravely resolved not to turn back.

She bade her friends good-bye, and again started along the road of yellow brick. When she had gone several miles she thought she would stop to rest, and so climbed to the top of the fence beside the road and sat down. There was a great cornfield beyond the fence, and not far away she saw a Scarecrow, placed high on a pole to keep the birds from the ripe corn.

Dorothy leaned her chin upon her hand and gazed thoughtfully at the Scarecrow. Its head was a small sack stuffed with straw, with eyes, nose, and mouth painted on it to represent a face. An old, pointed blue hat, that had belonged to some Munchkin, was perched on his head, and the rest of the figure was a blue suit of clothes, worn and faded, which had also been stuffed with straw. On the feet were some old boots with blue tops, such as every man wore in this country, and the figure was raised above the stalks of corn by means of the pole stuck up its back.

While Dorothy was looking earnestly into the queer, painted face of the Scarecrow, she was surprised to see one of the eyes slowly wink at her. She thought she must have been mistaken at first, for none of the scarecrows in Kansas ever wink; but presently the figure nodded its head to her in a friendly way. Then she climbed down from the fence and walked up to it, while Toto ran around the pole and barked.

"Good day," said the Scarecrow, in a rather husky voice.

"Did you speak?" asked the girl, in wonder.

"Certainly," answered the Scarecrow. "How do you do?"

"I'm pretty well, thank you," replied Dorothy politely. "How do you do?"

debes atravesar lugares desolados y peligrosos antes de llegar al final de tu viaje.

Dorothy se preocupó un poco, pero sabía que Oz el Grande era el único capaz de ayudarla a regresar a Kansas, así que inflada de valentía se decidió a no dar marcha atrás.

Se despidió de sus amigos y retomó el camino de adoquines amarillos. Cuando hubo andado varios kilómetros, pensó en parar y descansar, así que se subió a una de las vallas junto al camino y se sentó. Detrás había un gran campo de maíz y no lejos vio un espantapájaros clavado en un poste para alejar a los pájaros del maíz maduro.

Dorothy descansó la cabeza sobre la mano y miró pensativa al espantapájaros. La cabeza era un pequeño saco relleno de paja, con los ojos, nariz y boca pintados para representar la cara. Un viejo sombrero puntiagudo, que habría pertenecido a algún munchkin, descansaba sobre la coronilla y el resto del muñeco era un traje azul de telas usadas y desgastadas que también había sido rellenado con paja. En los pies había unas botas viejas decoradas con pliegues azules, al igual que las botas de todas las personas de este país, y el muñeco se erguía por sobre las plantas de maíz gracias a un poste atado por la espalda.

Mientras Dorothy se concentraba en el extraño rostro pintado del Espantapájaros, se sorprendió al ver que uno de los ojos le guiñaba lentamente. Primero pensó que debía de estar confundida, porque ninguno de los espantapájaros en Kansas guiñaba el ojo, pero pronto el muñeco inclinó amistoso la cabeza hacia ella. Ella se bajó de la valla y se acercó al Espantapájaros con Toto corriendo y ladrando alrededor del poste.

—Buenos días —saludó el Espantapájaros con una voz profunda.

—¿Hablaste? —preguntó la niña sorprendida.

—Así es —contestó el Espantapájaros—. ¿Cómo está usted?

—Muy bien, muchas gracias —respondió Dorothy con educación—. ¿Y usted?

"I'm not feeling well," said the Scarecrow, with a smile, "for it is very tedious being perched up here night and day to scare away crows."

"Can't you get down?" asked Dorothy.

"No, for this pole is stuck up my back. If you will please take away the pole I shall be greatly obliged to you."

Dorothy reached up both arms and lifted the figure off the pole, for, being stuffed with straw, it was quite light.

"Thank you very much," said the Scarecrow, when he had been set down on the ground. "I feel like a new man."

Dorothy was puzzled at this, for it sounded queer to hear a stuffed man speak, and to see him bow and walk along beside her.

"Who are you?" asked the Scarecrow when he had stretched himself and yawned. "And where are you going?"

"My name is Dorothy," said the girl, "and I am going to the Emerald City, to ask the Great Oz to send me back to Kansas."

"Where is the Emerald City?" he inquired. "And who is Oz?"

"Why, don't you know?" she returned, in surprise.

"No, indeed. I don't know anything. You see, I am stuffed, so I have no brains at all," he answered sadly.

"Oh," said Dorothy, "I'm awfully sorry for you."

"Do you think," he asked, "if I go to the Emerald City with you, that Oz would give me some brains?"

"I cannot tell," she returned, "but you may come with me, if you like. If Oz will not give you any brains you will be no worse off than you are now."

"That is true," said the Scarecrow. "You see," he continued confi-

—No me siento muy bien —contestó con una sonrisa—, pues es muy engorroso estar todo el día aquí arriba atado espantando a los cuervos.

—¿No puede bajar? —preguntó Dorothy.

—No, porque estoy atado por la espalda al poste. Si, por favor, me bajara del poste, le estaría en deuda.

Dorothy estiró los brazos y bajó al muñeco del poste que, por estar relleno de paja, era bastante liviano.

—Muchísimas gracias —agradeció el Espantapájaros cuando ella lo dejó en el suelo—. Me siento renovado.

Dorothy estaba confundida porque le parecía extraño escuchar a un hombre de paja hablar, verlo hacer una reverencia y caminar con ella.

—¿Quién eres? —preguntó el Espantapájaros después de estirarse y bostezar—. ¿Y a dónde vas?

—Me llamo Dorothy —respondió—, y voy a la Ciudad Esmeralda para pedirle a Oz el Grande que me lleve de vuelta a Kansas.

—¿Dónde queda la Ciudad Esmeralda? —preguntó—. ¿Y quién es Oz?

—¿Cómo?, ¿no lo sabes? —se sorprendió ella.

—Pues no. No sé nada. Verás, estoy relleno de paja, así que no tengo ni un poquito de sesos —respondió él triste.

—Ay —se lamentó Dorothy—, lo siento mucho.

—¿Crees —preguntó él— que, si te acompañara a la Ciudad Esmeralda, ese tal Oz podría darme algún seso?

—No sabría decirte —respondió ella—, pero puedes venir conmigo si quieres. Si Oz no te da un cerebro, no estarás peor que ahora.

—Cierto —dijo el Espantapájaros—. Verás —siguió diciendo en tono de

dentially, "I don't mind my legs and arms and body being stuffed, because I cannot get hurt. If anyone treads on my toes or sticks a pin into me, it doesn't matter, for I can't feel it. But I do not want people to call me a fool, and if my head stays stuffed with straw instead of with brains, as yours is, how am I ever to know anything?"

"I understand how you feel," said the little girl, who was truly sorry for him. "If you will come with me I'll ask Oz to do all he can for you."

"Thank you," he answered gratefully.

They walked back to the road. Dorothy helped him over the fence, and they started along the path of yellow brick for the Emerald City.

Toto did not like this addition to the party at first. He smelled around the stuffed man as if he suspected there might be a nest of rats in the straw, and he often growled in an unfriendly way at the Scarecrow.

"Don't mind Toto," said Dorothy to her new friend. "He never bites."

"Oh, I'm not afraid," replied the Scarecrow. "He can't hurt the straw. Do let me carry that basket for you. I shall not mind it, for I can't get tired. I'll tell you a secret," he continued, as he walked along. "There is only one thing in the world I am afraid of."

"What is that?" asked Dorothy; "the Munchkin farmer who made you?"

"No," answered the Scarecrow; "it's a lighted match."

secreto—, no me molesta que las piernas, brazos y cuerpo sean de paja, pues no pueden herirme. Si me pisan o me pinchan, no importa porque no puedo sentirlo. Pero no quiero que la gente me llame tonto y, si mi cabeza sigue rellena de paja en vez de sesos, como la tuya, ¿cómo llegaré a siquiera saber algo?

—Entiendo cómo te sientes —contestó la niña, que de veras sentía lástima por él—. Si vienes conmigo, le pediré a Oz que haga todo lo que pueda por ti.

—Gracias —respondió él agradecido.

Volvieron al camino. Dorothy lo ayudó a trepar la valla y empezaron a andar por el camino amarillo hacia la Ciudad Esmeralda.

Al principio, a Toto no le gustó esta nueva adición al equipo. Olfateaba al hombre de paja como si sospechara que unas ratas hubieran anidado dentro y le gruñó varias veces de manera poco amistosa.

—No le hagas caso a Toto —aconsejó Dorothy a su nuevo amigo—. Nunca muerde.

—Oh, no le tengo miedo —respondió el Espantapájaros—. No puede lastimar la paja. Déjame llevar la canasta, por favor. No me molestará porque no puedo cansarme. Te confiaré un secreto —prosiguió mientras caminaba—. Hay una sola cosa en el mundo a la que le temo.

—¿A qué cosa? —preguntó Dorothy—. ¿Al munchkin granjero que te fabricó?

—No —contestó el Espantapájaros—. A un fósforo encendido.

CHAPTER IV — THE ROAD THROUGH THE FOREST

After a few hours the road began to be rough, and the walking grew so difficult that the Scarecrow often stumbled over the yellow bricks, which were here very uneven. Sometimes, indeed, they were broken or missing altogether, leaving holes that Toto jumped across and Dorothy walked around. As for the Scarecrow, having no brains, he walked straight ahead, and so stepped into the holes and fell at full length on the hard bricks. It never hurt him, however, and Dorothy would pick him up and set him upon his feet again, while he joined her in laughing merrily at his own mishap.

The farms were not nearly so well cared for here as they were farther back. There were fewer houses and fewer fruit trees, and the farther they went the more dismal and lonesome the country became.

At noon they sat down by the roadside, near a little brook, and Dorothy opened her basket and got out some bread. She offered a piece to the Scarecrow, but he refused.

"I am never hungry," he said, "and it is a lucky thing I am not, for my mouth is only painted, and if I should cut a hole in it so I could eat, the straw I am stuffed with would come out, and that would spoil the shape of my head."

Dorothy saw at once that this was true, so she only nodded and went on eating her bread.

"Tell me something about yourself and the country you came from," said the Scarecrow, when she had finished her dinner. So she told him all about Kansas, and how gray everything was there, and how the cyclone had carried her to this queer Land of Oz.

The Scarecrow listened carefully, and said, "I cannot understand why you should wish to leave this beautiful country and go back to the dry, gray place you call Kansas."

"That is because you have no brains" answered the girl. "No matter how dreary and gray our homes are, we people of flesh and blood would rather live there than in any other country, be it ever so beau-

CAPÍTULO IV — EL CAMINO POR EL BOSQUE

Pasadas unas horas, el camino empezó a escabrosearse y la caminata se dificultó tanto que el Espantapájaros trastabillaba seguido con los adoquines amarillos, que se habían vuelto muy irregulares en este punto. Tal es así, que a veces estaban rotos o simplemente faltaban y dejaban baches que Toto evitaba de un salto o que Dorothy rodeaba. Por otra parte, el Espantapájaros, al no tener cerebro, los pasaba por encima, los pisaba y caía de cara sobre los adoquines duros. Nunca le dolía, empero, y Dorothy lo alzaba y lo ponía sobre los pies de nuevo, mientras él se reía del percance.

Las granjas no estaban tan bien cuidadas como lo estaban más atrás. Había menos casas y menos árboles frutales, y cuanto más se alejaban, más lúgubre y solitario se volvía el paisaje.

Al mediodía se sentaron al costado del camino, cerca de un arroyo, y Dorothy abrió la canasta para sacar algo de pan. Le ofreció una rebanada al Espantapájaros, pero lo rechazó.

—Nunca tengo hambre —explicó él—, y es una fortuna, pues tengo la boca tan solo pintada y, si le abriera un hueco para comer, la paja de la que estoy relleno se escaparía y se me deformaría la cabeza.

Dorothy comprobó de inmediato que era cierto, así que se limitó a asentir y comer el pan.

—Cuéntame algo de ti y de las tierras de donde vienes —pidió el Espantapájaros una vez que ella hubo acabado de cenar. Así que ella le contó todo sobre Kansas y sobre el gris que todo lo tiñe allí y sobre cómo el huracán la había traído a este extraño Reino de Oz.

El Espantapájaros escuchó atento y expresó: «No puedo entender, ¿por qué querrías dejar este hermoso reino y volver a ese lugar gris y reseco al que llamas Kansas?».

—No lo entiendes porque no tienes cerebro —replicó la niña—. Sin importar cuán gris y depresivo sea el hogar, los seres de carne y hueso lo preferimos por sobre cualquier otro lugar para vivir, sin importar cuán

tiful. There is no place like home."

The Scarecrow sighed.

"Of course I cannot understand it," he said. "If your heads were stuffed with straw, like mine, you would probably all live in the beautiful places, and then Kansas would have no people at all. It is fortunate for Kansas that you have brains."

"Won't you tell me a story, while we are resting?" asked the child.

The Scarecrow looked at her reproachfully, and answered:

"My life has been so short that I really know nothing whatever. I was only made day before yesterday. What happened in the world before that time is all unknown to me. Luckily, when the farmer made my head, one of the first things he did was to paint my ears, so that I heard what was going on. There was another Munchkin with him, and the first thing I heard was the farmer saying, 'How do you like those ears?'

"'They aren't straight,'" answered the other.

"'Never mind,'" said the farmer. "'They are ears just the same,'" which was true enough.

"'Now I'll make the eyes,'" said the farmer. So he painted my right eye, and as soon as it was finished I found myself looking at him and at everything around me with a great deal of curiosity, for this was my first glimpse of the world.

"'That's a rather pretty eye,'" remarked the Munchkin who was watching the farmer. "'Blue paint is just the color for eyes.'

"'I think I'll make the other a little bigger,'" said the farmer. And when the second eye was done I could see much better than before. Then he made my nose and my mouth. But I did not speak, because at that time I didn't know what a mouth was for. I had the fun of watching them make my body and my arms and legs; and when they

hermoso sea. No hay lugar como el hogar.

El Espantapájaros suspiró.

—Por supuesto que no puedo entenderlo —agregó—. Si, al igual que yo, todos tuvieran la cabeza rellena de paja, sería probable que vivieran en sitios hermosos y, en Kansas, no habría nadie. Kansas es muy afortunada de que tengan sesos.

—¿No me contarías una historia mientras descansamos? —preguntó la niña.

El Espantapájaros la reprochó con la mirada y le contestó:

—Vivo hace tan poco tiempo que en realidad no sé nada. Me fabricaron recién anteayer. Desconozco todo lo que sucedió en el mundo antes de eso. Por suerte, cuando el granjero me fabricaba la cabeza, una de las primeras cosas que hizo fue pintarme las orejas, así que escuchaba todo lo que sucedía. Había otro munchkin con él y lo primero que oí fue al granjero decir: «¿Qué te parecen esas orejas?».

»«No están derechas», respondió el otro.

»«No importa», dijo el granjero. «Igual siguen siendo orejas». Lo cual, a fin de cuentas, era cierto.

»«Ahora haré los ojos», continuó el granjero. Así que me pintó el ojo derecho y, en cuanto lo acabó, me encontré viéndolo a él y a todo lo que me rodeaba relleno de curiosidad porque era la primera vez que veía el mundo.

»«Es un ojo bastante bonito», elogió el munchkin que observaba al granjero. «El azul es el mejor color para pintar unos ojos».

»«Creo que haré el otro un poco más grande», comentó el granjero. Y una vez que el segundo ojo estuvo pintado, pude ver mucho mejor que antes. Prosiguió a hacerme la nariz y la boca. Pero no hablé porque en ese momento no sabía para qué servía la boca. Me divertí viéndolos fabricarme el torso, los brazos y las piernas y, cuando por fin lo unieron

fastened on my head, at last, I felt very proud, for I thought I was just as good a man as anyone.

"'This fellow will scare the crows fast enough,' said the farmer. 'He looks just like a man.'

"'Why, he is a man,' said the other, and I quite agreed with him. The farmer carried me under his arm to the cornfield, and set me up on a tall stick, where you found me. He and his friend soon after walked away and left me alone.

"I did not like to be deserted this way. So I tried to walk after them. But my feet would not touch the ground, and I was forced to stay on that pole. It was a lonely life to lead, for I had nothing to think of, having been made such a little while before. Many crows and other birds flew into the cornfield, but as soon as they saw me they flew away again, thinking I was a Munchkin; and this pleased me and made me feel that I was quite an important person. By and by an old crow flew near me, and after looking at me carefully he perched upon my shoulder and said:

"'I wonder if that farmer thought to fool me in this clumsy manner. Any crow of sense could see that you are only stuffed with straw.' Then he hopped down at my feet and ate all the corn he wanted. The other birds, seeing he was not harmed by me, came to eat the corn too, so in a short time there was a great flock of them about me.

"I felt sad at this, for it showed I was not such a good Scarecrow after all; but the old crow comforted me, saying, 'If you only had brains in your head you would be as good a man as any of them, and a better man than some of them. Brains are the only things worth having in this world, no matter whether one is a crow or a man.'

"After the crows had gone I thought this over, and decided I would try hard to get some brains. By good luck you came along and pulled me off the stake, and from what you say I am sure the Great Oz will give me brains as soon as we get to the Emerald City."

"I hope so," said Dorothy earnestly, "since you seem anxious to

con la cabeza, me sentí orgulloso, pues creí que era tan humano como cualquier otro.

»«Este muchacho espantará los cuervos en un dos por tres», dijo el granjero. «Se ve igual que un humano».

»«Y bueno, es humano», aclaró el otro, y estuve bastante de acuerdo con él. El granjero me llevó bajo el brazo hasta el campo de maíz y me clavó en el poste elevado donde me encontraste. Poco después él y su amigo se alejaron y me dejaron solo.

»No me gustó que me abandonaran de esta manera. Así que intenté seguirlos, pero no tocaba el suelo con los pies y estaba atado de pie al poste. Era una forma muy solitaria de vida, pues no podía pensar en nada, habiendo sido fabricado hacía tan solo unos momentos. Muchos cuervos y otras aves entraron volando al campo, pero en cuanto me veían, en seguida huían porque pensaban que era un munchkin, lo cual me reconfortó en gran medida y me hizo sentir importante. Al poco tiempo un cuervo anciano se me acercó y, tras una inspección minuciosa, se me clavó en el hombro y dijo:

»«Me pregunto si ese granjero creyó que algo tan burdo me engañaría. Cualquier cuervo con dos garras de frente notaría que estás relleno de paja». Bajó a los pies y engulló todo el maíz que quiso. Al ver que no lo hería, las otras aves también se acercaron a comer el maíz; en poco tiempo, estaba rodeado de una bandada numerosa.

»Me entristeció porque demostraba que a fin de cuentas no era tan buen espantapájaros, pero el cuervo anciano me consoló: «Si tan solo tuvieras un cerebro en la cabeza, serías tan humano como el resto, e incluso mejor que algunos. El cerebro es lo único que vale la pena tener en este mundo, sin importar si eres cuervo o humano».

»Después de que los cuervos se hubieran ido, rumié el asunto y decidí intentar con todas mis fuerzas conseguir algunos sesos. Por suerte, apareciste y me bajaste del poste y, por lo que dices, estoy seguro de que Oz el Grande me dará algún cerebro en cuanto lleguemos a la Ciudad Esmeralda.

—¡Ojalá! —exclamó Dorothy conmovida—, porque pareces deseoso de

have them."

"Oh, yes; I am anxious," returned the Scarecrow. "It is such an uncomfortable feeling to know one is a fool."

"Well," said the girl, "let us go." And she handed the basket to the Scarecrow.

There were no fences at all by the roadside now, and the land was rough and untilled. Toward evening they came to a great forest, where the trees grew so big and close together that their branches met over the road of yellow brick. It was almost dark under the trees, for the branches shut out the daylight; but the travelers did not stop, and went on into the forest.

"If this road goes in, it must come out," said the Scarecrow, "and as the Emerald City is at the other end of the road, we must go wherever it leads us."

"Anyone would know that," said Dorothy.

"Certainly; that is why I know it," returned the Scarecrow. "If it required brains to figure it out, I never should have said it."

After an hour or so the light faded away, and they found themselves stumbling along in the darkness. Dorothy could not see at all, but Toto could, for some dogs see very well in the dark; and the Scarecrow declared he could see as well as by day. So she took hold of his arm and managed to get along fairly well.

"If you see any house, or any place where we can pass the night," she said, "you must tell me; for it is very uncomfortable walking in the dark."

Soon after the Scarecrow stopped.

"I see a little cottage at the right of us," he said, "built of logs and branches. Shall we go there?"

tener uno.

—Oh sí, estoy deseoso —respondió el Espantapájaros—. Es desagradable para uno saber que es zonzo.

—Bueno —dispuso Dorothy— pongámonos en marcha. —Dicho esto, le entregó la canasta al Espantapájaros.

Ya no había ninguna valla a las veras del camino y el terreno era accidentado y había perdido los adoquines. El anochecer se acercaba y llegaron a un gran bosque, en donde los árboles crecían tan grandes y pegados que las ramas se intrincaban sobre el camino amarillo. La oscuridad casi reinaba debajo de los árboles, pues las ramas evitaban que la luz penetrase, pero los caminantes no se detuvieron y se adentraron en el bosque.

—Todo lo que entra debe salir —dijo el Espantapájaros— y, como la Ciudad Esmeralda está en la otra punta del camino, tenemos que seguirlo a donde nos lleve.

—Cualquiera lo sabría —comentó Dorothy.

—Claro, y es justo por eso que lo sé —repuso el Espantapájaros—. Si fueran necesarios sesos para saberlo, nunca lo habría dicho.

Después de una hora o más, la luz se extinguió y caminaban a ciegas en la oscuridad. Dorothy no veía nada; pero Toto, sí, porque algunos perros pueden ver muy bien en la oscuridad, y el Espantapájaros afirmó que podía ver tan bien como si fuera de día. Por lo tanto, Dorothy lo sujetó del brazo y logró avanzar con cierta desenvoltura.

—Si llegas a ver una casa o lugar en donde dormir —le pidió Dorothy—, debes decírmelo, pues es muy incómodo caminar en la oscuridad.

Poco después el Espantapájaros se detuvo.

—Veo una cabañita a la derecha —avisó él—, construida con troncos y ramas. ¿Entramos?

"Yes, indeed," answered the child. "I am all tired out."

So the Scarecrow led her through the trees until they reached the cottage, and Dorothy entered and found a bed of dried leaves in one corner. She lay down at once, and with Toto beside her soon fell into a sound sleep. The Scarecrow, who was never tired, stood up in another corner and waited patiently until morning came.

—Por favor —pidió Dorothy—. Estoy agotada.

El Espantapájaros la guio por entre los árboles hasta la cabañita; Dorothy entró y encontró una cama de hojarasca en una de las esquinas. Se acostó en el acto y, en muy poco tiempo y con Toto al costado de ella, concilió el sueño. El Espantapájaros, que nunca se cansaba, se quedó parado en otra esquina y esperó con paciencia a que la mañana despuntara.

CHAPTER V — THE RESCUE OF THE TIN WOODMAN

When Dorothy awoke the sun was shining through the trees and Toto had long been out chasing birds around him and squirrels. She sat up and looked around her. There was the Scarecrow, still standing patiently in his corner, waiting for her.

"We must go and search for water," she said to him.

"Why do you want water?" he asked.

"To wash my face clean after the dust of the road, and to drink, so the dry bread will not stick in my throat."

"It must be inconvenient to be made of flesh," said the Scarecrow thoughtfully, "for you must sleep, and eat and drink. However, you have brains, and it is worth a lot of bother to be able to think properly."

They left the cottage and walked through the trees until they found a little spring of clear water, where Dorothy drank and bathed and ate her breakfast. She saw there was not much bread left in the basket, and the girl was thankful the Scarecrow did not have to eat anything, for there was scarcely enough for herself and Toto for the day.

When she had finished her meal, and was about to go back to the road of yellow brick, she was startled to hear a deep groan near by.

"What was that?" she asked timidly.

"I cannot imagine," replied the Scarecrow; "but we can go and see."

Just then another groan reached their ears, and the sound seemed to come from behind them. They turned and walked through the forest a few steps, when Dorothy discovered something shining in a ray of sunshine that fell between the trees. She ran to the place and then stopped short, with a little cry of surprise.

One of the big trees had been partly chopped through, and stand-

Cuando Dorothy se despertó, el sol se colaba a través de los árboles y Toto hacía tiempo que había salido a perseguir los pájaros y las ardillas que lo rodeaban. Ella se sentó y miró en rededor. El Espantapájaros seguía parado en la esquina esperándola con paciencia.

—Debemos salir a buscar agua —Dorothy le avisó.

—¿Para qué quieres agua? —preguntó.

—Para limpiarme el rostro de todo el polvo del camino y para beber, así el pan reseco no se me pega a la garganta.

—Debe ser impráctico ser de carne —dijo pensativo el Espantapájaros—, porque tienen que dormir, comer y beber. Pero tienen sesos y el ser capaz de pensar con propiedad vale todas las molestias.

Salieron de la cabaña y caminaron entre los árboles hasta encontrar una pequeña vertiente de agua fresca, donde Dorothy bebió, se lavó y desayunó. Ella notó que no quedaba mucho pan en la canasta y estuvo agradecida por que el Espantapájaros no necesitara comer nada, porque había apenas suficiente para ella y para Toto para el día.

Cuando ella acabó la comida y estaba a punto de volver al camino amarillo, se exaltó al escuchar un gruñido grave cerca.

—¿Qué fue eso? —preguntó tímida.

—No puedo imaginarlo —contestó el Espantapájaros—, pero podemos ir a ver.

Justo entonces otro gruñido les llegó a los oídos y parecía provenir de atrás de ellos. Se dieron vuelta y dieron unos pasos por el bosque hasta que Dorothy descubrió algo brillando bajo un haz de luz que se colaba entre las ramas. Corrió hasta allí, se detuvo de golpe y ahogó un grito de sorpresa.

Uno de los árboles grandes había sido talado en parte y junto a él, con

ing beside it, with an uplifted axe in his hands, was a man made entirely of tin. His head and arms and legs were jointed upon his body, but he stood perfectly motionless, as if he could not stir at all.

Dorothy looked at him in amazement, and so did the Scarecrow, while Toto barked sharply and made a snap at the tin legs, which hurt his teeth.

"Did you groan?" asked Dorothy.

"Yes," answered the tin man, "I did. I've been groaning for more than a year, and no one has ever heard me before or come to help me."

"What can I do for you?" she inquired softly, for she was moved by the sad voice in which the man spoke.

"Get an oil-can and oil my joints," he answered. "They are rusted so badly that I cannot move them at all; if I am well oiled I shall soon be all right again. You will find an oil-can on a shelf in my cottage."

Dorothy at once ran back to the cottage and found the oil-can, and then she returned and asked anxiously, "Where are your joints?"

"Oil my neck, first," replied the Tin Woodman. So she oiled it, and as it was quite badly rusted the Scarecrow took hold of the tin head and moved it gently from side to side until it worked freely, and then the man could turn it himself.

"Now oil the joints in my arms," he said. And Dorothy oiled them and the Scarecrow bent them carefully until they were quite free from rust and as good as new.

The Tin Woodman gave a sigh of satisfaction and lowered his axe, which he leaned against the tree.

"This is a great comfort," he said. "I have been holding that axe in the air ever since I rusted, and I'm glad to be able to put it down at

un hacha elevada en el aire, estaba parado un hombre de hojalata. Con la cabeza, los brazos y las piernas unidas al cuerpo con articulaciones, pero inmóvil, como si fuese incapaz de moverse en absoluto.

Dorothy lo miró sorprendida, al igual que lo hizo el Espantapájaros, mientras Toto le ladraba con fuerzas y le mordió las piernas metálicas, con lo que le dolieron los dientes.

—¿Gruñó? —preguntó Dorothy.

—Sí —respondió el hombre de hojalata—, gruñí. Llevo más de un año gruñendo y nadie me había escuchado antes ni venido a socorrerme.

—¿Hay algo que pueda hacer por usted? —preguntó ella con ternura, pues la voz triste del hombre la había conmovido.

—Busca una aceitera y lubrícame las articulaciones —pidió—. Están tan oxidadas que no puedo moverlas en lo más mínimo; si me lubricas, pronto estaré bien de nuevo. Encontrarás una aceitera en un estante en mi cabaña.

Sin esperar, Dorothy se fue corriendo a la cabaña, encontró la aceitera, volvió y le preguntó preocupada: «¿Dónde están las articulaciones?».

—Primero lubrícame el cuello —respondió. Entonces ella le vertió el aceite y, como estaba demasiado herrumbrado, el Espantapájaros le sujetó la cabeza y la movió con delicadeza de un lado al otro, hasta que se pudo mover con libertad; entonces el hombre podía girarla por su propia cuenta.

—Ahora las articulaciones de los brazos —pidió. Dorothy les puso aceite y el Espantapájaros las movió con cuidado hasta que se les fue la herrumbre y quedaron como nuevas.

El Leñador de Hojalata suspiró aliviado y bajó el hacha, que dejó apoyada contra el árbol.

—¡Qué alivio! —exclamó el Leñador de Hojalata—. Llevo cargando el hacha en el aire desde que me oxidé y me alegra por fin poder dejarla en

last. Now, if you will oil the joints of my legs, I shall be all right once more."

So they oiled his legs until he could move them freely; and he thanked them again and again for his release, for he seemed a very polite creature, and very grateful.

"I might have stood there always if you had not come along," he said; "so you have certainly saved my life. How did you happen to be here?"

"We are on our way to the Emerald City to see the Great Oz," she answered, "and we stopped at your cottage to pass the night."

"Why do you wish to see Oz?" he asked.

"I want him to send me back to Kansas, and the Scarecrow wants him to put a few brains into his head," she replied.

The Tin Woodman appeared to think deeply for a moment. Then he said:

"Do you suppose Oz could give me a heart?"

"Why, I guess so," Dorothy answered. "It would be as easy as to give the Scarecrow brains."

"True," the Tin Woodman returned. "So, if you will allow me to join your party, I will also go to the Emerald City and ask Oz to help me."

"Come along," said the Scarecrow heartily, and Dorothy added that she would be pleased to have his company. So the Tin Woodman shouldered his axe and they all passed through the forest until they came to the road that was paved with yellow brick.

The Tin Woodman had asked Dorothy to put the oil-can in her basket. "For," he said, "if I should get caught in the rain, and rust again, I would need the oil-can badly."

el suelo. Ahora bien, si me lubricaran las articulaciones de las piernas, volveré a estar como nuevo.

Así que le vertieron aceite por las piernas hasta que pudo moverlas con libertad y les agradeció una y otra vez por haberlo liberado, pues parecía un ser muy educado y agradecido.

—Me habría quedado allí para siempre si no hubiesen aparecido —dijo el Leñador de Hojalata—, así que me salvaron la vida. ¿Cómo es que están acá?

—Vamos de camino a la Ciudad Esmeralda para ver a Oz el Grande —contestó Dorothy— y paramos en tu cabaña para dormir.

—¿Por qué quieren ver a Oz? —preguntó.

—Quiero que me envíe de vuelta a Kansas y el Espantapájaros quiere que le rellene la cabeza con un cerebro —explicó Dorothy.

El Leñador de Hojalata pareció pensar en profundidad por un momento. Luego preguntó:

—¿Creen que Oz pueda darme un corazón?

—Bueno, supongo que sí —repuso Dorothy—. Le será tan fácil como darle un cerebro al Espantapájaros.

—Cierto —contestó el Leñador de Hojalata—. Entonces, si me lo permiten, iré también con ustedes a la Ciudad Esmeralda y le pediré a Oz que me ayude.

—Ven con nosotros —le animó el Espantapájaros y Dorothy añadió que le encantaría tenerlo de compañía. Así que el Leñador de Hojalata se llevó el hacha al hombro y atravesaron los árboles hasta volver al camino de los adoquines amarillos.

El Leñador de Hojalata le había pedido a Dorothy que pusiera su aceitera en la canasta. Él explicó: «Porque, si la lluvia llegara a atraparme y me oxido de nuevo, necesitaré mucho la aceitera».

It was a bit of good luck to have their new comrade join the party, for soon after they had begun their journey again they came to a place where the trees and branches grew so thick over the road that the travelers could not pass. But the Tin Woodman set to work with his axe and chopped so well that soon he cleared a passage for the entire party.

Dorothy was thinking so earnestly as they walked along that she did not notice when the Scarecrow stumbled into a hole and rolled over to the side of the road. Indeed he was obliged to call to her to help him up again.

"Why didn't you walk around the hole?" asked the Tin Woodman.

"I don't know enough," replied the Scarecrow cheerfully. "My head is stuffed with straw, you know, and that is why I am going to Oz to ask him for some brains."

"Oh, I see," said the Tin Woodman. "But, after all, brains are not the best things in the world."

"Have you any?" inquired the Scarecrow.

"No, my head is quite empty," answered the Woodman. "But once I had brains, and a heart also; so, having tried them both, I should much rather have a heart."

"And why is that?" asked the Scarecrow.

"I will tell you my story, and then you will know."

So, while they were walking through the forest, the Tin Woodman told the following story:

"I was born the son of a woodman who chopped down trees in the forest and sold the wood for a living. When I grew up, I too became a wood-chopper, and after my father died I took care of my old mother as long as she lived. Then I made up my mind that instead of living alone I would marry, so that I might not become lonely.

La adición del nuevo compañero al grupo fue un golpe de suerte porque, poco después de retomar el viaje, se toparon con un sitio en donde los árboles y las ramas se enmarañaban tanto sobre el camino que los viajantes no podían avanzar. No obstante, el Leñador de Hojalata se puso manos a la obra y con el hacha taló tan bien que pronto despejó el camino para todo el grupo.

Dorothy iba tan ensimismada en sus pensamientos mientras avanzaban por el camino que no se dio cuenta cuando el Espantapájaros se tropezó con un bache y rodó hasta la vera del camino. De hecho, él se vio obligado a llamarla para que lo ayudara a levantarse.

—¿Por qué no evitaste el bache? —preguntó el Leñador de Hojalata.

—No sé lo suficiente —repuso sonriendo el Espantapájaros—. Verás, tengo la cabeza rellena de paja y por eso es que voy a pedirle a Oz que me dé algún seso.

—Ah, ya veo —comprendió el Leñador de Hojalata—. Pero, a fin de cuentas, el cerebro no es lo mejor del mundo.

—¿Tú tienes? —consultó el Espantapájaros.

—No, mi cabeza está hueca —aclaró el Leñador de Hojalata—. Pero supe tener cerebro y también corazón y, habiendo tenido ambos, prefiero sobre todo volver a tener un corazón.

—¿Por qué? —quiso saber el Espantapájaros.

—Te contaré mi historia y sabrás.

Entonces, mientras caminaban por el bosque, el Leñador de Hojalata narró la siguiente historia:

—Soy el hijo de un carpintero que talaba los árboles del bosque y vendía la madera para subsistir. Al crecer, también me hice leñador y tras la muerte de mi padre cuidé de mi madre por cuanto tiempo vivió. Entonces tomé la decisión de que no viviría solo, sino que me casaría para tener la posibilidad de no estar solo.

"There was one of the Munchkin girls who was so beautiful that I soon grew to love her with all my heart. She, on her part, promised to marry me as soon as I could earn enough money to build a better house for her; so I set to work harder than ever. But the girl lived with an old woman who did not want her to marry anyone, for she was so lazy she wished the girl to remain with her and do the cooking and the housework. So the old woman went to the Wicked Witch of the East, and promised her two sheep and a cow if she would prevent the marriage. Thereupon the Wicked Witch enchanted my axe, and when I was chopping away at my best one day, for I was anxious to get the new house and my wife as soon as possible, the axe slipped all at once and cut off my left leg.

"This at first seemed a great misfortune, for I knew a one-legged man could not do very well as a wood-chopper. So I went to a tinsmith and had him make me a new leg out of tin. The leg worked very well, once I was used to it. But my action angered the Wicked Witch of the East, for she had promised the old woman I should not marry the pretty Munchkin girl. When I began chopping again, my axe slipped and cut off my right leg. Again I went to the tinsmith, and again he made me a leg out of tin. After this the enchanted axe cut off my arms, one after the other; but, nothing daunted, I had them replaced with tin ones. The Wicked Witch then made the axe slip and cut off my head, and at first I thought that was the end of me. But the tinsmith happened to come along, and he made me a new head out of tin.

"I thought I had beaten the Wicked Witch then, and I worked harder than ever; but I little knew how cruel my enemy could be. She thought of a new way to kill my love for the beautiful Munchkin maiden, and made my axe slip again, so that it cut right through my body, splitting me into two halves. Once more the tinsmith came to my help and made me a body of tin, fastening my tin arms and legs and head to it, by means of joints, so that I could move around as well as ever. But, alas! I had now no heart, so that I lost all my love for the Munchkin girl, and did not care whether I married her or not. I suppose she is still living with the old woman, waiting for me to come after her.

»Había entre los munchkins, una joven tan hermosa que pronto me enamoré perdidamente de ella. Por su parte, ella prometió casarse conmigo en cuanto yo ahorrara suficiente dinero para construirle un hogar mejor; así que empecé a trabajar con más empeño que nunca. Pero la joven vivía con una anciana que quería que no se casara con nadie porque era tan perezosa que deseaba que la muchacha se quedara con ella para que le cocinara y se encargara de los quehaceres del hogar. Por eso, la anciana fue a ver a la Bruja Malvada del Este y le prometió dos ovejas y una vaca si evitaba nuestro matrimonio. En ese momento, la Bruja maldijo mi hacha y, un día en el que estaba trabajando mejor que nunca, pues estaba deseoso de tener una casa nueva y casarme con mi esposa cuanto antes, el hacha se escapó con diligencia y me amputó la pierna izquierda.

»Al principio me pareció una desgracia porque uno no puede ser buen leñador con una sola pierna. Así que fui a ver a un hojalatero para pedirle que me fabricara una pierna nueva de hojalata. Una vez que me hube acostumbrado, la pierna funcionaba muy bien. Pero mi accionar enojó a la Bruja Malvada, pues ella le había prometido a la anciana que no me casaría con la joven munchkin. Cuando volví a cortar madera, el hacha se escapó y me cortó la pierna derecha. Una vez más acudí al hojalatero y una vez más me fabricó una pierna de hojalata. Luego el hacha me cercenó los brazos, primero uno y luego el otro, pero fui impasible y los reemplacé con unos de hojalata. Después, la Bruja hizo que el hacha me decapitara y, al principio, temí que fuera mi fin. El hojalatero, empero, justo pasaba por allí y me fabricó una nueva cabeza de hojalata.

»Creí haber vencido a la Bruja entonces y trabajé con mayor asiduidad que nunca, pero ignoraba la tamaña crueldad de mi enemiga. Se le ocurrió una manera nueva de marchitar mi amor por mi hermosa munchkin prometida e hizo que el hacha se escapara de nuevo y me partiera el cuerpo, con lo que me dividió en dos. Una vez más, el hojalatero vino a mi rescate, me fabricó un cuerpo de hojalata y lo ensambló con los brazos, las piernas y la cabeza de hojalata mediante articulaciones para que pudiera moverme tan bien como antes. Pero, ¡ay de mí! Ahora no tenía corazón y perdí todo el amor que sentía por la joven; ya no me importaba si me casaba con ella o no. Presumo que sigue viviendo con la anciana y todavía espera que vuelva por ella.

"My body shone so brightly in the sun that I felt very proud of it and it did not matter now if my axe slipped, for it could not cut me. There was only one danger—that my joints would rust; but I kept an oil-can in my cottage and took care to oil myself whenever I needed it. However, there came a day when I forgot to do this, and, being caught in a rainstorm, before I thought of the danger my joints had rusted, and I was left to stand in the woods until you came to help me. It was a terrible thing to undergo, but during the year I stood there I had time to think that the greatest loss I had known was the loss of my heart. While I was in love I was the happiest man on earth; but no one can love who has not a heart, and so I am resolved to ask Oz to give me one. If he does, I will go back to the Munchkin maiden and marry her."

Both Dorothy and the Scarecrow had been greatly interested in the story of the Tin Woodman, and now they knew why he was so anxious to get a new heart.

"All the same," said the Scarecrow, "I shall ask for brains instead of a heart; for a fool would not know what to do with a heart if he had one."

"I shall take the heart," returned the Tin Woodman; "for brains do not make one happy, and happiness is the best thing in the world."

Dorothy did not say anything, for she was puzzled to know which of her two friends was right, and she decided if she could only get back to Kansas and Aunt Em, it did not matter so much whether the Woodman had no brains and the Scarecrow no heart, or each got what he wanted.

What worried her most was that the bread was nearly gone, and another meal for herself and Toto would empty the basket. To be sure, neither the Woodman nor the Scarecrow ever ate anything, but she was not made of tin nor straw, and could not live unless she was fed.

»El sol hacía que el cuerpo me refulgiera con tantas fuerzas que me sentía orgulloso y no importaba si el hacha se me escapaba, puesto que no podía herirme. Era tan solo uno el riesgo que corría: que las articulaciones se me herrumbrasen, pero guardaba una aceitera en mi cabaña y me encargaba de lubricarme cada vez que lo necesitaba. Pero llegó el día en que me olvidé de hacerlo y, atrapado bajo la lluvia y antes de percatarme del peligro, las articulaciones se llenaron de óxido y quedé de pie en el bosque hasta que vinieron a mi rescate. Fue un calvario el que padecí, pero durante ese año en que estuve paralizado tuve tiempo suficiente para percatarme de que la mayor pérdida que sufrí fue la de mi corazón. Enamorado, era la persona más feliz sobre la faz de la tierra, pero no puede enamorarse a quien le falta el corazón, así que decidí pedirle a Oz que me dé uno. Si me lo da, volveré con mi prometida y nos casaremos.

Tanto Dorothy como el Espantapájaros escucharon llenos de interés la historia del Leñador de Hojalata y ahora comprendían el porqué de su deseo por conseguir un nuevo corazón.

—De todas maneras —señaló el Espantapájaros—, yo le pediré unos sesos en vez de un corazón porque un zonzo no sabría qué hacer con un corazón si lo tuviera.

—Yo me quedo con el corazón —repuso el Leñador de Hojalata— porque un cerebro no trae felicidad y la felicidad es lo mejor del mundo.

Dorothy se quedó callada porque no estaba segura de cuál de sus dos amigos estaba en lo correcto y concluyó que, si tan solo pudiera volver a Kansas con la tía Em, no importaría mucho si el Leñador no tenía ningún cerebro ni si el Espantapájaros ningún corazón o si cada uno recibía lo que quería.

Lo que más le preocupaba era que el pan estaba agotándose y que, con la próxima comida de ella y de Toto, se vaciaría la canasta. Estaba claro que ni el Leñador ni el Espantapájaros comían nada, pero ella no era ni de hojalata ni de paja y no podría vivir si no se alimentaba.

CHAPTER VI — THE COWARDLY LION

All this time Dorothy and her companions had been walking through the thick woods. The road was still paved with yellow brick, but these were much covered by dried branches and dead leaves from the trees, and the walking was not at all good.

There were few birds in this part of the forest, for birds love the open country where there is plenty of sunshine. But now and then there came a deep growl from some wild animal hidden among the trees. These sounds made the little girl's heart beat fast, for she did not know what made them; but Toto knew, and he walked close to Dorothy's side, and did not even bark in return.

"How long will it be," the child asked of the Tin Woodman, "before we are out of the forest?"

"I cannot tell," was the answer, "for I have never been to the Emerald City. But my father went there once, when I was a boy, and he said it was a long journey through a dangerous country, although nearer to the city where Oz dwells the country is beautiful. But I am not afraid so long as I have my oil-can, and nothing can hurt the Scarecrow, while you bear upon your forehead the mark of the Good Witch's kiss, and that will protect you from harm."

"But Toto!" said the girl anxiously. "What will protect him?"

"We must protect him ourselves if he is in danger," replied the Tin Woodman.

Just as he spoke there came from the forest a terrible roar, and the next moment a great Lion bounded into the road. With one blow of his paw he sent the Scarecrow spinning over and over to the edge of the road, and then he struck at the Tin Woodman with his sharp claws. But, to the Lion's surprise, he could make no impression on the tin, although the Woodman fell over in the road and lay still.

Little Toto, now that he had an enemy to face, ran barking toward the Lion, and the great beast had opened his mouth to bite the dog,

CAPÍTULO VI — EL LEÓN COBARDE

Todo este tiempo, Dorothy y compañía venían caminando a través del denso bosque. Los adoquines amarillos todavía cubrían el camino, pero las ramas secas y la hojarasca los tapaban en gran parte y la caminata no era para nada constante.

No abundaban las aves en esta parte del bosque porque las aves adoran el campo abierto, en donde rebosa la luz del sol. Sin embargo, de vez en cuando ellos escuchaban el gruñido grave de algún animal salvaje escondido detrás de los árboles. Debido a estos sonidos, se le aceleraba el corazón a la niña, puesto que desconocía qué los producía; pero Toto sabía y caminaba pegado al costado de Dorothy y ni siquiera devolvía un ladrido.

—¿Cuánto falta —le preguntó Dorothy al Leñador de Hojalata— para que salgamos del bosque?

—No sabría decírtelo —fue la respuesta—, nunca fui a la Ciudad Esmeralda. Pero mi papá fue una vez, cuando yo era niño, y dijo que era un viaje largo por unas tierras peligrosas, aunque, cerca de la ciudad en la que habita Oz, las tierras son preciosas. Sin embargo, a nada le temeré en tanto y en cuanto tenga conmigo mi aceitera, y nada puede herir al Espantapájaros. Mientras que tú portas en la frente la marca del beso de la Bruja Buena que te protege de todo mal.

—Pero, ¡Toto! —exclamó ansiosa la niña—¿Qué lo protegerá?

—Seremos nosotros quienes debamos protegerlo si está bajo peligro —repuso el Leñador de Hojalata.

Justo mientras respondía, les llegó desde el bosque un rugido temible y luego un gran león saltó al camino. De un zarpazo, hizo rodar al Espantapájaros hasta que salió del camino y luego con las garras filosas le asestó un golpe al Leñador de Hojalata. Para sorpresa del león, empero, no pudo rayar la hojalata, aunque el Leñador cayó al suelo y allí permaneció inmóvil.

El pequeño Toto, ahora enfrentado contra un enemigo, corrió ladrando hasta el león y la fiera enorme abrió las fauces para clavárselas al

when Dorothy, fearing Toto would be killed, and heedless of danger, rushed forward and slapped the Lion upon his nose as hard as she could, while she cried out:

"Don't you dare to bite Toto! You ought to be ashamed of yourself, a big beast like you, to bite a poor little dog!"

"I didn't bite him," said the Lion, as he rubbed his nose with his paw where Dorothy had hit it.

"No, but you tried to," she retorted. "You are nothing but a big coward."

"I know it," said the Lion, hanging his head in shame. "I've always known it. But how can I help it?"

"I don't know, I'm sure. To think of your striking a stuffed man, like the poor Scarecrow!"

"Is he stuffed?" asked the Lion in surprise, as he watched her pick up the Scarecrow and set him upon his feet, while she patted him into shape again.

"Of course he's stuffed," replied Dorothy, who was still angry.

"That's why he went over so easily," remarked the Lion. "It astonished me to see him whirl around so. Is the other one stuffed also?"

"No," said Dorothy, "he's made of tin." And she helped the Woodman up again.

"That's why he nearly blunted my claws," said the Lion. "When they scratched against the tin it made a cold shiver run down my back. What is that little animal you are so tender of?"

"He is my dog, Toto," answered Dorothy.

"Is he made of tin, or stuffed?" asked the Lion.

perro, cuando Dorothy, temiendo que acabara con Toto e ignorando el peligro, corrió hasta el león y le pegó un golpe en la nariz tan fuerte como pudo y gritó:

—¡No te atrevas a morder a Toto! Debería darte vergüenza, ¡una bestia tan grande como tú queriendo herir a un pobre perrito!

—No lo mordí —contestó el León restregándose la nariz con la garra en donde Dorothy le había pegado.

—No, pero lo intentaste —le devolvió—. Eres tan solo un grandísimo cobarde.

—Lo sé —dijo el León cabizbajo de la pena—. Siempre lo supe, pero ¿cómo evitarlo?

—No lo sé, de eso estoy segura. ¡Y pensar que atacaste a un hombre de paja como el pobre Espantapájaros!

—¿Es de paja? —inquirió sorprendido el León, mientras la veía alzar al Espantapájaros, ponerlo de pie y darle forma de nuevo con unos golpecitos.

—Por supuesto que es de paja —le contestó Dorothy, quien seguía enojada.

—Con razón salió volando tan fácil —comentó el León—. Me sorprendió verlo revolcarse de esa manera. ¿El otro también es de paja?

—No —repuso Dorothy—, es de hojalata. —Y ayudó al Leñador a levantarse.

—Por eso es que casi pierdo el filo de las garras —comprendió el León—. Cuando rasgué la hojalata, me recorrió un escalofrío por la espalda. ¿Qué es el animalito por el cual sientes tanto cariño?

—Es mi perrito Toto —repuso Dorothy.

—¿Es de paja u hojalata? —preguntó el León.

"Neither. He's a—a—a meat dog," said the girl.

"Oh! He's a curious animal and seems remarkably small, now that I look at him. No one would think of biting such a little thing, except a coward like me," continued the Lion sadly.

"What makes you a coward?" asked Dorothy, looking at the great beast in wonder, for he was as big as a small horse.

"It's a mystery," replied the Lion. "I suppose I was born that way. All the other animals in the forest naturally expect me to be brave, for the Lion is everywhere thought to be the King of Beasts. I learned that if I roared very loudly every living thing was frightened and got out of my way. Whenever I've met a man I've been awfully scared; but I just roared at him, and he has always run away as fast as he could go. If the elephants and the tigers and the bears had ever tried to fight me, I should have run myself—I'm such a coward; but just as soon as they hear me roar they all try to get away from me, and of course I let them go."

"But that isn't right. The King of Beasts shouldn't be a coward," said the Scarecrow.

"I know it," returned the Lion, wiping a tear from his eye with the tip of his tail. "It is my great sorrow, and makes my life very unhappy. But whenever there is danger, my heart begins to beat fast."

"Perhaps you have heart disease," said the Tin Woodman.

"It may be," said the Lion.

"If you have," continued the Tin Woodman, "you ought to be glad, for it proves you have a heart. For my part, I have no heart; so I cannot have heart disease."

"Perhaps," said the Lion thoughtfully, "if I had no heart I should not be a coward."

"Have you brains?" asked the Scarecrow.

—Ninguna. Es de... de... carne —respondió Dorothy temerosa.

—¡Oh! Qué animal más curioso y se ve demasiado pequeño, ahora que lo veo. Nadie, salvo un cobarde como yo, pensaría en morder tal cosita —prosiguió triste el León.

—¿Qué te acobarda? —preguntó Dorothy, viendo con sorpresa a la fiera que era tan grande como una casa pequeña.

—Es un misterio —respondió el León—. Creo que así es como nací. Por supuesto, todos los animales del bosque esperan que sea valiente; pues en todas partes se considera al león como el Rey de las Fieras. Aprendí que, si rugía con fuerza, todas las criaturas se atemorizaban y se apartaban de mi camino. Cada vez que me topaba con un ser humano, yo estaba asustado hasta el tuétano, pero solo le rugía y él siempre huía tan rápido como podía. Si los elefantes y los tigres y los osos hubieran intentado contraatacarme, habría salido corriendo, soy todo un cobarde; pero en cuanto me oyen rugir, todos se alejan de mí y, por supuesto, los dejo ir.

—Pero no está bien. El Rey de las Fieras no debería ser cobarde —comentó el Espantapájaros.

—Lo sé —dijo el León secándose una lágrima con la punta de la cola—. Es mi gran tragedia y me entristece la vida. Pero cada vez que hay peligro, se me acelera el corazón.

—Capaz tengas una enfermedad del corazón —sugirió el Leñador de Hojalata.

—Quizás —repuso el León.

—Si así fuera —continuó el Leñador de Hojalata—, deberías estar agradecido, porque es prueba de que tienes corazón. Por mi parte, yo no tengo uno, así que no puedo tener ninguna enfermedad del corazón.

—Capaz así sea —reflexionó el León—, si no tuviera corazón, no sería cobarde.

—¿Y tienes algún seso? —quiso saber el Espantapájaros.

"I suppose so. I've never looked to see," replied the Lion.

"I am going to the Great Oz to ask him to give me some," remarked the Scarecrow, "for my head is stuffed with straw."

"And I am going to ask him to give me a heart," said the Woodman.

"And I am going to ask him to send Toto and me back to Kansas," added Dorothy.

"Do you think Oz could give me courage?" asked the Cowardly Lion.

"Just as easily as he could give me brains," said the Scarecrow.

"Or give me a heart," said the Tin Woodman.

"Or send me back to Kansas," said Dorothy.

"Then, if you don't mind, I'll go with you," said the Lion, "for my life is simply unbearable without a bit of courage."

"You will be very welcome," answered Dorothy, "for you will help to keep away the other wild beasts. It seems to me they must be more cowardly than you are if they allow you to scare them so easily."

"They really are," said the Lion, "but that doesn't make me any braver, and as long as I know myself to be a coward I shall be unhappy."

So once more the little company set off upon the journey, the Lion walking with stately strides at Dorothy's side. Toto did not approve of this new comrade at first, for he could not forget how nearly he had been crushed between the Lion's great jaws. But after a time he became more at ease, and presently Toto and the Cowardly Lion had grown to be good friends.

During the rest of that day there was no other adventure to mar the peace of their journey. Once, indeed, the Tin Woodman stepped upon

—Sospecho que sí. Nunca me detuve a comprobar —replicó el León.

—Voy de camino a ver a Oz el Grande para que me dé alguno —aclaró el Espantapájaros—, ya que mi cabeza está rellena de paja.

—Y yo un corazón —añadió el Leñador.

—Y yo a que me envíe a mí y a Toto de vuelta a Kansas —agregó Dorothy.

—¿Creen que Oz pueda darme coraje? —preguntó el León Cobarde.

—Con la misma facilidad con la que podría darme algún seso —contestó el Espantapájaros.

—O a mí un corazón —añadió el Leñador.

—O enviarme de vuelta a Kansas —agregó Dorothy.

—Entonces, si no les molesta, iré con ustedes —dijo el León—, porque no tolero vivir sin coraje.

—Eres más que bienvenido —contestó Dorothy—, ya que contigo mantendremos a las otras bestias salvajes al margen. Me parece que ellas deben sentirse más acobardadas que tú si las espantas con tanta facilidad.

—Sí que lo están —confirmó el León—, pero eso no me quita lo cobarde y, en tanto y en cuanto sea consciente de mi cobardía, seré infeliz.

Así que una vez más, el grupito emprendió viaje, con el León dando zancadas elegantes al costado de Dorothy. Al principio, Toto no aprobaba al compañero nuevo porque no podía olvidar cuán cerca estuvo de ser aplastado por las fauces del enorme León. No obstante, después de un tiempo empezó a estar más tranquilo y luego se hicieron grandes amigos.

Por el resto de ese día no hubo ninguna otra aventura que enlentaciera el ritmo de la marcha. De hecho, en una ocasión, el Leñador de

a beetle that was crawling along the road, and killed the poor little thing. This made the Tin Woodman very unhappy, for he was always careful not to hurt any living creature; and as he walked along he wept several tears of sorrow and regret. These tears ran slowly down his face and over the hinges of his jaw, and there they rusted. When Dorothy presently asked him a question the Tin Woodman could not open his mouth, for his jaws were tightly rusted together. He became greatly frightened at this and made many motions to Dorothy to relieve him, but she could not understand. The Lion was also puzzled to know what was wrong. But the Scarecrow seized the oil-can from Dorothy's basket and oiled the Woodman's jaws, so that after a few moments he could talk as well as before.

"This will serve me a lesson," said he, "to look where I step. For if I should kill another bug or beetle I should surely cry again, and crying rusts my jaws so that I cannot speak."

Thereafter he walked very carefully, with his eyes on the road, and when he saw a tiny ant toiling by he would step over it, so as not to harm it. The Tin Woodman knew very well he had no heart, and therefore he took great care never to be cruel or unkind to anything.

"You people with hearts," he said, "have something to guide you, and need never do wrong; but I have no heart, and so I must be very careful. When Oz gives me a heart of course I needn't mind so much."

Hojalata pisó un escarabajo que se arrastraba por el camino y lo mató al pobrecito. El Leñador de Hojalata se entristeció mucho, pues era muy precavido de no herir a ningún ser vivo y, mientras caminaba, muchas lágrimas de tristeza y arrepentimiento le pintaron el rostro. Las lágrimas se deslizaron lentas por el rostro y llegaron hasta los quicios de la mandíbula. Cuando al poco tiempo Dorothy le preguntó algo, el Leñador no podía abrir la boca porque el óxido de los quicios se la había sellado. Se asustó mucho y le hizo muchas señas a Dorothy para que lo sacara del apuro, pero ella no supo interpretar las señas. El León también estuvo confundido por lo que sucedía. Sin embargo, el Espantapájaros sacó la aceitera de la canasta de Dorothy y le lubricó las articulaciones al Leñador para que en poco tiempo pudiera hablar de nuevo como antes.

—Que esto me sirva de lección —explicó él— para ver dónde piso. Porque si asesino otro insecto o escarabajo, estoy seguro de que lloraré de nuevo y mis lágrimas me herrumbran las articulaciones y no puedo hablar.

De allí en adelante caminó con mucho cuidado y con los ojos clavados en el camino y, cada vez que veía a una pequeña hormiga caminar, evitó pisarla para no herirla. El Leñador de Hojalata era muy consciente de que no tenía corazón y, por lo tanto, tomó todas las precauciones para no volver a ser cruel o maleducado de nuevo con nada.

—Ustedes —explicó el Leñador de Hojalata— tienen un corazón que los guía y no necesitan causar ningún mal, pero yo no tengo ningún corazón y entonces debo ser muy precavido. Obviamente, cuando Oz me dé un corazón, no me preocuparé tanto.

CHAPTER VII — THE JOURNEY TO THE GREAT OZ

They were obliged to camp out that night under a large tree in the forest, for there were no houses near. The tree made a good, thick covering to protect them from the dew, and the Tin Woodman chopped a great pile of wood with his axe and Dorothy built a splendid fire that warmed her and made her feel less lonely. She and Toto ate the last of their bread, and now she did not know what they would do for breakfast.

"If you wish," said the Lion, "I will go into the forest and kill a deer for you. You can roast it by the fire, since your tastes are so peculiar that you prefer cooked food, and then you will have a very good breakfast."

"Don't! Please don't," begged the Tin Woodman. "I should certainly weep if you killed a poor deer, and then my jaws would rust again."

—But the Lion went away into the forest and found his own supper, and no one ever knew what it was, for he didn't mention it. And the Scarecrow found a tree full of nuts and filled Dorothy's basket with them, so that she would not be hungry for a long time. She thought this was very kind and thoughtful of the Scarecrow, but she laughed heartily at the awkward way in which the poor creature picked up the nuts. His padded hands were so clumsy and the nuts were so small that he dropped almost as many as he put in the basket. But the Scarecrow did not mind how long it took him to fill the basket, for it enabled him to keep away from the fire, as he feared a spark might get into his straw and burn him up. So he kept a good distance away from the flames, and only came near to cover Dorothy with dry leaves when she lay down to sleep. These kept her very snug and warm, and she slept soundly until morning.

—When it was daylight, the girl bathed her face in a little rippling brook, and soon after they all started toward the Emerald City.

This was to be an eventful day for the travelers. They had hardly

CAPÍTULO VII — EL VIAJE HACIA OZ EL GRANDE

Se vieron obligados a acampar aquella noche bajo un árbol grande en el bosque porque no había ninguna casa en la cercanía. El árbol les ofreció una buena cobertura espesa que los resguardó del rocío; el Leñador de Hojalata hachó un montón de leña y Dorothy encendió una fogata espléndida que la abrigó y le hizo sentirse menos sola. Ella y Toto comieron el pan restante y ya no supo qué desayunarían.

—Si quieres —se ofreció el León—, me adentraré en el bosque y les cazaré un ciervo. Puedes asarlo al fuego, ya que sus gustos son tan particulares que prefieren la comida cocida, y tendrán un muy buen desayuno.

—¡No lo hagas! Por favor —suplicó el Leñador de Hojalata—. Es más que seguro que lloraré si matas a un pobre ciervo y, entonces, se me oxidará la mandíbula de nuevo.

No obstante, el León se alejó por el bosque y consiguió su cena, ¿qué fue? Nadie lo supo nunca, pues no lo aclaró. El Espantapájaros encontró un nogal cargado de nueces y llenó la canasta de Dorothy con las nueces para que no ella sintiera hambre por un buen tiempo. A Dorothy le pareció algo muy lindo y considerado de parte del Espantapájaros, pero se rio animosamente por la manera extraña en la que el pobre muñeco recogía las nueces. Las manos rellenas de paja eran tan torpes y las nueces tan pequeñas que se le escaparon casi tantas nueces como cuantas puso en la canasta. Sin embargo, al Espantapájaros no le importó cuánto tiempo tardó en llenar la canasta porque le permitía mantenerse alejado del fuego, ya que temía que una chispa atrapara la paja y lo consumiera por completo. De modo que se mantuvo a una buena distancia de las llamas y solo se acercó para cubrir a Dorothy con hojarasca cuando ella se acostó a dormir. La mantuvieron cómoda y abrigada y durmió como una marmota hasta la mañana.

Cuando ya hubo alboreado el día, la niña se limpió el rostro en un arroyito correntoso y poco después prosiguieron el camino hacia la Ciudad Esmeralda.

Este iba a ser un día ajetreado para los caminantes. Llevaban cami-

been walking an hour when they saw before them a great ditch that crossed the road and divided the forest as far as they could see on either side. It was a very wide ditch, and when they crept up to the edge and looked into it they could see it was also very deep, and there were many big, jagged rocks at the bottom. The sides were so steep that none of them could climb down, and for a moment it seemed that their journey must end.

"What shall we do?" asked Dorothy despairingly.

"I haven't the faintest idea," said the Tin Woodman, and the Lion shook his shaggy mane and looked thoughtful.

But the Scarecrow said, "We cannot fly, that is certain. Neither can we climb down into this great ditch. Therefore, if we cannot jump over it, we must stop where we are."

"I think I could jump over it," said the Cowardly Lion, after measuring the distance carefully in his mind.

"Then we are all right," answered the Scarecrow, "for you can carry us all over on your back, one at a time."

"Well, I'll try it," said the Lion. "Who will go first?"

"I will," declared the Scarecrow, "for, if you found that you could not jump over the gulf, Dorothy would be killed, or the Tin Woodman badly dented on the rocks below. But if I am on your back it will not matter so much, for the fall would not hurt me at all."

"I am terribly afraid of falling, myself," said the Cowardly Lion, "but I suppose there is nothing to do but try it. So get on my back and we will make the attempt."

The Scarecrow sat upon the Lion's back, and the big beast walked to the edge of the gulf and crouched down.

"Why don't you run and jump?" asked the Scarecrow.

"Because that isn't the way we Lions do these things," he replied.

nando apenas una hora cuando vieron ante ellos una gran zanja que cortaba el camino y dividía el bosque hasta donde alcanzaba la vista a ambos lados. Era una zanja muy ancha y, cuando se asomaron por el borde y miraron hacia abajo, vieron que también era muy profunda, con muchas rocas grandes y filosas en el fondo. Los costados eran tan escarpados que ninguno de ellos podía descender y, por un momento, parecía que el viaje había llegado a su fin.

—¿Qué iremos a hacer? —preguntó Dorothy desanimada.

—No tengo la más mínima idea —repuso el Leñador de Hojalata, y el León negó con la melena y miró pensativo.

El Espantapájaros, empero, razonó: «No podemos volar; está claro. Tampoco podemos descender a la gran zanja. Por lo tanto, si no podemos saltarla, debemos detenernos en donde estamos».

—Creo que podría saltarla —supuso el León Cobarde después de medir la distancia con cuidado en la mente.

—Entonces está todo bien —respondió el Espantapájaros—, ya que puedes llevarnos a todos sobre el lomo, uno a la vez.

—Bueno, lo intentaré —contestó el León—. ¿Quién irá primero?

—Yo —se ofreció seguro el Espantapájaros—, porque, si ves que no puedes saltar el abismo, Dorothy moriría o el Leñador de Hojalata quedaría muy abollado en las rocas debajo. Pero si voy yo sobre el lomo, no importará mucho, pues la caída no me lastimaría en absoluto.

—Tengo muchísimo miedo de caerme —confesó el León Cobarde—, pero creo que no hay nada por hacer más que intentarlo. Así que móntame al lomo e intentémoslo.

El Espantapájaros se montó sobre el lomo del León y la gran bestia se acercó caminando al borde y se agazapó.

—¿Por qué no corres y saltas? —preguntó el Espantapájaros

—Porque esa no es la manera en la que los leones hacemos estas co-

Then giving a great spring, he shot through the air and landed safely on the other side. They were all greatly pleased to see how easily he did it, and after the Scarecrow had got down from his back the Lion sprang across the ditch again.

Dorothy thought she would go next; so she took Toto in her arms and climbed on the Lion's back, holding tightly to his mane with one hand. The next moment it seemed as if she were flying through the air; and then, before she had time to think about it, she was safe on the other side. The Lion went back a third time and got the Tin Woodman, and then they all sat down for a few moments to give the beast a chance to rest, for his great leaps had made his breath short, and he panted like a big dog that has been running too long.

They found the forest very thick on this side, and it looked dark and gloomy. After the Lion had rested they started along the road of yellow brick, silently wondering, each in his own mind, if ever they would come to the end of the woods and reach the bright sunshine again. To add to their discomfort, they soon heard strange noises in the depths of the forest, and the Lion whispered to them that it was in this part of the country that the Kalidahs lived.

"What are the Kalidahs?" asked the girl.

"They are monstrous beasts with bodies like bears and heads like tigers," replied the Lion, "and with claws so long and sharp that they could tear me in two as easily as I could kill Toto. I'm terribly afraid of the Kalidahs."

"I'm not surprised that you are," returned Dorothy. "They must be dreadful beasts."

The Lion was about to reply when suddenly they came to another gulf across the road. But this one was so broad and deep that the Lion knew at once he could not leap across it.

So they sat down to consider what they should do, and after serious thought the Scarecrow said:

sas —repuso el León. Luego, pegando un gran brinco, voló por los aires y aterrizaron seguros del otro lado. Estuvieron todos muy complacidos al ver con cuánta facilidad lo había logrado y, una vez que el Espantapájaros hubo descendido del lomo, el León saltó de vuelta la zanja.

Dorothy pensó que iría ella segunda; así que cargó a Toto en brazos, montó el lomo del León y se asió con fuerza de la melena usando una mano. De inmediato, parecía como si atravesara el aire volando y luego, antes de que tuviera tiempo para pensarlo, habían aterrizado seguros del otro lado. El León volvió una tercera vez y buscó al Leñador de Hojalata, y todos se sentaron por unos instantes para darle a la bestia la oportunidad de descansar porque los saltos largos le habían hecho perder el aliento y jadeaba como un perro grande que lleva mucho tiempo corriendo.

Se encontraron con un bosque muy tupido de este lado, de apariencia oscura y tenebrosa. Una vez que el León hubo descansado, retomaron el camino de adoquines amarillos y cada uno se preguntaba en silencio dentro de la cabeza si en algún momento llegarían a la linde del bosque y si el brillo de la luz del sol volvería a acariciarlos. Para exacerbar la incomodidad, pronto escucharon sonidos extraños provenientes de las profundidades del bosque y el León les contó entre susurros que en estos lugares vivían los kalidahs.

—¿Qué son los kalidahs? —preguntó la niña.

—Bestias monstruosas, con cuerpo de oso y cabeza de tigre —explicó el León—, y con garras tan largas y afiladas que podrían desgarrarme en dos con la misma facilidad con la que yo podría acabar con Toto. Me dan pánico los kalidahs.

—No me sorprende que te lo den—contestó Dorothy—. Deben de ser bestias terroríficas.

El León estuvo a punto de responder, cuando llegaron a un nuevo abismo que cortaba el camino. Pero este era tan ancho y profundo que el León supo de inmediato que no podría atravesarlo con un salto.

Por lo tanto, se sentaron a pensar qué deberían hacer y, luego de una reflexión seria, el Espantapájaros propuso:

"Here is a great tree, standing close to the ditch. If the Tin Wood-man can chop it down, so that it will fall to the other side, we can walk across it easily."

"That is a first-rate idea," said the Lion. "One would almost suspect you had brains in your head, instead of straw."

The Woodman set to work at once, and so sharp was his axe that the tree was soon chopped nearly through. Then the Lion put his strong front legs against the tree and pushed with all his might, and slowly the big tree tipped and fell with a crash across the ditch, with its top branches on the other side.

They had just started to cross this queer bridge when a sharp growl made them all look up, and to their horror they saw running toward them two great beasts with bodies like bears and heads like tigers.

"They are the Kalidahs!" said the Cowardly Lion, beginning to tremble.

"Quick!" cried the Scarecrow. "Let us cross over."

So Dorothy went first, holding Toto in her arms, the Tin Woodman followed, and the Scarecrow came next. The Lion, although he was certainly afraid, turned to face the Kalidahs, and then he gave so loud and terrible a roar that Dorothy screamed and the Scarecrow fell over backward, while even the fierce beasts stopped short and looked at him in surprise.

But, seeing they were bigger than the Lion, and remembering that there were two of them and only one of him, the Kalidahs again rushed forward, and the Lion crossed over the tree and turned to see what they would do next. Without stopping an instant the fierce beasts also began to cross the tree. And the Lion said to Dorothy:

"We are lost, for they will surely tear us to pieces with their sharp claws. But stand close behind me, and I will fight them as long as I am alive."

—Aquí hay un árbol altísimo, que crece cerca del abismo. Si el Leñador de Hojalata puede talarlo para que caiga del otro lado, podremos caminar sobre él con facilidad.

—Es una idea brillante —celebró el León—. Hasta podría sospecharse que sí hay un cerebro manejándote la cabeza, en vez de paja.

El Leñador se puso manos a la obra de inmediato y tan filosa era el hacha que pronto el árbol estuvo talado casi por completo. Acto seguido, el León apoyó las fuertes patas delanteras contra el árbol y empujó con todas sus fuerzas, y el árbol se fue inclinando lentamente hasta caer dando un golpazo, con las ramas de la copa apoyadas en el otro lado.

Apenas habían empezado a cruzar este puente singular cuando un chillido agudo les hizo levantar la mirada y, para su horror, vieron a dos bestias enormes con cuerpo de oso y cabeza de tigre corriendo hacia ellos.

—¡Son kalidahs! —gritó temblando el León Cobarde.

—¡Rápido! —ordenó el Espantapájaros—. Crucemos de una vez.

De modo que Dorothy avanzó primera, sujetando a Toto entre los brazos, la siguió el Leñador de Hojalata y luego cruzó el Espantapájaros. El León, a pesar de que sin lugar a dudas estaba aterrorizado, se dio vuelta para enfrentar a los kalidahs y lanzó un rugido tan ruidoso y temible que Dorothy gritó y el Espantapájaros se cayó para atrás, mientras que las bestias feroces se frenaron de golpe y lo miraron sorprendidas.

Viendo que eran más grandes que el León, empero, y recordando que eran dos y él solo uno; los kalidahs avanzaron rápido de nuevo; el León cruzó el árbol y se volteó para ver qué hacer después. Sin detenerse por un momento, las bestias feroces también empezaron a cruzar el árbol. El León le advirtió a Dorothy:

—Estamos perdidos porque de seguro nos desgarrarán y harán trizas con las garras filosas. Pero ponte detrás de mí y les haré frente por cuanto tiempo viva.

"Wait a minute!" called the Scarecrow. He had been thinking what was best to be done, and now he asked the Woodman to chop away the end of the tree that rested on their side of the ditch. The Tin Woodman began to use his axe at once, and, just as the two Kalidahs were nearly across, the tree fell with a crash into the gulf, carrying the ugly, snarling brutes with it, and both were dashed to pieces on the sharp rocks at the bottom.

"Well," said the Cowardly Lion, drawing a long breath of relief, "I see we are going to live a little while longer, and I am glad of it, for it must be a very uncomfortable thing not to be alive. Those creatures frightened me so badly that my heart is beating yet."

"Ah," said the Tin Woodman sadly, "I wish I had a heart to beat."

This adventure made the travelers more anxious than ever to get out of the forest, and they walked so fast that Dorothy became tired, and had to ride on the Lion's back. To their great joy the trees became thinner the farther they advanced, and in the afternoon they suddenly came upon a broad river, flowing swiftly just before them. On the other side of the water they could see the road of yellow brick running through a beautiful country, with green meadows dotted with bright flowers and all the road bordered with trees hanging full of delicious fruits. They were greatly pleased to see this delightful country before them.

"How shall we cross the river?" asked Dorothy.

"That is easily done," replied the Scarecrow. "The Tin Woodman must build us a raft, so we can float to the other side."

So the Woodman took his axe and began to chop down small trees to make a raft, and while he was busy at this the Scarecrow found on the riverbank a tree full of fine fruit. This pleased Dorothy, who had eaten nothing but nuts all day, and she made a hearty meal of the ripe fruit.

But it takes time to make a raft, even when one is as industrious and untiring as the Tin Woodman, and when night came the work

—¡Espera un minuto! —gritó el Espantapájaros. Había estado pensando qué era lo mejor para hacer y ahora le había pedido al Leñador que cortara la copa del árbol que descansaba sobre este lado de la zanja. El Leñador de Hojalata empezó a hachar de inmediato y, justo cuando los kalidahs habían casi atravesado la zanja, el árbol cayó y golpeó el fondo de la fosa. Con él, se llevó a los horrendos brutos gruñones, que se descuartizaron en piezas contra las rocas filosas del fondo.

—Bueno —se alivió el León Cobarde mientras exhalaba un largo suspiro—, parece ser que viviremos un poco más y estoy agradecido, pues debe ser muy desagradable no estar vivo. Esas bestias me asustaron tanto que el corazón todavía me late con fuerza.

—Ah... —se apenó el Leñador de Hojalata—, ojalá tuviera un corazón para que me latiera con fuerza.

Debido a esta aventura, nuestros caminantes estuvieron más deseosos que nunca de salir del bosque y caminaron con tanta velocidad que Dorothy se cansó y tuvo que montarse sobre el lomo del León. Para su alegría, los árboles se espaciaban a medida que avanzaban y, a la tarde, de súbito llegaron a un río ancho que corría veloz frente a ellos. Al otro lado del río, podían ver el camino de adoquines amarillos atravesar un paisaje precioso con prados verdes manchados de flores brillantes y, a ambos lados del camino, crecían árboles cargados de frutos deliciosos. Estaban muy agradecidos de ver este paisaje hermoso ante ellos.

—¿Cómo cruzaremos el río? —preguntó Dorothy.

—Es pan comido —repuso el Espantapájaros—. El Leñador de Hojalata debe construir una balsa para que lleguemos flotando a la otra orilla.

Entonces, el Leñador tomó el hacha y comenzó a cortar arbolitos para construir una balsa y, mientras se ocupaba de esto, el Espantapájaros encontró en la orilla un árbol cargado con frutas exquisitas. Esto complació a Dorothy, quien no había comido nada más que nueces en todo el día, y se dio una panzada de frutas maduras.

Pero se requiere tiempo para construir una balsa, incluso cuando uno es trabajador e incansable como el Leñador de Hojalata y, cuando la no-

was not done. So they found a cozy place under the trees where they slept well until the morning; and Dorothy dreamed of the Emerald City, and of the good Wizard Oz, who would soon send her back to her own home again.

che hubo caído, el trabajo no había terminado. Por lo que hallaron un lugar acogedor bajo los árboles en donde dormir hasta que la mañana repuntara y Dorothy soñó con la Ciudad Esmeralda y con el bondadoso mago de Oz, quien pronto la enviaría de vuelta a su hogar.

CHAPTER VIII — THE DEADLY POPPY FIELD

Our little party of travelers awakened the next morning refreshed and full of hope, and Dorothy breakfasted like a princess off peaches and plums from the trees beside the river. Behind them was the dark forest they had passed safely through, although they had suffered many discouragements; but before them was a lovely, sunny country that seemed to beckon them on to the Emerald City.

To be sure, the broad river now cut them off from this beautiful land. But the raft was nearly done, and after the Tin Woodman had cut a few more logs and fastened them together with wooden pins, they were ready to start. Dorothy sat down in the middle of the raft and held Toto in her arms. When the Cowardly Lion stepped upon the raft it tipped badly, for he was big and heavy; but the Scarecrow and the Tin Woodman stood upon the other end to steady it, and they had long poles in their hands to push the raft through the water.

They got along quite well at first, but when they reached the middle of the river the swift current swept the raft downstream, farther and farther away from the road of yellow brick. And the water grew so deep that the long poles would not touch the bottom.

"This is bad," said the Tin Woodman, "for if we cannot get to the land we shall be carried into the country of the Wicked Witch of the West, and she will enchant us and make us her slaves."

"And then I should get no brains," said the Scarecrow.

"And I should get no courage," said the Cowardly Lion.

"And I should get no heart," said the Tin Woodman.

"And I should never get back to Kansas," said Dorothy.

"We must certainly get to the Emerald City if we can," the Scarecrow continued, and he pushed so hard on his long pole that it stuck fast in the mud at the bottom of the river. Then, before he could pull it

Nuestro grupito de caminantes se despertó a la mañana siguiente renovado y lleno de esperanzas, y Dorothy desayunó como una princesa duraznos y ciruelas de los árboles junto al río. A sus espaldas se levantaba el bosque tenebroso que habían atravesado para bien, a pesar de haber sufrido varios obstáculos, pero ante ellos se extendían unas tierras adorables y bañadas por el sol, que parecían guiarlos hacia la Ciudad Esmeralda.

Cierto, el río ancho los separaba de estas tierras preciosas. No obstante, la balsa estaba casi terminada y, luego de que el Leñador de Hojalata hubiera cortado unos troncos más y los hubiera unido con ganchos de madera, estuvieron listos para zarpar. Dorothy se sentó en el centro de la balsa y sujetó a Toto en los brazos. Cuando el León Cobarde se subió a la balsa, se ladeó mucho porque era grande y pesado; pero el Espantapájaros y el Leñador de Hojalata se pararon del otro lado para contrabalancear y tenían una pértiga en la mano para empujar la balsa por el agua.

Al principio, todo iba bastante bien, pero cuando llegaron al medio del río, la correntada se llevó la balsa río abajo y los alejó cada vez más y más del camino de adoquines amarillos. El río se volvió tan profundo que las pértigas no tocaban el fondo.

—Esto no es bueno —dijo el Leñador de Hojalata—, pues si no atracamos, el agua nos llevará al país de la Bruja Malvada del Oeste, quien nos maldecirá y esclavizará.

—Y entonces no tendré sesos —se lamentó el Espantapájaros.

—Ni yo coraje —agregó el León Cobarde.

—Ni yo corazón —añadió el Leñador de Hojalata.

—Ni yo volveré a Kansas —concluyó Dorothy.

—Debemos llegar sí o sí a la Ciudad Esmeralda si podemos —prosiguió el Espantapájaros y empujó la pértiga contra el suelo con tanta fuerza que se atascó en el barro del lecho del río. Luego, antes de que pudiera

out again—or let go—the raft was swept away, and the poor Scarecrow was left clinging to the pole in the middle of the river.

"Good-bye!" he called after them, and they were very sorry to leave him. Indeed, the Tin Woodman began to cry, but fortunately remembered that he might rust, and so dried his tears on Dorothy's apron.

Of course this was a bad thing for the Scarecrow.

"I am now worse off than when I first met Dorothy," he thought. "Then, I was stuck on a pole in a cornfield, where I could make-believe scare the crows, at any rate. But surely there is no use for a Scarecrow stuck on a pole in the middle of a river. I am afraid I shall never have any brains, after all!"

Down the stream the raft floated, and the poor Scarecrow was left far behind. Then the Lion said:

"Something must be done to save us. I think I can swim to the shore and pull the raft after me, if you will only hold fast to the tip of my tail."

So he sprang into the water, and the Tin Woodman caught fast hold of his tail. Then the Lion began to swim with all his might toward the shore. It was hard work, although he was so big; but by and by they were drawn out of the current, and then Dorothy took the Tin Woodman's long pole and helped push the raft to the land.

They were all tired out when they reached the shore at last and stepped off upon the pretty green grass, and they also knew that the stream had carried them a long way past the road of yellow brick that led to the Emerald City.

"What shall we do now?" asked the Tin Woodman, as the Lion lay down on the grass to let the sun dry him.

"We must get back to the road, in some way," said Dorothy.

"The best plan will be to walk along the riverbank until we come to

sacarla de vuelta, o soltarla, la balsa se alejó a toda velocidad, y el pobre Espantapájaros se quedó aferrado a la pértiga en medio del río.

—¡Adiós! —se despidió él y sus amigos se apenaron mucho por abandonarlo. De hecho, el Leñador de Hojalata se largó a llorar, pero por suerte recordó que podría oxidarse, así que se secó las lágrimas en el delantal de Dorothy.

Por supuesto, esto era algo malo para el Espantapájaros.

«Ahora estoy peor que cuando conocí a Dorothy», pensó él. «En ese entonces, estaba en un palo en un campo de maíz, donde por lo menos podía pretender espantar los cuervos. Pero de seguro no sirve de nada un Espantapájaros en un palo en medio del río. ¡Lamentablemente, no tendré ningún seso después de todo!».

Aguas abajo la balsa iba flotando y el pobre Espantapájaros había quedado muy atrás. Propuso entonces el León:

—Hay que hacer algo si queremos salvarnos. Creo que puedo nadar hasta la orilla y remolcar la balsa si me sujetan con fuerza de la cola.

De modo que saltó al agua y el Leñador de Hojalata se aferró con fuerza de la cola. Entonces el León empezó a nadar con brío hacia la orilla. Fue trabajo duro, a pesar de ser tan grande, pero poco a poco salieron de la corriente y luego Dorothy tomó la pértiga del Leñador de Hojalata y ayudó a empujar la balsa hasta tierra firme.

Estaban todos agotados cuando por fin alcanzaron la orilla, se bajaron y pusieron los pies sobre los lindos pastos verdes; también sabían que la corriente los había alejado un buen trecho del camino de adoquines amarillos que conducía a la Ciudad Esmeralda.

—¿Qué iremos a hacer ahora? —preguntó el Leñador de Hojalata mientras el León se acostaba en el suelo para secarse al sol.

—Debemos volver de alguna manera al camino —repuso Dorothy.

—El mejor plan será caminar por la ribera hasta que volvamos al ca-

the road again," remarked the Lion.

So, when they were rested, Dorothy picked up her basket and they started along the grassy bank, to the road from which the river had carried them. It was a lovely country, with plenty of flowers and fruit trees and sunshine to cheer them, and had they not felt so sorry for the poor Scarecrow, they could have been very happy.

They walked along as fast as they could, Dorothy only stopping once to pick a beautiful flower; and after a time the Tin Woodman cried out: "Look!"

Then they all looked at the river and saw the Scarecrow perched upon his pole in the middle of the water, looking very lonely and sad.

"What can we do to save him?" asked Dorothy.

The Lion and the Woodman both shook their heads, for they did not know. So they sat down upon the bank and gazed wistfully at the Scarecrow until a Stork flew by, who, upon seeing them, stopped to rest at the water's edge.

"Who are you and where are you going?" asked the Stork.

"I am Dorothy," answered the girl, "and these are my friends, the Tin Woodman and the Cowardly Lion; and we are going to the Emerald City."

"This isn't the road," said the Stork, as she twisted her long neck and looked sharply at the queer party.

"I know it," returned Dorothy, "but we have lost the Scarecrow, and are wondering how we shall get him again."

"Where is he?" asked the Stork.

"Over there in the river," answered the little girl.

"If he wasn't so big and heavy I would get him for you," remarked

mino —comentó el León.

Así que, cuando hubieron descansado, Dorothy tomó la canasta y empezaron a caminar por la orilla verdosa hasta el camino del cual la corriente los había alejado. Eran unas tierras adorables, donde las flores, árboles frutales y luz del sol abundaban y les levantaban los ánimos y, si no se hubiesen sentido tan apenados por el pobre Espantapájaros, se habrían sentido muy felices.

Caminaban tan rápido como podían y Dorothy se detuvo solo una vez para recoger una flor preciosa y, pasado un tiempo, el Leñador de Hojalata exclamó: «¡Miren!».

Todos miraron hacia el río y vieron al Espantapájaros aferrado a su pértiga en medio del agua y con apariencia triste y solitaria.

—¿Qué podemos hacer para rescatarlo? —preguntó Dorothy.

Tanto el León como el Leñador negaron con la cabeza porque no sabían. Así que se sentaron en la orilla y observaron con melancolía al Espantapájaros hasta que una cigüeña que pasaba volando, al verlos, se detuvo a descansar al borde del agua.

—¿Quiénes son y a dónde van? —preguntó la Cigüeña.

—Me llamo Dorothy —contestó la niña— y ellos son mis amigos: el Leñador de Hojalata y el León Cobarde. Vamos de camino a la Ciudad Esmeralda.

—Este no es el camino —aclaró la Cigüeña retorciendo el cuello largo y viendo con sospechas al exótico grupo.

—Lo sé —repuso Dorothy—, pero nos separamos del Espantapájaros y nos preguntamos cómo recuperarlo de vuelta.

—¿Dónde está? —inquirió la cigüeña.

—Allí en el río —contestó la niña.

—Si no fuese tan grande y pesado, lo recogería por ustedes —comentó

the Stork.

"He isn't heavy a bit," said Dorothy eagerly, "for he is stuffed with straw; and if you will bring him back to us, we shall thank you ever and ever so much."

"Well, I'll try," said the Stork, "but if I find he is too heavy to carry I shall have to drop him in the river again."

So the big bird flew into the air and over the water till she came to where the Scarecrow was perched upon his pole. Then the Stork with her great claws grabbed the Scarecrow by the arm and carried him up into the air and back to the bank, where Dorothy and the Lion and the Tin Woodman and Toto were sitting.

When the Scarecrow found himself among his friends again, he was so happy that he hugged them all, even the Lion and Toto; and as they walked along he sang "Tol-de-ri-de-oh!" at every step, he felt so gay.

"I was afraid I should have to stay in the river forever," he said, "but the kind Stork saved me, and if I ever get any brains I shall find the Stork again and do her some kindness in return."

"That's all right," said the Stork, who was flying along beside them. "I always like to help anyone in trouble. But I must go now, for my babies are waiting in the nest for me. I hope you will find the Emerald City and that Oz will help you."

"Thank you," replied Dorothy, and then the kind Stork flew into the air and was soon out of sight.

They walked along listening to the singing of the brightly colored birds and looking at the lovely flowers which now became so thick that the ground was carpeted with them. There were big yellow and white and blue and purple blossoms, besides great clusters of scarlet poppies, which were so brilliant in color they almost dazzled Dorothy's eyes.

"Aren't they beautiful?" the girl asked, as she breathed in the spicy

la Cigüeña.

—No es para nada pesado —explicó Dorothy emocionada— porque está relleno de paja y, si nos lo trajera de vuelta, le estaríamos muy agradecidos para siempre.

—Bueno, lo intentaré —aceptó la Cigüeña—, pero si siento que es muy pesado para llevar, tendré que dejarlo de nuevo en el río.

De este modo, la gran ave se elevó por los aires, sobre el agua, hasta donde el Espantapájaros se aferraba a la pértiga. Entonces, la Cigüeña con las garras grandes asió al Espantapájaros del brazo y se lo llevó por el aire de vuelta a la orilla, donde Dorothy y el León y el Leñador de Hojalata estaban sentados.

Cuando el Espantapájaros se hubo encontrado entre sus amigos de vuelta, se alegró tanto que los abrazó a todos, incluso al León y a Toto y, mientras caminaban, iba cantando «tra-la-li-la-la» a cada paso que daba y se sentía muy feliz.

—Temía quedarme para siempre en el río —comentó él—, pero la Cigüeña simpática me salvó y, si alguna vez consigo algún seso, la buscaré de nuevo y le devolveré el favor con alguna bondad.

—No hace falta —aclaró la Cigüeña, quien volaba junto a ellos—. Siempre me gusta ayudar a quienes están en apuros. Pero debo irme ahora porque mis polluelos me esperan en el nido. Ojalá encuentren la Ciudad Esmeralda y Oz los ayude.

—Gracias —agradeció Dorothy y la Cigüeña simpática se alejó volando por los aires hasta perderse de vista.

Caminando, escuchaban los cantos coloridos de las aves brillantes y observaban las flores preciosas que crecían tan apiñadas que vestían el suelo. Se esparcían grandes capullos amarillos y blancos y azules y violetas, junto a colchones de amapolas escarlatas, cuyo color era tan intenso que por poco le aturdían la vista a Dorothy.

—¿No son hermosas? —preguntó la niña mientras aspiraba el aroma

scent of the bright flowers.

"I suppose so," answered the Scarecrow. "When I have brains, I shall probably like them better."

"If I only had a heart, I should love them," added the Tin Woodman.

"I always did like flowers," said the Lion. "They seem so helpless and frail. But there are none in the forest so bright as these."

They now came upon more and more of the big scarlet poppies, and fewer and fewer of the other flowers; and soon they found themselves in the midst of a great meadow of poppies. Now it is well known that when there are many of these flowers together their odor is so powerful that anyone who breathes it falls asleep, and if the sleeper is not carried away from the scent of the flowers, he sleeps on and on forever. But Dorothy did not know this, nor could she get away from the bright red flowers that were everywhere about; so presently her eyes grew heavy and she felt she must sit down to rest and to sleep.

But the Tin Woodman would not let her do this.

"We must hurry and get back to the road of yellow brick before dark," he said; and the Scarecrow agreed with him. So they kept walking until Dorothy could stand no longer. Her eyes closed in spite of herself and she forgot where she was and fell among the poppies, fast asleep.

"What shall we do?" asked the Tin Woodman.

"If we leave her here she will die," said the Lion. "The smell of the flowers is killing us all. I myself can scarcely keep my eyes open, and the dog is asleep already."

It was true; Toto had fallen down beside his little mistress. But the Scarecrow and the Tin Woodman, not being made of flesh, were not troubled by the scent of the flowers.

embriagador de la flor brillante.

—Calculo que sí —respondió el Espantapájaros—. Cuando tenga sesos, es probable que me gusten más.

—Si tan solo tuviera corazón, podría amarlas —agregó el Leñador de Hojalata.

—Siempre me gustaron las flores —añadió el León—. Se ven tan indefensas y delicadas. Pero no hay ninguna en el bosque tan brillante como estas.

Se iban topando con más y más de las grandes amapolas escarlatas y menos y menos de las otras flores; pronto, se encontraron en medio de un prado extenso de amapolas. Ahora bien, es bien sabido que cuando hay muchas de estas flores juntas, su perfume se vuelve tan poderoso que quienquiera que lo inhale cae rendido ante el sueño y, si no sacan el cuerpo del perfume de las flores, dormirá por y para siempre. Dorothy no lo sabía, empero, y no pudo escapar de las brillantes amapolas escarlatas que estaba en rededor; así que, en muy poco tiempo, los párpados empezaron a pesarle y sintió que debía sentarse a descansar y dormir.

No obstante, el Leñador de Hojalata no se lo permitió.

—Apurémonos y volvamos al camino de adoquines amarillos antes de que oscurezca —urgió, y el Espantapájaros estuvo de acuerdo con él. De modo que siguieron caminando hasta que Dorothy no pudo mantenerse en pie. Se le cerraron los ojos contra su voluntad, y se olvidó de dónde estaba y cayó entre las amapolas, dormida como una marmota.

—¿Qué haremos? —preguntó el Leñador de Hojalata.

—Si la abandonamos aquí, morirá —advirtió el León—. El olor de las amapolas nos está matando. A penas puedo mantener los ojos abiertos y el perro ya se durmió.

Era cierto; Toto había colapsado junto a su pequeña dueña. No obstante, como el Espantapájaros y el Leñador de Hojalata no eran de carne, el perfume de las amapolas no les afectaba.

"Run fast," said the Scarecrow to the Lion, "and get out of this deadly flower bed as soon as you can. We will bring the little girl with us, but if you should fall asleep you are too big to be carried."

So the Lion aroused himself and bounded forward as fast as he could go. In a moment he was out of sight.

"Let us make a chair with our hands and carry her," said the Scarecrow. So they picked up Toto and put the dog in Dorothy's lap, and then they made a chair with their hands for the seat and their arms for the arms and carried the sleeping girl between them through the flowers.

On and on they walked, and it seemed that the great carpet of deadly flowers that surrounded them would never end. They followed the bend of the river, and at last came upon their friend the Lion, lying fast asleep among the poppies. The flowers had been too strong for the huge beast and he had given up at last, and fallen only a short distance from the end of the poppy bed, where the sweet grass spread in beautiful green fields before them.

"We can do nothing for him," said the Tin Woodman, sadly; "for he is much too heavy to lift. We must leave him here to sleep on forever, and perhaps he will dream that he has found courage at last."

"I'm sorry," said the Scarecrow. "The Lion was a very good comrade for one so cowardly. But let us go on."

They carried the sleeping girl to a pretty spot beside the river, far enough from the poppy field to prevent her breathing any more of the poison of the flowers, and here they laid her gently on the soft grass and waited for the fresh breeze to waken her.

—Huye rápido —le ordenó el Espantapájaros al León— y escapa de este colchón mortal de flores tan pronto como puedas. Nos llevaremos a la niña con nosotros, pero si te quedas dormido, serás muy grande como para poder ser llevado.

Así que el León se espabiló y se forzó a avanzar dando saltos tan rápido como pudo. Pronto, salió del campo de visión.

—Hagamos una silla con los brazos y la llevemos —propuso el Espantapájaros. Entonces levantaron a Toto y lo pusieron sobre la falda de Dorothy, y luego hicieron una silla, con las manos de asiento y los brazos de apoyabrazos, y se llevaron entre los dos a la niña durmiente a través de las flores.

Caminaron y siguieron caminando y parecía como si las flores mortales que vestían el suelo que los rodeaba no se acabarían nunca. Siguieron el meandro del río y, después de un tiempo, se toparon con su amigo el León, acostado y dormido entre las amapolas. Las flores habían sido demasiado fuertes para la bestia enorme, quien terminó rindiéndose; había caído muy cerca del linde del campo de amapolas, donde el césped esponjoso se extendía en prados verdes ante ellos.

—No hay nada que podemos hacer por él —se lamentó el Leñador de Hojalata—, pues es muy pesado para levantar. Debemos dejarlo dormir para siempre y capaz sueñe que al fin consiguió coraje.

—Lo siento —se apenó el Espantapájaros—. Para ser tan cobarde, era muy buen compañero. Pero sigamos.

Se llevaron a la niña durmiente a un lugarcito agradable junto al río, alejado lo suficiente del campo de amapolas para evitar que siguiera respirando el perfume venenoso, y allí la dejaron con delicadeza sobre los pastos verdes y esperaron que el aire fresco la despertara.

CHAPTER IX — THE QUEEN OF THE FIELD MICE

"We cannot be far from the road of yellow brick, now," remarked the Scarecrow, as he stood beside the girl, "for we have come nearly as far as the river carried us away."

The Tin Woodman was about to reply when he heard a low growl, and turning his head (which worked beautifully on hinges) he saw a strange beast come bounding over the grass toward them. It was, indeed, a great yellow Wildcat, and the Woodman thought it must be chasing something, for its ears were lying close to its head and its mouth was wide open, showing two rows of ugly teeth, while its red eyes glowed like balls of fire. As it came nearer the Tin Woodman saw that running before the beast was a little gray field mouse, and although he had no heart he knew it was wrong for the Wildcat to try to kill such a pretty, harmless creature.

So the Woodman raised his axe, and as the Wildcat ran by he gave it a quick blow that cut the beast's head clean off from its body, and it rolled over at his feet in two pieces.

The field mouse, now that it was freed from its enemy, stopped short; and coming slowly up to the Woodman it said, in a squeaky little voice:

"Oh, thank you! Thank you ever so much for saving my life."

"Don't speak of it, I beg of you," replied the Woodman. "I have no heart, you know, so I am careful to help all those who may need a friend, even if it happens to be only a mouse."

"Only a mouse!" cried the little animal, indignantly. "Why, I am a Queen—the Queen of all the Field Mice!"

"Oh, indeed," said the Woodman, making a bow.

"Therefore you have done a great deed, as well as a brave one, in saving my life," added the Queen.

CAPÍTULO IX — LA REINA RATONA

—Ya no debemos de estar lejos del camino de adoquines amarillos —calculó el Espantapájaros, parado al lado de la niña—, porque ya hemos recorrido casi cuanto el río nos arrastró.

El Leñador de Hojalata estaba a punto de responder, cuando escuchó un gruñido bajo y, al voltear la cabeza (que funcionaba de maravillas con los quicios), vio una fiera extraña acercándose a los brincos por entre los pastos. En efecto, era un gran gato montés amarillo y el Leñador supuso que estaba cazando algo, pues tenía las orejas plegadas contra la cabeza, las fauces abiertas en las que revelaba dos hileras de dientes horrendos mientras que los ojos le refulgían rojos como bolas de fuego. A medida que se acercaba, el Leñador de Hojalata vio que de la fiera huía una ratoncita de campo gris y, a pesar de su falta de corazón, sabía que estaba mal que el gato montés intentara asesinar a una criatura tan bella e inofensiva.

De modo que el Leñador alzó el hacha y, cuando el gato pasaba junto a él, le asestó un golpe rápido, con el que le separó a la fiera la cabeza del cuerpo y ambas partes rodaron a los pies.

La ratona de campo, ahora librada de su enemigo, se detuvo en seco; se acercó lento al Leñador y le agradeció con una vocecita chillona:

—Ay, ¡muchísimas gracias! Gracias por salvarme la vida.

—No es nada, de veras —le repuso el Leñador—. Verás, no tengo corazón, así que me tomo el trabajo de ayudar a quienquiera que pueda necesitar un amigo, incluso a una simple ratoncita.

—¡Una simple ratoncita! —se indignó la ratoncita—. Pero, si soy una reina, ¡la reina de todos los ratones de campo!

—Oh, por supuesto —comprendió el Leñador e hizo una reverencia.

—Por ende, realizó una obra grandiosa, y valerosa también, al salvarme la vida —prosiguió la reina.

At that moment several mice were seen running up as fast as their little legs could carry them, and when they saw their Queen they exclaimed:

"Oh, your Majesty, we thought you would be killed! How did you manage to escape the great Wildcat?" They all bowed so low to the little Queen that they almost stood upon their heads.

"This funny tin man," she answered, "killed the Wildcat and saved my life. So hereafter you must all serve him, and obey his slightest wish."

"We will!" cried all the mice, in a shrill chorus. And then they scampered in all directions, for Toto had awakened from his sleep, and seeing all these mice around him he gave one bark of delight and jumped right into the middle of the group. Toto had always loved to chase mice when he lived in Kansas, and he saw no harm in it.

But the Tin Woodman caught the dog in his arms and held him tight, while he called to the mice, "Come back! Come back! Toto shall not hurt you."

At this the Queen of the Mice stuck her head out from underneath a clump of grass and asked, in a timid voice, "Are you sure he will not bite us?"

"I will not let him," said the Woodman; "so do not be afraid."

One by one the mice came creeping back, and Toto did not bark again, although he tried to get out of the Woodman's arms, and would have bitten him had he not known very well he was made of tin. Finally one of the biggest mice spoke.

"Is there anything we can do," it asked, "to repay you for saving the life of our Queen?"

"Nothing that I know of," answered the Woodman; but the Scarecrow, who had been trying to think, but could not because his head

En ese instante, se vieron muchos ratones corriendo a toda la velocidad que las piernitas les permitían y, al mirar a su reina, exclamaron:

—Oh, Su Majestad, ¡le creíamos asesinada! ¿Cómo logró escapar del gran gato montés? —Todos hicieron una reverencia tan profunda para la reina que casi estaban parados sobre la cabeza.

—Este agradable hombre de hojalata —respondió la reina— decapitó al gato montés y me salvó la vida. Por consiguiente, de aquí en adelante deben servirle y obedecer su más mínimo deseo.

—¡Así haremos! —aclamaron todos los ratones en un coro chillón. Luego huyeron en todas direcciones porque Toto se había despertado de su sueño y, al ver a todos estos ratones en rededor de él, ladró deleitado y saltó justo al centro del séquito. A Toto siempre le había encantado perseguir ratones cuando vivía en Kansas y no le parecía que causara ningún daño.

El Leñador de Hojalata, empero, atrapó a Toto con los brazos y lo sujetó con fuerza mientras llamaba a los ratones: «¡Vuelvan!, ¡vuelvan! Toto no les hará ningún daño».

Al oírlo, la reina ratona asomó la cabeza desde un montón de césped y preguntó con voz temerosa: «¿Está seguro de que no nos devorará?».

—No se lo permitiré —la tranquilizó el Leñador de Hojalata—, así que no teman.

Uno a uno los ratones volvieron arrastrándose y Toto no ladró de nuevo, aunque intentó zafarse de los brazos del Leñador y le habría mordido si no hubiera sabido de primera mano que estaba hecho de hojalata. Por fin, uno de los ratones más grandes habló.

—¿Hay algo que podamos hacer —preguntó el ratón— para corresponderle el haber salvado la vida de nuestra reina?

—No que yo sepa —le contestó el Leñador. Sin embargo, el Espantapájaros, quien había estado intentando pensar, pero no podía hacerlo

was stuffed with straw, said, quickly, "Oh, yes; you can save our friend, the Cowardly Lion, who is asleep in the poppy bed."

"A Lion!" cried the little Queen. "Why, he would eat us all up."

"Oh, no," declared the Scarecrow; "this Lion is a coward."

"Really?" asked the Mouse.

"He says so himself," answered the Scarecrow, "and he would never hurt anyone who is our friend. If you will help us to save him I promise that he shall treat you all with kindness."

"Very well," said the Queen, "we trust you. But what shall we do?"

"Are there many of these mice which call you Queen and are willing to obey you?"

"Oh, yes; there are thousands," she replied.

"Then send for them all to come here as soon as possible, and let each one bring a long piece of string."

The Queen turned to the mice that attended her and told them to go at once and get all her people. As soon as they heard her orders they ran away in every direction as fast as possible.

—"Now," said the Scarecrow to the Tin Woodman, "you must go to those trees by the riverside and make a truck that will carry the Lion."

—So the Woodman went at once to the trees and began to work; and he soon made a truck out of the limbs of trees, from which he chopped away all the leaves and branches. He fastened it together with wooden pegs and made the four wheels out of short pieces of a big tree trunk. So fast and so well did he work that by the time the mice began to arrive the truck was all ready for them.

porque tenía la cabeza rellena de paja, dijo de pronto: «Oh, sí; pueden salvar a nuestro amigo, el León Cobarde, quien duerme en el campo de amapolas».

—¡Un león! —exclamó la reinita—. Pero ¡nos devorará a todos!

—Oh, no —la calmó el Espantapájaros—, este león es cobarde.

—¿De veras? —preguntó el ratón.

—Él mismo lo asegura —replicó el Espantapájaros— y no lastimaría a ninguno de nuestros amigos. Si nos ayudan a salvarlo, les aseguro que los tratará con bondad.

—Muy bien —aceptó la reina—, confiamos en ustedes. Pero ¿qué haremos?

—¿Son muchos los ratones sobre los que reina y que están dispuestos a obedecerle?

—Oh, sí. Son miles —le respondió la reina.

—Entonces convóquelos a todos para que vengan cuan pronto sea posible y que cada uno traiga un cordel largo.

La reina se volvió hacia los ratones que la guardaban y les ordenó que se fueran en ese instante a buscar a todos sus súbditos. En cuanto hubieron oído las órdenes, se dispersaron corriendo en todas las direcciones tan rápido como fue posible.

—Ahora —le pidió el Espantapájaros al Leñador de Hojalata—, debes ir hacia aquellos árboles a la vera del río y hacer una carreta que cargue al León.

Así que el Leñador se fue de inmediato hacia los árboles y se puso hachazos a la obra; pronto hubo construido una carreta con las extremidades de los árboles, a los que les sacó las hojas y las ramas. Unió todo con ganchos de madera y talló las cuatro ruedas con unas rodajas chicas del tronco de un árbol grande. Tan presto y bien trabajó que, para el momento en el que los ratones empezaron a volver, la carreta ya estaba lista para ellos.

They came from all directions, and there were thousands of them: big mice and little mice and middle-sized mice; and each one brought a piece of string in his mouth. It was about this time that Dorothy woke from her long sleep and opened her eyes. She was greatly astonished to find herself lying upon the grass, with thousands of mice standing around and looking at her timidly. But the Scarecrow told her about everything, and turning to the dignified little Mouse, he said:

"Permit me to introduce to you her Majesty, the Queen."

Dorothy nodded gravely and the Queen made a curtsy, after which she became quite friendly with the little girl.

The Scarecrow and the Woodman now began to fasten the mice to the truck, using the strings they had brought. One end of a string was tied around the neck of each mouse and the other end to the truck. Of course the truck was a thousand times bigger than any of the mice who were to draw it; but when all the mice had been harnessed, they were able to pull it quite easily. Even the Scarecrow and the Tin Woodman could sit on it, and were drawn swiftly by their queer little horses to the place where the Lion lay asleep.

After a great deal of hard work, for the Lion was heavy, they managed to get him up on the truck. Then the Queen hurriedly gave her people the order to start, for she feared if the mice stayed among the poppies too long they also would fall asleep.

At first the little creatures, many though they were, could hardly stir the heavily loaded truck; but the Woodman and the Scarecrow both pushed from behind, and they got along better. Soon they rolled the Lion out of the poppy bed to the green fields, where he could breathe the sweet, fresh air again, instead of the poisonous scent of the flowers.

Dorothy came to meet them and thanked the little mice warmly for saving her companion from death. She had grown so fond of the big Lion she was glad he had been rescued.

Llegaban de todas las direcciones y de a miles: ratones enormes, ratones diminutos y ratones medianos; y cada uno de ellos cargaba en la boca la porción de un cordel. Fue alrededor de estos momentos cuando Dorothy se despertó de su sueño largo y abrió los ojos. Su desconcierto fue enorme cuando descubrió que estaba acostada en el verde y con miles de ratones rodeándola y mirándola tímidos. El Espantapájaros, empero, le explicó todo y, volviéndose hacia la ratoncita dignificada, la introdujo:

—Déjame presentarte a Su Majestad, la reina.

Dorothy asintió seria y la reina hizo una reverencia, después de la cual se volvió bastante amigable con la niña.

Luego, el Espantapájaros y el Leñador se pusieron a enganchar a los ratones a la carreta usando los cordeles que trajeron. Ataron el extremo de cada cordel al cuello de un ratón y los otros extremos a la carreta. Por supuesto que la carreta era mil veces más grande que cualquier de los ratones que iban a tirar de ella, pero una vez que hubieron atado las riendas de todos los ratones, pudieron tirar de ella con bastante facilidad. Hasta el Espantapájaros y el Leñador de Hojalata pudieron sentarse en ella y se desplazaron tirados por sus extraños corcelitos hasta donde el León yacía dormido.

Después de mucho trabajo arduo, ya que el León era pesado, lograron cargarlo a la carreta. Luego, la reina se apuró a ordenarle a sus súbditos que tiraran porque temía que, si los ratones permanecían entre las amapolas por mucho tiempo, también caerían dormidos.

Al principio, las criaturitas, pese a ser numerosas, apenas podían tirar del gran peso de la carreta cargada, pero tanto el Leñador como el Espantapájaros empujaron de atrás y avanzaron mejor. Pronto, la carreta se movió, sacaron al León del campo de amapolas y entraron en los campos verdes, donde podía respirar el dulce aire fresco de nuevo, en vez del veneno perfumado de las amapolas.

Dorothy salió a su encuentro y les agradeció de manera afectuosa a los ratoncitos por salvar a su amigo de la muerte. Había llegado a querer tanto al gran León que estaba agradecida porque lo hubieran rescatado.

Then the mice were unharnessed from the truck and scampered away through the grass to their homes. The Queen of the Mice was the last to leave.

"If ever you need us again," she said, "come out into the field and call, and we shall hear you and come to your assistance. Good-bye!"

"Good-bye!" they all answered, and away the Queen ran, while Dorothy held Toto tightly lest he should run after her and frighten her.

After this they sat down beside the Lion until he should awaken; and the Scarecrow brought Dorothy some fruit from a tree near by, which she ate for her dinner.

Después desataron a los ratones de la carreta y se esparcieron por el campo hacia sus hogares. La última en irse fue la reina ratona.

—Si alguna vez nos necesitan de nuevo —dijo la reina—, salgan al campo y llámennos; los oiremos y saldremos a ayudarlos. ¡Adiós!

—¡Adiós! —se despidieron todos y la reina se alejó corriendo, mientras Dorothy sostenía con fuerzas a Toto en caso de que la persiguiera y asustara.

Luego se sentaron junto al León hasta que se despertara y el Espantapájaros le llevó a Dorothy algunas frutas de un árbol cercano, las cuales cenó.

CHAPTER X — THE GUARDIAN OF THE GATE

It was some time before the Cowardly Lion awakened, for he had lain among the poppies a long while, breathing in their deadly fragrance; but when he did open his eyes and roll off the truck he was very glad to find himself still alive.

"I ran as fast as I could," he said, sitting down and yawning, "but the flowers were too strong for me. How did you get me out?"

Then they told him of the field mice, and how they had generously saved him from death; and the Cowardly Lion laughed, and said:

"I have always thought myself very big and terrible; yet such little things as flowers came near to killing me, and such small animals as mice have saved my life. How strange it all is! But, comrades, what shall we do now?"

"We must journey on until we find the road of yellow brick again," said Dorothy, "and then we can keep on to the Emerald City."

So, the Lion being fully refreshed, and feeling quite himself again, they all started upon the journey, greatly enjoying the walk through the soft, fresh grass; and it was not long before they reached the road of yellow brick and turned again toward the Emerald City where the Great Oz dwelt.

The road was smooth and well paved, now, and the country about was beautiful, so that the travelers rejoiced in leaving the forest far behind, and with it the many dangers they had met in its gloomy shades. Once more they could see fences built beside the road; but these were painted green, and when they came to a small house, in which a farmer evidently lived, that also was painted green. They passed by several of these houses during the afternoon, and sometimes people came to the doors and looked at them as if they would like to ask questions; but no one came near them nor spoke to them because of the great Lion, of which they were very much afraid. The people were all dressed in clothing of a lovely emerald-green color

CAPÍTULO X — EL GUARDIÁN DE LA PUERTA

Pasó un tiempo antes de que el León Cobarde se despertara porque había estado acostado entre las amapolas respirando su fragancia letal por un tiempo largo. Sin embargo, cuando abrió los ojos y se bajó rodando de la carreta, estuvo complacido de ver que seguía vivo.

—Corrí tan rápido como pude —narró sentándose y bostezando—, pero las flores fueron demasiado fuertes para mí. ¿Cómo me sacaron?

De modo que le contaron la historia de los ratones del campo y cómo le salvaron generosamente la vida; el León Cobarde se rio y dijo:

—Siempre me consideré muy grande y temible; aun así, algo tan chico como unas flores casi acaban conmigo y unos animales tan chicos como unos ratones me salvaron la vida. ¡Cuán extraño es todo! Pero, compañeros, ¿qué haremos ahora?

—Debemos seguir el viaje hasta que demos de vuelta con el camino de adoquines amarillos —respondió Dorothy— y luego podremos seguir hasta la Ciudad Esmeralda.

Así que, estando el León renovado por completo y habiendo recobrado el ánimo, emprendieron de vuelta el viaje y disfrutaron en gran medida la caminata a través de los agradables pastos suaves. No pasó mucho tiempo antes de que llegaran al camino de adoquines amarillos y enfilaran de vuelta hacia la Ciudad Esmeralda, donde habitaba Oz el Grande.

Ahora el camino era llevadero y bien adoquinado y las tierras alrededor eran hermosas; así que los caminantes se regocijaron por haber dejado atrás el bosque y los muchos peligros que encontraron en las sombras tenebrosas. Una vez más podían ver vallas construidas a los costados del camino, pero estaban pintadas de verde y, cuando llegaron a una casita en donde estaba claro que vivía un granjero, también estaba pintada de verde. Pasaron por varias de estas casas durante la tarde; a veces salía gente por la puerta y los veía como si quisiera hacerles preguntas; pero nadie se les acercó ni les preguntó nada debido al gran León, a quien le tenían pavor. Todos vestían prendas de un adorable verde esmeralda y usaban sombreros puntiagudos como los de los

and wore peaked hats like those of the Munchkins.

"This must be the Land of Oz," said Dorothy, "and we are surely getting near the Emerald City."

"Yes," answered the Scarecrow. "Everything is green here, while in the country of the Munchkins blue was the favorite color. But the people do not seem to be as friendly as the Munchkins, and I'm afraid we shall be unable to find a place to pass the night."

"I should like something to eat besides fruit," said the girl, "and I'm sure Toto is nearly starved. Let us stop at the next house and talk to the people."

So, when they came to a good-sized farmhouse, Dorothy walked boldly up to the door and knocked.

A woman opened it just far enough to look out, and said, "What do you want, child, and why is that great Lion with you?"

"We wish to pass the night with you, if you will allow us," answered Dorothy; "and the Lion is my friend and comrade, and would not hurt you for the world."

"Is he tame?" asked the woman, opening the door a little wider.

"Oh, yes," said the girl, "and he is a great coward, too. He will be more afraid of you than you are of him."

"Well," said the woman, after thinking it over and taking another peep at the Lion, "if that is the case you may come in, and I will give you some supper and a place to sleep."

So they all entered the house, where there were, besides the woman, two children and a man. The man had hurt his leg, and was lying on the couch in a corner. They seemed greatly surprised to see so strange a company, and while the woman was busy laying the table the man asked:

munchkins.

—Este debe de ser el país de Oz —supuso Dorothy— y de seguro nos estamos acercando a la Ciudad Esmeralda.

—Sí —agregó el Espantapájaros—. Todo aquí es verde; mientras que, en el país de los munchkins, el azul era el color predilecto. Pero las personas no parecen tan amigables como los munchkins y temo que no encontremos un lugar en donde pasar la noche.

—Me gustaría comer algo más, aparte de frutas —indicó la niña— y estoy segura de que Toto está casi famélico. Paremos en la siguiente casa y hablemos con las personas.

Así que, cuando llegaron a una casa de buen tamaño, Dorothy se acercó valiente y tocó la puerta.

Una mujer la abrió a penas lo suficiente como para mirar afuera y preguntó: «¿Qué quieres, niña, y por qué te acompaña ese León enorme?».

—Quisiéramos pasar la noche con usted si nos lo permite —contestó Dorothy—, y el León es mi amigo y compañero y no la lastimará por nada en el mundo.

—¿Está domesticado? —preguntó la mujer abriendo un poco más la puerta.

—Oh, sí —respondió la niña—, y también es cobardón. Estará él más asustado de usted que usted de él.

—De acuerdo —aceptó la mujer habiéndolo pensado y echado otro vistazo al León—, si es así, pueden entran y les daré algo para comer y un lugar donde dormir.

Así pues, entraron todos al hogar, donde, aparte de la mujer, había dos niños y un hombre. El hombre se había lastimado la pierna y estaba sentado en un sillón en la esquina. Parecían muy sorprendidos al ver un grupo tan extraño y, mientras la mujer estaba ocupada poniendo la mesa, el hombre preguntó:

"Where are you all going?"

"To the Emerald City," said Dorothy, "to see the Great Oz."

"Oh, indeed!" exclaimed the man. "Are you sure that Oz will see you?"

"Why not?" she replied.

"Why, it is said that he never lets anyone come into his presence. I have been to the Emerald City many times, and it is a beautiful and wonderful place; but I have never been permitted to see the Great Oz, nor do I know of any living person who has seen him."

"Does he never go out?" asked the Scarecrow.

"Never. He sits day after day in the great Throne Room of his Palace, and even those who wait upon him do not see him face to face."

"What is he like?" asked the girl.

"That is hard to tell," said the man thoughtfully. "You see, Oz is a Great Wizard, and can take on any form he wishes. So that some say he looks like a bird; and some say he looks like an elephant; and some say he looks like a cat. To others he appears as a beautiful fairy, or a brownie, or in any other form that pleases him. But who the real Oz is, when he is in his own form, no living person can tell."

"That is very strange," said Dorothy, "but we must try, in some way, to see him, or we shall have made our journey for nothing."

"Why do you wish to see the terrible Oz?" asked the man.

"I want him to give me some brains," said the Scarecrow eagerly.

"Oh, Oz could do that easily enough," declared the man. "He has more brains than he needs."

—¿A dónde van?

—A la Ciudad Esmeralda —contestó Dorothy— para ver a Oz el Grande.

—¡Oh, vaya! —exclamó el hombre— ¿Están seguros de que Oz los verá?

—¿Por qué no? —le contestó la niña.

—Bueno, se dice que nunca deja que nadie se le presente. Estuve en la Ciudad Esmeralda muchas veces y es una ciudad hermosa e increíble, pero nunca me permitieron ver a Oz el Grande ni sé de ninguna persona viva que lo haya visto.

—¿No sale nunca? —preguntó el Espantapájaros.

—Nunca. Está sentado en el gran salón del trono de su palacio e incluso quienes esperaron para verlo no lo vieron cara a cara.

—¿Cómo luce? —preguntó la niña.

—Es difícil de describir —aclaró el hombre pensativo—. Verás, Oz es un gran mago y puede adoptar la forma que quiera. Tanto es así que algunos dicen que luce como un ave; otros, como un elefante; otros más, como un gato. A otras personas se les mostró como un hada hermosa, un *brownie* o cualquier otra forma que le plazca adoptar. Pero ¿quién es el verdadero Oz cuando adopta su propia forma? Ningún ser vivo puede responderlo.

—¡Qué raro! —exclamó Dorothy—, pero debemos intentar de alguna manera conseguir una audiencia con él; si no, habremos viajado en vano.

—¿Por qué desean ver a Oz el Terrible? —quiso saber el hombre.

—Quiero que me dé sesos —aclaró deseoso el Espantapájaros.

—Bah, Oz puede concedértelo con mucha facilidad —aseguró el hombre—. Tiene más cerebros de los que necesita.

"And I want him to give me a heart," said the Tin Woodman.

"That will not trouble him," continued the man, "for Oz has a large collection of hearts, of all sizes and shapes."

"And I want him to give me courage," said the Cowardly Lion.

"Oz keeps a great pot of courage in his Throne Room," said the man, "which he has covered with a golden plate, to keep it from running over. He will be glad to give you some."

"And I want him to send me back to Kansas," said Dorothy.

"Where is Kansas?" asked the man, with surprise.

"I don't know," replied Dorothy sorrowfully, "but it is my home, and I'm sure it's somewhere."

"Very likely. Well, Oz can do anything; so I suppose he will find Kansas for you. But first you must get to see him, and that will be a hard task; for the Great Wizard does not like to see anyone, and he usually has his own way. But what do YOU want?" he continued, speaking to Toto. Toto only wagged his tail; for, strange to say, he could not speak.

The woman now called to them that supper was ready, so they gathered around the table and Dorothy ate some delicious porridge and a dish of scrambled eggs and a plate of nice white bread, and enjoyed her meal. The Lion ate some of the porridge, but did not care for it, saying it was made from oats and oats were food for horses, not for lions. The Scarecrow and the Tin Woodman ate nothing at all. Toto ate a little of everything, and was glad to get a good supper again.

The woman now gave Dorothy a bed to sleep in, and Toto lay down beside her, while the Lion guarded the door of her room so she might not be disturbed. The Scarecrow and the Tin Woodman stood up in a corner and kept quiet all night, although of course they could not sleep.

—Y yo quiero que me dé un corazón —agregó el Leñador de Hojalata.

—No le supondrá ningún problema —prosiguió el hombre—, pues Oz guarda una colección enorme de corazones de todas las formas y colores.

—Y yo quiero que me dé coraje —añadió el León Cobarde.

—Oz guarda un frasco grande de coraje en el salón del trono —explicó el hombre—, cubierto con una tapa de oro para evitar que se eche a perder. Con gusto te dará un poco.

—Y yo quiero que me lleve de vuelta a Kansas —concluyó Dorothy.

—¿Dónde queda Kansas? —preguntó sorprendido el hombre.

—No sé —contestó afligida Dorothy—, pero es mi hogar y estoy segura de que está en algún lugar.

—Es muy probable. Bueno, Oz puede hacer cualquier cosa; así que calculo que podrá encontrar Kansas para ti. Pero primero deben conseguir verlo y será una tarea difícil, pues al gran mago no le gusta ver a nadie y se maneja a su modo. Y dime: ¿qué quieres TÚ? —prosiguió hablándole a Toto. Toto se limitó a menear la cola porque, por extraño que suene, no podía hablar.

La mujer ahora les avisaba que la comida estaba lista, así que se sentaron alrededor de la mesa y Dorothy cenó unas gachas de avena deliciosas y un plato de huevos revueltos y un plato de pan blanco tierno, y disfrutó de la cena. El León comió algo de las gachas, pero no le gustaron y se justificó diciendo que estaban hechas con avena y que la avena era comida para caballos, no para leones. Ni el Espantapájaros ni el Leñador de Hojalata comieron. Toto comió de todo un poco y estuvo complacido de volver a tener una buena comida.

Acto seguido, la mujer le ofreció a Dorothy una cama para dormir y Toto se acostó junto a ella, mientras el León guardaba la puerta para que no la molestaran. El Espantapájaros y el Leñador de Hojalata se quedaron parados en una esquina y guardaron silencio toda la noche; aunque, por supuesto, no podían dormir.

The next morning, as soon as the sun was up, they started on their way, and soon saw a beautiful green glow in the sky just before them.

"That must be the Emerald City," said Dorothy.

As they walked on, the green glow became brighter and brighter, and it seemed that at last they were nearing the end of their travels. Yet it was afternoon before they came to the great wall that surrounded the City. It was high and thick and of a bright green color.

In front of them, and at the end of the road of yellow brick, was a big gate, all studded with emeralds that glittered so in the sun that even the painted eyes of the Scarecrow were dazzled by their brilliancy.

There was a bell beside the gate, and Dorothy pushed the button and heard a silvery tinkle sound within. Then the big gate swung slowly open, and they all passed through and found themselves in a high arched room, the walls of which glistened with countless emeralds.

Before them stood a little man about the same size as the Munchkins. He was clothed all in green, from his head to his feet, and even his skin was of a greenish tint. At his side was a large green box.

When he saw Dorothy and her companions the man asked, "What do you wish in the Emerald City?"

"We came here to see the Great Oz," said Dorothy.

The man was so surprised at this answer that he sat down to think it over.

"It has been many years since anyone asked me to see Oz," he said, shaking his head in perplexity. "He is powerful and terrible, and if you come on an idle or foolish errand to bother the wise reflections of the Great Wizard, he might be angry and destroy you all in an instant."

"But it is not a foolish errand, nor an idle one," replied the Scare-

A la mañana siguiente, en cuanto el sol hubo salido, emprendieron camino y pronto vieron un precioso fulgor verde en el cielo frente a ellos.

—Debe ser la Ciudad Esmeralda —supuso Dorothy.

A medida que caminaban, el verdor se abrillantó más y más y parecía que por fin se acercaban al final de sus peripecias. Igual, llegó el atardecer antes de que alcanzaran los muros extensos que rodeaban la ciudad. Eran altos, gruesos y de un verde brillante.

Frente a ellos, al final del camino de adoquines amarillos, se levantaba una gran puerta engarzada con esmeraldas que brillaban con tanto fulgor bajo el sol que hasta los ojos de pintura del Espantapájaros se encandilaron por la brillantez.

Había junto a la puerta un timbre; Dorothy lo presionó y escuchó detrás unas campanadas metálicas. Luego, la gran puerta se abrió lentamente; la atravesaron y entraron en una habitación arqueada elevada, cuyos muros brillaban con innumerables esmeraldas.

Ante ellos, estaba parado un hombrecito de más o menos el mismo tamaño que los munchkins. Vestía verde de pies a cabeza y hasta la piel era de un tono verdoso. Al costado había una caja verde grande.

Al ver a Dorothy y sus compañeros, el hombre preguntó: «¿Qué los trae a la Ciudad Esmeralda?».

—Vinimos a ver a Oz el Grande —repuso Dorothy.

La respuesta sorprendió tanto al hombre que se sentó a pensar.

—Han pasado muchos años desde que alguien me pidió ver a Oz —dijo perplejo con la cabeza temblando—. Es poderoso y terrible y, si interfieren sus reflexiones sabias con pedidos vagos o mundanos, podría enojarse y destruirlos en un instante.

—Pero el nuestro no es un pedido ni vago ni mundano —repuso el Es-

crow; "it is important. And we have been told that Oz is a good Wizard."

"So he is," said the green man, "and he rules the Emerald City wisely and well. But to those who are not honest, or who approach him from curiosity, he is most terrible, and few have ever dared ask to see his face. I am the Guardian of the Gates, and since you demand to see the Great Oz I must take you to his Palace. But first you must put on the spectacles."

"Why?" asked Dorothy.

"Because if you did not wear spectacles the brightness and glory of the Emerald City would blind you. Even those who live in the City must wear spectacles night and day. They are all locked on, for Oz so ordered it when the City was first built, and I have the only key that will unlock them."

He opened the big box, and Dorothy saw that it was filled with spectacles of every size and shape. All of them had green glasses in them. The Guardian of the Gates found a pair that would just fit Dorothy and put them over her eyes. There were two golden bands fastened to them that passed around the back of her head, where they were locked together by a little key that was at the end of a chain the Guardian of the Gates wore around his neck. When they were on, Dorothy could not take them off had she wished, but of course she did not wish to be blinded by the glare of the Emerald City, so she said nothing.

Then the green man fitted spectacles for the Scarecrow and the Tin Woodman and the Lion, and even on little Toto; and all were locked fast with the key.

Then the Guardian of the Gates put on his own glasses and told them he was ready to show them to the Palace. Taking a big golden key from a peg on the wall, he opened another gate, and they all followed him through the portal into the streets of the Emerald City.

pantapájaros—, sino que importante. Y nos dijeron que Oz es un mago bueno.

—Así es —confirmó el hombre verde— y su gobierno sobre la Ciudad Esmeralda es sabio y bueno. Pero con quienes son deshonestos o se acercan por curiosidad, es de lo más terrible y pocos se atrevieron a siquiera verle la cara. Soy el guardián de la puerta y, dado que exigen ver a Oz el Grande, debo llevarlos a su palacio. Pero primero, deben ponerse los anteojos.

—¿Por qué? —preguntó Dorothy.

—Porque, si no usan anteojos, el brillo y gloria de la Ciudad Esmeralda los enceguecerá. Hasta los habitantes de la ciudad deben usar los anteojos día y noche. Todos se traban porque así lo ordenó Oz cuando construyó la ciudad y solo yo tengo la llave para destrabarlos.

Abrió la gran caja y Dorothy vio que estaba llena de anteojos de todas las formas y tamaños. Todos tenían la lente verde. El guardián de la puerta encontró un par que le quedaron a la perfección a Dorothy y se los puso sobre los ojos. Tenían atados dos cadenas doradas que pasaban por detrás de la cabeza, donde se trababan con una llavecita que colgaba de la cadena que el guardián de la puerta tenía en el cuello. Cuando los tuvo puestos, Dorothy no se los hubiera podido sacar incluso si lo hubiera deseado, pero, por supuesto, no quería quedar ciega por el fulgor de la Ciudad Esmeralda, así que no dijo nada.

Luego el hombre les colocó los anteojos al Espantapájaros, al Leñador de Hojalata y al León, e incluso a Toto, y los trabó con llave.

Luego, el guardián de la puerta se puso sus anteojos y les avisó que estaba listo para llevarlos al palacio. Con una gran llave dorada que colgaba de un gancho en la pared, abrió otra puerta y lo siguieron por el vano hacia las calles de la Ciudad Esmeralda.

Even with eyes protected by the green spectacles, Dorothy and her friends were at first dazzled by the brilliancy of the wonderful City. The streets were lined with beautiful houses all built of green marble and studded everywhere with sparkling emeralds. They walked over a pavement of the same green marble, and where the blocks were joined together were rows of emeralds, set closely, and glittering in the brightness of the sun. The window panes were of green glass; even the sky above the City had a green tint, and the rays of the sun were green.

There were many people—men, women, and children—walking about, and these were all dressed in green clothes and had greenish skins. They looked at Dorothy and her strangely assorted company with wondering eyes, and the children all ran away and hid behind their mothers when they saw the Lion; but no one spoke to them. Many shops stood in the street, and Dorothy saw that everything in them was green. Green candy and green pop-corn were offered for sale, as well as green shoes, green hats, and green clothes of all sorts. At one place a man was selling green lemonade, and when the children bought it Dorothy could see that they paid for it with green pennies.

There seemed to be no horses nor animals of any kind; the men carried things around in little green carts, which they pushed before them. Everyone seemed happy and contented and prosperous.

The Guardian of the Gates led them through the streets until they came to a big building, exactly in the middle of the City, which was the Palace of Oz, the Great Wizard. There was a soldier before the door, dressed in a green uniform and wearing a long green beard.

"Here are strangers," said the Guardian of the Gates to him, "and they demand to see the Great Oz."

"Step inside," answered the soldier, "and I will carry your message to him."

So they passed through the Palace Gates and were led into a big

CAPÍTULO XI — LA MARAVILLOSA CIUDAD DE OZ

A pesar de la protección que los anteojos les ofrecían, el brillo de la maravillosa ciudad les deslumbró los ojos a Dorothy y a sus amigos al principio. A los lados de la calle, se levantaban casas hermosas de mármol verde y con esmeraldas relucientes incrustadas por todas partes. Caminaron por una acera del mismo mármol verdoso y, en donde las losas se encontraban, había hileras de esmeraldas engarzadas juntas que brillaban bajo la luz del sol. Los cristales de las ventanas eran verdes; incluso el cielo sobre la ciudad estaba teñido con un tinte verde y los rayos del sol eran verdes.

Había muchas personas, hombres, mujeres y niños caminando y todos vestían atuendos verdes y tenían la tez verdosa. Los ojos extrañados se posaban sobre Dorothy y sus compañeros variopintos, y los niños salían corriendo y se escondían detrás de sus madres cuando veían al León, pero nadie les dirigía la palabra. Había muchas tiendas en la calle y Dorothy vio que todo lo que vendían era verde. Verdes eran las golosinas y verdes eran las palomitas de maíz que se vendían; como así también zapatos verdes, sombreros verdes y prendas verdes de todos los tipos. En un sitio había un hombre vendiendo limonada verde y, cuando compraban, Dorothy vio que los niños le pagaban con monedas verdes.

Parecía no haber ni caballos ni ningún tipo de animal; las personas cargaban las cosas en pequeñas carretillas verdes, las cuales empujaban. Todos se veían felices, satisfechos y prósperos.

El guardián de la puerta los guio entre las calles hasta que llegaron a un edificio grande en el centro exacto de la ciudad, que era el palacio de Oz, el Gran Mago. Un soldado vestido con uniforme verde y con una larga barba verde guardaba la puerta.

—Vengo con extranjeros —le comunicó el guardián de la puerta— y solicitan ver a Oz el Grande.

—Entren —ordenó el soldado— y le daré su mensaje.

Así que pasaron por las puertas grandes del palacio y entraron a un

room with a green carpet and lovely green furniture set with emeralds. The soldier made them all wipe their feet upon a green mat before entering this room, and when they were seated he said politely:

"Please make yourselves comfortable while I go to the door of the Throne Room and tell Oz you are here."

They had to wait a long time before the soldier returned. When, at last, he came back, Dorothy asked:

"Have you seen Oz?"

"Oh, no," returned the soldier; "I have never seen him. But I spoke to him as he sat behind his screen and gave him your message. He said he will grant you an audience, if you so desire; but each one of you must enter his presence alone, and he will admit but one each day. Therefore, as you must remain in the Palace for several days, I will have you shown to rooms where you may rest in comfort after your journey."

"Thank you," replied the girl; "that is very kind of Oz."

The soldier now blew upon a green whistle, and at once a young girl, dressed in a pretty green silk gown, entered the room. She had lovely green hair and green eyes, and she bowed low before Dorothy as she said, "Follow me and I will show you your room."

So Dorothy said good-bye to all her friends except Toto, and taking the dog in her arms followed the green girl through seven passages and up three flights of stairs until they came to a room at the front of the Palace. It was the sweetest little room in the world, with a soft comfortable bed that had sheets of green silk and a green velvet counterpane. There was a tiny fountain in the middle of the room, that shot a spray of green perfume into the air, to fall back into a beautifully carved green marble basin. Beautiful green flowers stood in the windows, and there was a shelf with a row of little green books. When Dorothy had time to open these books she found them full of queer green pictures that made her laugh, they were so funny.

salón enorme con una alfombra verde y muebles preciosos con esmeraldas incrustadas. El guardia les hizo limpiarse los pies sobre una alfombrita verde antes de entrar al salón y, cuando se hubieron sentado, les explicó con amabilidad:

—Pónganse cómodos mientras voy a la puerta del salón del trono y le comunico a Oz que están acá.

Tuvieron que esperar por un buen tiempo antes de que el soldado volviera. Cuando por fin volvió, Dorothy preguntó:

—¿Vio a Oz?

—Oh, no —repuso el soldado—, nunca lo vi. Pero hablé con él mientras estaba sentado detrás de su pantalla y le comuniqué su mensaje. Dijo que les concedería una audiencia si así lo desean, pero deben presentarse ante él solos y recibirá solo a uno por día. De modo que, como deberán permanecer en el palacio por varios días, tendré que guiarlos a las habitaciones en donde descansarán cómodos de su viaje.

—Gracias —contestó la niña—, es muy amable de su parte.

El soldado pitó un silbato verde y de inmediato una niña joven con un vestido de seda verde entró en la sala. Tenía el cabello de un verde tierno y los ojos verdes y, mientras le hacía una gran reverencia a Dorothy, ordenó: «Sígame y la llevaré a sus aposentos».

De modo que Dorothy se despidió de todos sus amigos, salvo de Toto, y alzándolo en brazos, siguió a la niña verde por siete pasadizos y tres escaleras hasta que llegaron a una habitación en el frente del palacio. Era la habitación más encantadora en el mundo, con una cama suave y cómoda, ensabanada de seda verde y cubierta de terciopelo verde. Había una fuente en medio de la habitación, de donde un perfume verde se elevaba por el aire y caía sobre un lavamanos de un hermoso mármol verde esculpido. Unas flores verdes hermosas decoraban las ventanas y había un estante cargado con una hilera de libritos verdes. Cuando Dorothy tuvo tiempo para abrir los libros, vio que estaban llenos de extraños dibujos verdes que le dieron risa por ser tan graciosos.

In a wardrobe were many green dresses, made of silk and satin and velvet; and all of them fitted Dorothy exactly.

"Make yourself perfectly at home," said the green girl, "and if you wish for anything ring the bell. Oz will send for you tomorrow morning."

She left Dorothy alone and went back to the others. These she also led to rooms, and each one of them found himself lodged in a very pleasant part of the Palace. Of course this politeness was wasted on the Scarecrow; for when he found himself alone in his room he stood stupidly in one spot, just within the doorway, to wait till morning. It would not rest him to lie down, and he could not close his eyes; so he remained all night staring at a little spider which was weaving its web in a corner of the room, just as if it were not one of the most wonderful rooms in the world. The Tin Woodman lay down on his bed from force of habit, for he remembered when he was made of flesh; but not being able to sleep, he passed the night moving his joints up and down to make sure they kept in good working order. The Lion would have preferred a bed of dried leaves in the forest, and did not like being shut up in a room; but he had too much sense to let this worry him, so he sprang upon the bed and rolled himself up like a cat and purred himself asleep in a minute.

The next morning, after breakfast, the green maiden came to fetch Dorothy, and she dressed her in one of the prettiest gowns, made of green brocaded satin. Dorothy put on a green silk apron and tied a green ribbon around Toto's neck, and they started for the Throne Room of the Great Oz.

First they came to a great hall in which were many ladies and gentlemen of the court, all dressed in rich costumes. These people had nothing to do but talk to each other, but they always came to wait outside the Throne Room every morning, although they were never permitted to see Oz. As Dorothy entered they looked at her curiously, and one of them whispered:

"Are you really going to look upon the face of Oz the Terrible?"

En un armario, se guardaban muchos vestidos verdes, hechos de seda y de satén y de terciopelo, y todos le quedaban a Dorothy a la perfección.

—Siéntase como en casa —le dijo la niña verde— y, si desea algo, toque la campana. Oz llamará por usted mañana a la mañana.

Dejó a Dorothy sola y volvió por los demás. También los guio a sus habitaciones y cada uno de ellos terminó hospedado en una parte muy agradable del palacio. Claro, fue un desperdicio de cortesía en el Espantapájaros; porque, al encontrarse solo en su habitación, se quedó parado como tonto en un solo lugar, justo en medio de la puerta, esperando a que la mañana llegara. Si se hubiera recostado, no hubiera descansado, y no podía cerrar los ojos; así que se pasó toda la noche viendo una arañita tejer su telaraña en una de las esquinas de la habitación, como si no estuviera en una de las habitaciones más maravillosas del mundo. El Leñador de Hojalata se recostó en la cama por fuerza de la costumbre, porque lo recordaba de cuando era de carne y hueso; pero, incapaz de dormir, se pasó toda la noche moviendo las articulaciones de un lado al otro para cerciorarse de que funcionaran bien. El León hubiese preferido una cama de hojarasca en el bosque y no le gustaba estar encerrado en una habitación, pero era demasiado sensato como para que esto lo preocupara, así que de un brinco se subió a la cama, se acurrucó como un gato y ronroneando se durmió en un minuto.

A la mañana siguiente, después del desayuno, la criada verde fue a buscar a Dorothy, a quien vistió con uno de los vestidos más hermosos, hecho de satén brocado. Dorothy se puso un delantal de seda verde y ató un moño verde alrededor del cuello de Toto, y se dirigieron al salón del trono de Oz el Grande.

Primero llegaron a un salón en donde había muchas damas y caballeros de la corte, ataviados en ropajes suntuosos. No tenían nada que hacer, salvo hablar entre ellos, pero cada mañana venían a esperar fuera del salón del trono, a pesar de que nunca obtuvieron el permiso de ver a Oz. A la vez que Dorothy entraba, la examinaron con ojos curiosos y uno murmuró:

—¿En serio verás a Oz el Terrible a la cara?

"Of course," answered the girl, "if he will see me."

"Oh, he will see you," said the soldier who had taken her message to the Wizard, "although he does not like to have people ask to see him. Indeed, at first he was angry and said I should send you back where you came from. Then he asked me what you looked like, and when I mentioned your silver shoes he was very much interested. At last I told him about the mark upon your forehead, and he decided he would admit you to his presence."

Just then a bell rang, and the green girl said to Dorothy, "That is the signal. You must go into the Throne Room alone."

She opened a little door and Dorothy walked boldly through and found herself in a wonderful place. It was a big, round room with a high arched roof, and the walls and ceiling and floor were covered with large emeralds set closely together. In the center of the roof was a great light, as bright as the sun, which made the emeralds sparkle in a wonderful manner.

But what interested Dorothy most was the big throne of green marble that stood in the middle of the room. It was shaped like a chair and sparkled with gems, as did everything else. In the center of the chair was an enormous Head, without a body to support it or any arms or legs whatever. There was no hair upon this head, but it had eyes and a nose and mouth, and was much bigger than the head of the biggest giant.

As Dorothy gazed upon this in wonder and fear, the eyes turned slowly and looked at her sharply and steadily. Then the mouth moved, and Dorothy heard a voice say:

"I am Oz, the Great and Terrible. Who are you, and why do you seek me?"

It was not such an awful voice as she had expected to come from the big Head; so she took courage and answered:

"I am Dorothy, the Small and Meek. I have come to you for help."

—Por supuesto —respondió la niña—, si me lo permite.

—Oh, sí que te lo permitirá —aclaró el soldado que le había comunicado el mensaje al mago—, aunque no le gusta que pidan verlo. De hecho, primero se enojó y dijo que te envíe de vuelta al lugar de donde viniste. Luego preguntó por tu apariencia y, cuando mencioné tus zapatos plateados, se interesó bastante. Por último, le mencioné tu marca en la frente y decidió que te concedería una audiencia.

Justo entonces sonó una campana y la niña verde le dijo a Dorothy: «Es la señal. Debes entrar sola al salón del trono».

La niña abrió una puertita, Dorothy entró con valentía y se encontró con una habitación maravillosa. El salón era grande, circular, con el techo elevado y arqueado y tanto las paredes como el techo estaban decorados con enormes esmeraldas engarzadas juntas. En el centro del techo refulgía una gran luz, brillante como el sol, con la que las esmeraldas centellaban de maravilla.

No obstante, lo que más atrajo la atención de Dorothy fue el gran trono de mármol verde ubicado en el centro del salón. Tenía la forma de una silla y relucía con gemas, al igual que todo lo demás en el salón. Sobre el centro de la silla flotaba una cabeza gigantesca, sin cuerpo, ni brazos, ni piernas, ni nada que la sostuviera. No le crecía ni un pelo a la cabeza, pero tenía ojos, nariz y boca, y era mucho más grande que la cabeza del más gigantesco de los gigantes.

Mientras Dorothy la contemplaba sumida en la maravilla y el temor; los ojos giraron lentamente y le dirigieron una mirada penetrante y constante. La boca se movió y oyó una voz anunciar:

—Soy Oz, el Grande y Terrible. ¿Quién eres y por qué me buscas?

La voz no era tan terrible como hubiera esperado que una cabeza tan grande emitiera; así que se armó de coraje y repuso:

—Soy Dorothy, la Pequeña e Inofensiva. Acudo a usted en busca de ayuda.

The eyes looked at her thoughtfully for a full minute. Then said the voice:

"Where did you get the silver shoes?"

"I got them from the Wicked Witch of the East, when my house fell on her and killed her," she replied.

"Where did you get the mark upon your forehead?" continued the voice.

"That is where the Good Witch of the North kissed me when she bade me good-bye and sent me to you," said the girl.

Again the eyes looked at her sharply, and they saw she was telling the truth. Then Oz asked, "What do you wish me to do?"

"Send me back to Kansas, where my Aunt Em and Uncle Henry are," she answered earnestly. "I don't like your country, although it is so beautiful. And I am sure Aunt Em will be dreadfully worried over my being away so long."

The eyes winked three times, and then they turned up to the ceiling and down to the floor and rolled around so queerly that they seemed to see every part of the room. And at last they looked at Dorothy again.

"Why should I do this for you?" asked Oz.

"Because you are strong and I am weak; because you are a Great Wizard and I am only a little girl."

"But you were strong enough to kill the Wicked Witch of the East," said Oz.

"That just happened," returned Dorothy simply; "I could not help it."

"Well," said the Head, "I will give you my answer. You have no right to expect me to send you back to Kansas unless you do something for me in return. In this country everyone must pay for everything he

Los ojos pensativos se posaron en ella por un minuto entero. Acto seguido, la voz le preguntó:

—¿En dónde conseguiste esos zapatos plateados?

—De la Bruja Malvada del Este, luego de que mi casa la aplastara y asesinara —respondió la niña.

—¿En dónde conseguiste esa marca en la frente? —prosiguió la voz.

—Allí es donde me besó la Bruja Buena del Norte cuando se despidió de mí y me mandó por usted —contestó la niña.

Los ojos le dedicaron otra mirada penetrante y vieron que decía la verdad. Luego, Oz preguntó: «¿Qué deseas que haga?».

—Enviarme de vuelta a Kansas, donde mi tía Em y tío Henry viven —respondió deseosa—. No me gusta su reino, a pesar de ser tan hermoso. Y estoy segura de que la tía Em estará muy preocupada por mi ausencia tan prolongada.

Parpadearon tres veces los ojos, vieron el techo y luego el suelo; después giraron en círculos de manera tan extraña que parecieron escanear cada parte del salón. Por fin, volvieron hacia Dorothy.

—¿Por qué habría de hacerlo? —preguntó Oz.

—Porque usted es fuerte; y yo, débil. Porque es un gran mago y yo tan solo una niñita.

—Pero tuviste las fuerzas para acabar con la Bruja Malvada del Este —dijo Oz.

—Fue tan solo un accidente —repuso simplemente Dorothy—. No pude evitarlo.

—Bueno —concluyó la cabeza—, te daré mi respuesta: no tienes el derecho a exigirme que te envíe de vuelta a Kansas si no me devuelves el favor haciendo algo por mí. En este reino, hay que pagar por lo que se

gets. If you wish me to use my magic power to send you home again you must do something for me first. Help me and I will help you."

"What must I do?" asked the girl.

"Kill the Wicked Witch of the West," answered Oz.

"But I cannot!" exclaimed Dorothy, greatly surprised.

"You killed the Witch of the East and you wear the silver shoes, which bear a powerful charm. There is now but one Wicked Witch left in all this land, and when you can tell me she is dead I will send you back to Kansas—but not before."

The little girl began to weep, she was so much disappointed; and the eyes winked again and looked upon her anxiously, as if the Great Oz felt that she could help him if she would.

"I never killed anything, willingly," she sobbed. "Even if I wanted to, how could I kill the Wicked Witch? If you, who are Great and Terrible, cannot kill her yourself, how do you expect me to do it?"

"I do not know," said the Head; "but that is my answer, and until the Wicked Witch dies you will not see your uncle and aunt again. Remember that the Witch is Wicked—tremendously Wicked—and ought to be killed. Now go, and do not ask to see me again until you have done your task."

Sorrowfully Dorothy left the Throne Room and went back where the Lion and the Scarecrow and the Tin Woodman were waiting to hear what Oz had said to her. "There is no hope for me," she said sadly, "for Oz will not send me home until I have killed the Wicked Witch of the West; and that I can never do."

Her friends were sorry, but could do nothing to help her; so Dorothy went to her own room and lay down on the bed and cried herself to sleep.

The next morning the soldier with the green whiskers came to the

recibe. Si deseas que use mis poderes mágicos para enviarte de vuelta a tu hogar, debes hacer algo por mí primero. Ayúdame y te ayudaré.

—¿Qué debo hacer? —preguntó la niña.

—Asesinar a la Bruja Malvada del Oeste —contestó Oz.

—Pero ¡no puedo! —exclamó Dorothy muy sorprendida.

—Asesinaste a la Bruja Malvada del Este y llevas puestos sus zapatos plateados, que portan un gran encantamiento. Ahora tan solo queda una sola Bruja Malvada en este reino y, cuando puedas asegurarme que está muerta, te enviaré de vuelta a Kansas; antes, no.

La niñita empezó a llorar; estaba muy decepcionada. Los ojos parpadearon de nuevo y la vieron llenos de expectativas, como si Oz el Grande sintiera que ella podría ayudarlo si lo hiciera.

—Nunca maté nada a propósito —dijo ella sollozando—. Incluso si lo deseara, ¿cómo acabaría con la Bruja Malvada? Si usted, que es grande y terrible, no puede asesinarla con sus propias manos, ¿cómo espera que yo lo haga?

—No lo sé —contestó la cabeza—; pero esa es mi respuesta y, hasta que la Bruja Malvada no muera, no volverás a ver a tu tío ni a tu tía. Recuerda que es malvada, malvada en exceso, y debe ser asesinada. Ahora vete, y no pidas verme de nuevo hasta que no hayas concluido tu tarea.

Apenada, Dorothy abandonó el salón del trono y volvió a donde el León, el Espantapájaros y el Leñador de Hojalata la esperaban para oír qué le había dicho Oz: «No quedan esperanzas para mí», se entristeció la niña, «porque Oz no me enviará a casa hasta que haya asesinado a la Bruja Malvada del Oeste, y nunca podré hacerlo».

Sus amigos estaban apenados, pero no podían hacer nada para ayudarla; de modo que Dorothy volvió a su habitación, se acostó en la cama y lloró hasta dormirse.

A la mañana siguiente, un soldado con bigotes verdes buscó al Espan-

Scarecrow and said:

"Come with me, for Oz has sent for you."

So the Scarecrow followed him and was admitted into the great Throne Room, where he saw, sitting in the emerald throne, a most lovely Lady. She was dressed in green silk gauze and wore upon her flowing green locks a crown of jewels. Growing from her shoulders were wings, gorgeous in color and so light that they fluttered if the slightest breath of air reached them.

When the Scarecrow had bowed, as prettily as his straw stuffing would let him, before this beautiful creature, she looked upon him sweetly, and said:

"I am Oz, the Great and Terrible. Who are you, and why do you seek me?"

Now the Scarecrow, who had expected to see the great Head Dorothy had told him of, was much astonished; but he answered her bravely.

"I am only a Scarecrow, stuffed with straw. Therefore I have no brains, and I come to you praying that you will put brains in my head instead of straw, so that I may become as much a man as any other in your dominions."

"Why should I do this for you?" asked the Lady.

"Because you are wise and powerful, and no one else can help me," answered the Scarecrow.

"I never grant favors without some return," said Oz; "but this much I will promise. If you will kill for me the Wicked Witch of the West, I will bestow upon you a great many brains, and such good brains that you will be the wisest man in all the Land of Oz."

"I thought you asked Dorothy to kill the Witch," said the Scarecrow, in surprise.

tapájaros y le ordenó:

—Venga conmigo, pues Oz lo convoca.

Entonces, el Espantapájaros lo siguió y entró en el gran salón del trono, en donde vio sentada en el trono de esmeralda a una doncella de lo más encantadora. Vestía un tul de seda verde y lucía una corona de joyas sobre una cascada de rizos verdes. De los hombros, le crecían alas de un color precioso y tan ligeras que se batían ante la menor caricia del aire.

Cuando el Espantapájaros hubo hecho una reverencia tan elegante como la paja se lo permitía a esta criatura hermosa, ella lo miró con ternura y pronunció:

—Soy Oz, el Grande y Terrible. ¿Quién eres y por qué me buscas?

Ahora bien, el Espantapájaros, que esperaba ver la gran cabeza de la que Dorothy le había contado, se quedó atónito, pero se rellenó de valentía y le respondió:

—Tan solo soy un espantapájaros relleno de paja. Por lo tanto, no tengo sesos y acudo a usted para pedirle que me rellene la cabeza con algunos, en vez de paja; así podré ser tan humano como cualquier otro en sus dominios.

—¿Por qué habría de hacer esto por ti? —preguntó la doncella.

—Porque es sabia y poderosa y nadie más puede ayudarme —repuso el Espantapájaros.

—Nunca concedo favores sin nada a cambio —le devolvió Oz—; pero esto te prometo: si asesinas por mí a la Bruja Malvada del Oeste, te colmaré la cabeza de cerebro y será un cerebro tan inteligente que serás el más sabio en todo el Reino de Oz.

—Pensé que le habías pedido a Dorothy que asesinara a la Bruja —respondió el Espantapájaros sorprendido.

"So I did. I don't care who kills her. But until she is dead I will not grant your wish. Now go, and do not seek me again until you have earned the brains you so greatly desire."

The Scarecrow went sorrowfully back to his friends and told them what Oz had said; and Dorothy was surprised to find that the Great Wizard was not a Head, as she had seen him, but a lovely Lady.

"All the same," said the Scarecrow, "she needs a heart as much as the Tin Woodman."

On the next morning the soldier with the green whiskers came to the Tin Woodman and said:

"Oz has sent for you. Follow me."

So the Tin Woodman followed him and came to the great Throne Room. He did not know whether he would find Oz a lovely Lady or a Head, but he hoped it would be the lovely Lady. "For," he said to himself, "if it is the head, I am sure I shall not be given a heart, since a head has no heart of its own and therefore cannot feel for me. But if it is the lovely Lady I shall beg hard for a heart, for all ladies are themselves said to be kindly hearted."

But when the Woodman entered the great Throne Room he saw neither the Head nor the Lady, for Oz had taken the shape of a most terrible Beast. It was nearly as big as an elephant, and the green throne seemed hardly strong enough to hold its weight. The Beast had a head like that of a rhinoceros, only there were five eyes in its face. There were five long arms growing out of its body, and it also had five long, slim legs. Thick, woolly hair covered every part of it, and a more dreadful-looking monster could not be imagined. It was fortunate the Tin Woodman had no heart at that moment, for it would have beat loud and fast from terror. But being only tin, the Woodman was not at all afraid, although he was much disappointed.

"I am Oz, the Great and Terrible," spoke the Beast, in a voice that was one great roar. "Who are you, and why do you seek me?"

—Sí, lo hice. No me interesa quién la asesine. Pero hasta que no muera, no te concederé el deseo. Ahora vete y no vuelvas hasta que te hayas ganado el cerebro que tanto deseas.

El Espantapájaros volvió entristecido con sus amigos y les contó lo que Oz había pedido, y Dorothy se sorprendió al escuchar que el gran mago no era una cabeza, como ella había presenciado, sino una doncella encantadora.

—De todas maneras —comentó el Espantapájaros—, le falta tanto corazón como al Leñador de Hojalata.

A la mañana siguiente, el soldado con bigotes verdes buscó al Leñador de Hojalata y le ordenó:

—Oz lo llama. Sígame.

Así que el Leñador de Hojalata lo siguió y llegó al gran salón del trono. No sabía si Oz adoptaría la forma de una doncella encantadora o de una cabeza, pero esperaba que fuera la doncella encantadora. «Pues», dijo para sí «si llega a ser la cabeza, estoy seguro de que no me dará ningún corazón, porque una cabeza no tiene corazón y, por lo tanto, no puede tener empatía. Pero, si es la doncella encantadora, rogaré con todas mis fuerzas por un corazón, pues dicen que las doncellas son de buen corazón».

Cuando el Leñador entró al gran salón, empero, no vio ni a la cabeza ni a la doncella, pues Oz había adoptado la forma de una bestia de lo más terrible. Era casi tan grande como un elefante y el trono verde parecía apenas capaz de soportar su peso. La bestia tenía la cabeza como de rinoceronte, solo que tenía cinco ojos en el rostro. Del cuerpo, le crecían cinco brazos largos y también cinco piernas largas y delgadas. Un cabello denso y lanudo le cubría cada parte; no podía imaginarse una bestia más horrenda. Era una fortuna que el Leñador de Hojalata no tuviera corazón en ese momento, porque hubiera latido con fuerzas y rápidamente, del terror. Sin embargo, al ser de hojalata, el Leñador no sentía ningún temor, aunque sí decepción.

—Soy Oz, el Grande y Terrible —anunció la bestia con la voz de un gran rugido—. ¿Quién eres y por qué me buscas?

"I am a Woodman, and made of tin. Therefore I have no heart, and cannot love. I pray you to give me a heart that I may be as other men are."

"Why should I do this?" demanded the Beast.

"Because I ask it, and you alone can grant my request," answered the Woodman.

Oz gave a low growl at this, but said, gruffly: "If you indeed desire a heart, you must earn it."

"How?" asked the Woodman.

"Help Dorothy to kill the Wicked Witch of the West," replied the Beast. "When the Witch is dead, come to me, and I will then give you the biggest and kindest and most loving heart in all the Land of Oz."

So the Tin Woodman was forced to return sorrowfully to his friends and tell them of the terrible Beast he had seen. They all wondered greatly at the many forms the Great Wizard could take upon himself, and the Lion said:

"If he is a Beast when I go to see him, I shall roar my loudest, and so frighten him that he will grant all I ask. And if he is the lovely Lady, I shall pretend to spring upon her, and so compel her to do my bidding. And if he is the great Head, he will be at my mercy; for I will roll this head all about the room until he promises to give us what we desire. So be of good cheer, my friends, for all will yet be well."

The next morning the soldier with the green whiskers led the Lion to the great Throne Room and bade him enter the presence of Oz.

The Lion at once passed through the door, and glancing around saw, to his surprise, that before the throne was a Ball of Fire, so fierce and glowing he could scarcely bear to gaze upon it. His first thought was that Oz had by accident caught on fire and was burning up; but when he tried to go nearer, the heat was so intense that it singed his whiskers, and he crept back tremblingly to a spot nearer the door.

—Soy leñador y de hojalata. Por lo tanto, no tengo corazón ni puedo amar. Le ruego que me dé un corazón para ser como los otros humanos.

—¿Por qué habría de hacerlo? —inquirió la bestia.

—Porque lo pido y solo usted puede cumplirme el pedido —respondió el Leñador.

Oz emitió un gruñido bajo ante su respuesta, pero dijo con voz ronca: «Si de veras deseas un corazón, debes ganártelo».

—¿Cómo? —preguntó el Leñador.

—Ayuda a Dorothy a matar a la Bruja Malvada del Oeste —repuso la bestia—. Cuando la Bruja esté muerta, ven a verme y entonces te concederé el corazón más grande y noble y amoroso en todo el Reino de Oz.

Así que el Leñador estuvo obligado a volver apenado con sus amigos y contarles sobre la bestia terrible que había presenciado. Todos se sorprendieron mucho por las varias formas que el Gran Mago podía adoptar, y el León aseguró:

—Si cuando voy a verlo es la bestia, rugiré a todo pulmón y lo asustaré tanto que me concederá todo lo que desee. Y si es la doncella encantadora, fingiré asaltarla y la haré cumplirme el deseo. Y si es la gran cabeza, estará a mi merced, porque la haré rodar por todo el salón hasta que prometa darme lo que deseamos. Así que anímense, amigos míos, porque todo saldrá bien.

A la mañana siguiente, el soldado con bigotes verdes guio al León al gran salón del trono y lo hizo presentarse ante Oz.

El León pasó de inmediato por la puerta e, inspeccionando el salón, para su sorpresa, vio que ante el trono había una bola de fuego tan fuerte y brillante que apenas podía tolerar verla. Su primer pensamiento fue que Oz se había prendido fuego por accidente y estaba ardiendo, pero cuando intentó acercarse, la intensidad del calor le chamuscó los bigotes y se arrastró tembloroso de vuelta a un sitio más cercano a la puerta.

Then a low, quiet voice came from the Ball of Fire, and these were the words it spoke:

"I am Oz, the Great and Terrible. Who are you, and why do you seek me?"

And the Lion answered, "I am a Cowardly Lion, afraid of everything. I came to you to beg that you give me courage, so that in reality I may become the King of Beasts, as men call me."

"Why should I give you courage?" demanded Oz.

"Because of all Wizards you are the greatest, and alone have power to grant my request," answered the Lion.

The Ball of Fire burned fiercely for a time, and the voice said, "Bring me proof that the Wicked Witch is dead, and that moment I will give you courage. But as long as the Witch lives, you must remain a coward."

The Lion was angry at this speech, but could say nothing in reply, and while he stood silently gazing at the Ball of Fire it became so furiously hot that he turned tail and rushed from the room. He was glad to find his friends waiting for him, and told them of his terrible interview with the Wizard.

"What shall we do now?" asked Dorothy sadly.

"There is only one thing we can do," returned the Lion, "and that is to go to the land of the Winkies, seek out the Wicked Witch, and destroy her."

"But suppose we cannot?" said the girl.

"Then I shall never have courage," declared the Lion.

"And I shall never have brains," added the Scarecrow.

"And I shall never have a heart," spoke the Tin Woodman.

Luego, de la bola de fuego emanó una voz baja y tranquila y las palabras que pronunció fueron las siguientes:

—Soy Oz, el Grande y Terrible. ¿Quién eres y por qué me buscas?

Y el León contestó: «Soy un León Cobarde, temeroso de todo. Acudo a usted para rogarle que me dé coraje, para convertirme de veras en el Rey de las Fieras, como los humanos me llaman».

—¿Por qué debería darte coraje? —quiso saber Oz.

—Porque de entre todos los magos, usted es el más poderoso y es el único con el poder para cumplir mi deseo —contestó el León.

La bola de fuego ardió con fuerza por un momento y la voz le exigió: «Dame pruebas de que la Bruja Malvada está muerta y en ese momento te daré coraje. Pero por cuanto tiempo viva la Bruja, deberás seguir siendo cobarde».

Estas palabras enojaron al León, pero no podía responder nada y, mientras la contemplaba en silencio, la bola de fuego se encendió en cólera, y el León le dio la espalda y se apuró a salir del salón. Estaba agradecido de ver a sus amigos esperándolo y les contó sobre su audiencia terrible con el mago.

—¿Qué iremos a hacer ahora? —preguntó Dorothy entristecida.

—Solo hay una cosa que podamos hacer —le contestó el León— y es ir al país de los winkies, buscar a la Bruja Malvada y acabar con ella.

—Pero ¿y si no podemos? —preguntó la niña.

—Entonces nunca tendré coraje —declaró el León.

—Y yo no tendré nunca ningún seso —añadió el Espantapájaros.

—Y yo no tendré nunca ningún corazón —agregó el Leñador de Hojalata.

"And I shall never see Aunt Em and Uncle Henry," said Dorothy, beginning to cry.

"Be careful!" cried the green girl. "The tears will fall on your green silk gown and spot it."

So Dorothy dried her eyes and said, "I suppose we must try it; but I am sure I do not want to kill anybody, even to see Aunt Em again."

"I will go with you; but I'm too much of a coward to kill the Witch," said the Lion.

"I will go too," declared the Scarecrow; "but I shall not be of much help to you, I am such a fool."

"I haven't the heart to harm even a Witch," remarked the Tin Woodman; "but if you go I certainly shall go with you."

Therefore it was decided to start upon their journey the next morning, and the Woodman sharpened his axe on a green grindstone and had all his joints properly oiled. The Scarecrow stuffed himself with fresh straw and Dorothy put new paint on his eyes that he might see better. The green girl, who was very kind to them, filled Dorothy's basket with good things to eat, and fastened a little bell around Toto's neck with a green ribbon.

They went to bed quite early and slept soundly until daylight, when they were awakened by the crowing of a green cock that lived in the back yard of the Palace, and the cackling of a hen that had laid a green egg.

—Y yo nunca volveré a ver a mi tía Em ni a mi tío Henry —concluyó Dorothy a punto de llorar.

—¡Ten cuidado! —advirtió la niña verde—. Las lágrimas caerán sobre tu vestido de seda verde y lo mancharán.

De modo que Dorothy se secó las lágrimas y accedió: «Creo que debemos intentarlo, pero estoy segura de que no quiero asesinar a nadie, ni siquiera para volver a ver a tía Em».

—Iré contigo, pero soy demasiado cobarde como para matar a la Bruja —agregó el León.

—Yo también iré —aseveró el Espantapájaros—, pero no seré de mucha ayuda, pues soy tremendo zonzo.

—No tengo el corazón como para matar siquiera a una Bruja —comentó el Leñador de Hojalata—, pero si vas, ten por seguro que iré contigo.

Por lo tanto, estaba decidido: emprenderían viaje la mañana siguiente. El Leñador afiló su hacha en una piedra de afilar verde y se lubricó adecuadamente todas las articulaciones. El Espantapájaros se rellenó con paja fresca y Dorothy le pintó los ojos con pintura fresca, así sería capaz de ver mejor. La niña verde, quien fue muy amable con ellos, llenó la canasta de Dorothy con buenas comidas y ató una campanita alrededor del cuello de Toto con un moño verde.

Se fueron a dormir muy temprano y conciliaron un sueño profundo hasta que llegó la luz del día, cuando los despertó el canto de un gallo verde que anidaba en el jardín trasero del palacio y el cacareo de una gallina que había puesto un huevo verde.

CHAPTER XII — THE SEARCH FOR THE WICKED WITCH

The soldier with the green whiskers led them through the streets of the Emerald City until they reached the room where the Guardian of the Gates lived. This officer unlocked their spectacles to put them back in his great box, and then he politely opened the gate for our friends.

"Which road leads to the Wicked Witch of the West?" asked Dorothy.

"There is no road," answered the Guardian of the Gates. "No one ever wishes to go that way."

"How, then, are we to find her?" inquired the girl.

"That will be easy," replied the man, "for when she knows you are in the country of the Winkies she will find you, and make you all her slaves."

"Perhaps not," said the Scarecrow, "for we mean to destroy her."

"Oh, that is different," said the Guardian of the Gates. "No one has ever destroyed her before, so I naturally thought she would make slaves of you, as she has of the rest. But take care; for she is wicked and fierce, and may not allow you to destroy her. Keep to the West, where the sun sets, and you cannot fail to find her."

They thanked him and bade him good-bye, and turned toward the West, walking over fields of soft grass dotted here and there with daisies and buttercups. Dorothy still wore the pretty silk dress she had put on in the palace, but now, to her surprise, she found it was no longer green, but pure white. The ribbon around Toto's neck had also lost its green color and was as white as Dorothy's dress.

The Emerald City was soon left far behind. As they advanced the ground became rougher and hillier, for there were no farms nor houses in this country of the West, and the ground was untilled.

CAPÍTULO XII — EN BUSCA DE LA BRUJA MALVADA

El soldado con bigotes verdes los guio por las calles de la Ciudad Esmeralda hasta que llegaron a la habitación en donde vivía el guardián de la puerta. El oficial les destrabó los anteojos para guardarlos en su gran caja y después les abrió amablemente la puerta a nuestros amigos.

—¿Qué camino nos lleva hasta la Bruja Malvada del Oeste? —preguntó Dorothy.

—No hay ningún camino —respondió el guardián de la puerta—. Nunca nadie quiere ir en esa dirección.

—Entonces, ¿cómo haremos para encontrarla? —quiso saber la niña.

—Será fácil —contestó el hombre—, porque, cuando sepa que están en el país de los winkies, ella los buscará y los esclavizará a todos ustedes.

—Quizás no —dudó el Espantapájaros—, pues nos proponemos destruirla.

—Ah, ese es otro cantar —se sorprendió el guardián de la puerta—. Nunca antes nadie la destruyó, por eso fue lo natural que creyera que los esclavizaría tal como hizo con el resto. Pero vayan con cuidado, porque es malvada y feroz y capaz no permita que la destruyan. Vayan hacia el oeste, hacia donde el sol se esconde, y no se perderán en su búsqueda.

Le agradecieron, se despidieron, enfilaron hacia el oeste y caminaron por campos de pastos suaves, manchados por aquí y por allá con margaritas y botones de oro. Dorothy todavía llevaba el vestido precioso de seda que se había puesto en el palacio, pero ahora, para su sorpresa, vio que había perdido su verdor y se había vuelto de un blanco puro. El moño alrededor del cuello de Toto también había perdido su verdor y había adquirido la misma blancura que el del vestido de Dorothy.

Pronto dejaron atrás muy lejos la Ciudad Esmeralda. A medida que avanzaban, el suelo se volvía escabroso y desigual, pues en el país del oeste no había ni granjas ni casas y la tierra no estaba labrada.

In the afternoon the sun shone hot in their faces, for there were no trees to offer them shade; so that before night Dorothy and Toto and the Lion were tired, and lay down upon the grass and fell asleep, with the Woodman and the Scarecrow keeping watch.

Now the Wicked Witch of the West had but one eye, yet that was as powerful as a telescope, and could see everywhere. So, as she sat in the door of her castle, she happened to look around and saw Dorothy lying asleep, with her friends all about her. They were a long distance off, but the Wicked Witch was angry to find them in her country; so she blew upon a silver whistle that hung around her neck.

At once there came running to her from all directions a pack of great wolves. They had long legs and fierce eyes and sharp teeth.

"Go to those people," said the Witch, "and tear them to pieces."

"Are you not going to make them your slaves?" asked the leader of the wolves.

"No," she answered, "one is of tin, and one of straw; one is a girl and another a Lion. None of them is fit to work, so you may tear them into small pieces."

"Very well," said the wolf, and he dashed away at full speed, followed by the others.

It was lucky the Scarecrow and the Woodman were wide awake and heard the wolves coming.

"This is my fight," said the Woodman, "so get behind me and I will meet them as they come."

He seized his axe, which he had made very sharp, and as the leader of the wolves came on the Tin Woodman swung his arm and chopped the wolf's head from its body, so that it immediately died. As soon as he could raise his axe another wolf came up, and he also fell un-

Por la tarde, el calor del sol brillante les golpeaba el rostro, pues no había árboles que les proveyeran de sombra; por lo cual, antes de que cayera la noche, tanto Dorothy como Toto y el León se cansaron y se acostaron sobre el césped y cayeron dormidos. El Leñador y el Espanta-pájaros se quedaron haciendo guardia.

La Bruja Malvada del Oeste tenía apenas un solo ojo que, empero, era tan poderoso como un telescopio y con el que podía ver a todas partes. Así que, estando sentada en la puerta de su castillo, justo miró en rede-dor y vio a Dorothy acostada durmiendo con sus amigos junto a ella. La distancia que los separaba era grande, pero a la Bruja Malvada le mo-lestó que estuvieran en su país; por lo que pitó un silbato de plata que le colgaba del cuello.

En ese instante llegó corriendo de todas las direcciones una manada de lobos grandes. Tenían patas largas y ojos feroces y dientes filosos.

—Vayan a donde esos extranjeros —ordenó la Bruja— y háganlos tri-zas.

—¿No los esclavizará? —preguntó el lobo alfa.

—No —contestó—. Uno es de hojalata y el otro, de paja; una es una niña y el otro, un león. Ninguno de ellos es apto para el trabajo, así que tienen permiso para hacerlos trizas con saña.

—De acuerdo —aceptó el lobo y partió a toda velocidad, seguido de los otros lobos.

Por suerte, el Espantapájaros y el Leñador estaban en vela y escucha-ron a los lobos acercándose.

—Esta batalla es mía —decidió el Leñador—, así que ponte detrás de mí y se las verán conmigo a medida que vengan.

Tomó su hacha, la cual había afilado muy bien, y, cuando el lobo alfa se le abalanzó, lo decapitó con un hachazo veloz, y así acabó con él de in-mediato. En cuanto pudo alzar el hacha, otro lobo se le abalanzó y tam-bién cayó víctima de la hoja afilada que el Leñador de Hojalata blandía.

der the sharp edge of the Tin Woodman's weapon. There were forty wolves, and forty times a wolf was killed, so that at last they all lay dead in a heap before the Woodman.

Then he put down his axe and sat beside the Scarecrow, who said, "It was a good fight, friend."

They waited until Dorothy awoke the next morning. The little girl was quite frightened when she saw the great pile of shaggy wolves, but the Tin Woodman told her all. She thanked him for saving them and sat down to breakfast, after which they started again upon their journey.

Now this same morning the Wicked Witch came to the door of her castle and looked out with her one eye that could see far off. She saw all her wolves lying dead, and the strangers still traveling through her country. This made her angrier than before, and she blew her silver whistle twice.

Straightway a great flock of wild crows came flying toward her, enough to darken the sky.

And the Wicked Witch said to the King Crow, "Fly at once to the strangers; peck out their eyes and tear them to pieces."

The wild crows flew in one great flock toward Dorothy and her companions. When the little girl saw them coming she was afraid.

But the Scarecrow said, "This is my battle, so lie down beside me and you will not be harmed."

So they all lay upon the ground except the Scarecrow, and he stood up and stretched out his arms. And when the crows saw him they were frightened, as these birds always are by scarecrows, and did not dare to come any nearer. But the King Crow said:

"It is only a stuffed man. I will peck his eyes out."

The King Crow flew at the Scarecrow, who caught it by the head and

Había cuarenta lobos y cuarenta lobos murieron, de modo que al final los cadáveres se acumulaban en un montón al frente del Leñador.

Luego bajó el hacha y se sentó junto al Espantapájaros, quien lo felicitó: «Muy buena batalla libraste, amigo».

Esperaron a que Dorothy se despertara a la mañana siguiente. La niña se asustó bastante al ver la gran pila enmarañada de lobos, pero el Leñador de Hojalata le contó todo. Ella le agradeció por salvarlos y se sentó a desayunar, después de lo cual retomaron su viaje.

Esa misma mañana, la Bruja Malvada fue hasta la puerta de su castillo y echó un vistazo tuerto hacia lo lejos. Vio que todos sus lobos yacían muertos y que los extranjeros aún atravesaban a pie su país. Se enojó más que antes y pitó dos veces su silbato de plata.

De inmediato una bandada numerosa de cuervos salvajes llegó volando, los suficientes como para anochecer el cielo.

La Bruja Malvada le ordenó al rey cuervo: «Vayan de inmediato con esos extranjeros; usen el pico y arránquenles los ojos y háganlos trizas».

Los cuervos se fueron volando en una sola bandada numerosa hacia donde estaban Dorothy y sus compañeros. Cuando la niña los vio acercarse, se atemorizó.

Sin embargo, el Espantapájaros les ordenó: «Esta batalla es mía, así que resguárdense detrás de mí y no saldrán heridos».

De modo que todos se acostaron sobre el suelo, salvo el Espantapájaros, quien se quedó parado y estiró los brazos. Al verlo, los cuervos sintieron miedo, pues estos pájaros siempre les temen a los espantapájaros, y no se atrevieron a acercarse. No obstante, el rey cuervo arengó:

—No es más que un muñeco de paja. Le arrancaré los ojos con el pico.

El rey se echó sobre Espantapájaros, quien tomó al cuervo de la cabe-

twisted its neck until it died. And then another crow flew at him, and the Scarecrow twisted its neck also. There were forty crows, and forty times the Scarecrow twisted a neck, until at last all were lying dead beside him. Then he called to his companions to rise, and again they went upon their journey.

When the Wicked Witch looked out again and saw all her crows lying in a heap, she got into a terrible rage, and blew three times upon her silver whistle.

Forthwith there was heard a great buzzing in the air, and a swarm of black bees came flying toward her.

"Go to the strangers and sting them to death!" commanded the Witch, and the bees turned and flew rapidly until they came to where Dorothy and her friends were walking. But the Woodman had seen them coming, and the Scarecrow had decided what to do.

"Take out my straw and scatter it over the little girl and the dog and the Lion," he said to the Woodman, "and the bees cannot sting them." This the Woodman did, and as Dorothy lay close beside the Lion and held Toto in her arms, the straw covered them entirely.

The bees came and found no one but the Woodman to sting, so they flew at him and broke off all their stings against the tin, without hurting the Woodman at all. And as bees cannot live when their stings are broken that was the end of the black bees, and they lay scattered thick about the Woodman, like little heaps of fine coal.

Then Dorothy and the Lion got up, and the girl helped the Tin Woodman put the straw back into the Scarecrow again, until he was as good as ever. So they started upon their journey once more.

The Wicked Witch was so angry when she saw her black bees in little heaps like fine coal that she stamped her foot and tore her hair and gnashed her teeth. And then she called a dozen of her slaves, who were the Winkies, and gave them sharp spears, telling them to go to the strangers and destroy them.

za y lo mató retorciéndole el cuello. Otro cuervo más se le echó encima y el Espantapájaros también le retorció el cuello. Había cuarenta cuervos y cuarenta cuellos retorció el Espantapájaros, hasta que por fin todos yacían muertos junto a él. Después de eso, les avisó a sus compañeros que se levantaran y de nuevo siguieron el viaje.

Cuando la Bruja Malvada echó otro vistazo y vio a todos sus cuervos apiñados en un montón, la furia se apoderó de ella y pitó tres veces su silbato de plata.

En un santiamén se escuchó un zumbido potente silbando en el aire y un enjambre de abejas negras llegó volando hasta donde estaba la Bruja parada.

—¡Vayan hasta esos extranjeros y píquenles con los aguijones hasta asesinarlos! —les ordenó la Bruja, y las abejas se dieron la vuelta y volaron hasta donde Dorothy y sus amigos caminaban. El Leñador, empero, las vio llegar y el Espantapájaros había decidido qué hacer.

—Quítame el relleno de paja y cubre a la niña, al perro y al León —le indicó al Leñador—, y las abejas no podrán picarlos. —Así hizo el Leñador y, mientras Dorothy se arrimaba al León con Toto en los brazos, el Leñador los cubrió por completo con la paja.

Las abejas llegaron y no vieron a nadie más que al Leñador para picar; así que se le abalanzaron encima y se rompieron los aguijones contra la hojalata, sin herir en lo más mínimo al Leñador. Como no pueden vivir cuando se desprenden del aguijón, ese fue el fin de las abejas negras y se esparcieron densamente alrededor del Leñador como un manto espeso de carbón fino.

Luego, Dorothy y el León se levantaron y la niña ayudó al Leñador de Hojalata a rellenar de nuevo al Espantapájaros hasta que estuvo tan bien armado como siempre. De modo que retomaron el viaje de nuevo.

La Bruja Malvada tanto se encendió en cólera cuando vio a sus abejas amontonadas en un manto espeso cual carbón fino que golpeó con el pie y se arrancó el cabello y rechinó los dientes. Acto seguido, llamó a una docena de sus esclavos, los winkies, los armó con lanzas afiladas y les ordenó que marcharan y aniquilaran a los extranjeros.

The Winkies were not a brave people, but they had to do as they were told. So they marched away until they came near to Dorothy. Then the Lion gave a great roar and sprang towards them, and the poor Winkies were so frightened that they ran back as fast as they could.

When they returned to the castle the Wicked Witch beat them well with a strap, and sent them back to their work, after which she sat down to think what she should do next. She could not understand how all her plans to destroy these strangers had failed; but she was a powerful Witch, as well as a wicked one, and she soon made up her mind how to act.

There was, in her cupboard, a Golden Cap, with a circle of diamonds and rubies running round it. This Golden Cap had a charm. Whoever owned it could call three times upon the Winged Monkeys, who would obey any order they were given. But no person could command these strange creatures more than three times. Twice already the Wicked Witch had used the charm of the Cap. Once was when she had made the Winkies her slaves, and set herself to rule over their country. The Winged Monkeys had helped her do this. The second time was when she had fought against the Great Oz himself, and driven him out of the land of the West. The Winged Monkeys had also helped her in doing this. Only once more could she use this Golden Cap, for which reason she did not like to do so until all her other powers were exhausted. But now that her fierce wolves and her wild crows and her stinging bees were gone, and her slaves had been scared away by the Cowardly Lion, she saw there was only one way left to destroy Dorothy and her friends.

So the Wicked Witch took the Golden Cap from her cupboard and placed it upon her head. Then she stood upon her left foot and said, slowly:

"Ep-pe, pep-pe, kak-ke!"

Next she stood upon her right foot and said:

"Hil-lo, hol-lo, hel-lo!"

Los winkies no eran un pueblo corajudo, pero debían obedecer lo que les ordenaba. Así que marcharon hasta llegar cerca de Dorothy. Luego, el León lanzó un rugido feroz y se arrojó en dirección a ellos, y los pobres winkies se asustaron tanto que huyeron corriendo cuan rápido podían.

Cuando hubieron regresado al castillo, la Bruja Malvada les propinó unos buenos azotes con una correa y los mandó de vuelta a trabajar, después de lo cual se sentó a pensar qué debería hacer a continuación. ¿Cómo habían fallado todos sus planes para acabar con los extranjeros? No lo entendía, pero la bruja era poderosa, como así también cruel, y pronto había tomado una decisión acerca de cómo debía actuar.

En su armario guardaba un sombrero dorado rodeado con un aro de diamantes y rubíes. Este sombrero dorado guardaba un encantamiento: quienquiera que lo poseyera podía invocar tres veces a los monos alados, quienes debían obedecer cualquier orden que les dieran. Ninguna persona, empero, podía invocar a estas criaturas extrañas más de tres veces. Dos veces ya había usado la Bruja Malvada el encantamiento del sombrero. La primera vez fue cuando esclavizó a los winkies y se proclamó dictadora de su país. Los monos alados la habían ayudado a conseguirlo. La segunda vez fue cuando se enfrentó al mismísimo Oz el Grande y lo echó del País del Oeste. Los monos alados también la habían ayudado a lograrlo. Solo podía usar el sombrero una vez más; razón por la cual no quería hacerlo hasta no haber agotado todos sus otros poderes. Sin embargo, ahora que sus lobos feroces y sus cuervos salvajes y sus abejas negras habían muerto y que el León Cobarde había espantado a sus esclavos, comprendió que solo le quedaba una manera para acabar con Dorothy y sus amigos.

De modo que la Bruja Malvada sacó el sombrero dorado de su armario y se lo puso sobre la cabeza. Luego, se paró en la pierna izquierda y conjuró despacio:

—¡E-pe, pe-pe, ka-ke!

A continuación, se paró en la pierna derecha y siguió:

—¡Hi-la, he-lo, ho-la!

After this she stood upon both feet and cried in a loud voice:

"Ziz-zy, zuz-zy, zik!"

Now the charm began to work. The sky was darkened, and a low rumbling sound was heard in the air. There was a rushing of many wings, a great chattering and laughing, and the sun came out of the dark sky to show the Wicked Witch surrounded by a crowd of monkeys, each with a pair of immense and powerful wings on his shoulders.

One, much bigger than the others, seemed to be their leader. He flew close to the Witch and said, "You have called us for the third and last time. What do you command?"

"Go to the strangers who are within my land and destroy them all except the Lion," said the Wicked Witch. "Bring that beast to me, for I have a mind to harness him like a horse, and make him work."

"Your commands shall be obeyed," said the leader. Then, with a great deal of chattering and noise, the Winged Monkeys flew away to the place where Dorothy and her friends were walking.

Some of the Monkeys seized the Tin Woodman and carried him through the air until they were over a country thickly covered with sharp rocks. Here they dropped the poor Woodman, who fell a great distance to the rocks, where he lay so battered and dented that he could neither move nor groan.

Others of the Monkeys caught the Scarecrow, and with their long fingers pulled all of the straw out of his clothes and head. They made his hat and boots and clothes into a small bundle and threw it into the top branches of a tall tree.

The remaining Monkeys threw pieces of stout rope around the Lion and wound many coils about his body and head and legs, until he was unable to bite or scratch or struggle in any way. Then they lifted him up and flew away with him to the Witch's castle, where he was placed in a small yard with a high iron fence around it, so that he could not

Acto seguido, se paró sobre las dos piernas y gritó en voz alta:

—¡Zi-zi, zu-zi, zik!

El encantamiento empezó a surtir efecto. El cielo se oscureció y se escuchó un estruendo grave rasgar el aire. Hubo una tormenta de alas, risas y chillidos y el sol resurgió del cielo ennegrecido e iluminó a la Bruja Malvada. La rodeaba una bandada de monos, cada uno con un par de alas inmensas y poderosas que les nacían de los hombros.

Uno mucho más grande que los otros parecía ser el líder. Se acercó volando a la bruja y anunció: «Nos invocó por tercera y última vez. ¿Qué nos ordena?».

—Vayan a donde los extranjeros que atraviesan mis tierras y destrúyanlos a todos, salvo al León —ordenó la Bruja Malvada—. Tráiganme a la bestia porque tengo en mente colocarle riendas de caballo y ponerlo a trabajar.

—Obedeceremos sus órdenes —contestó el líder. Luego, en un huracán de risas y chillidos, los monos alados se fueron volando al sitio en donde Dorothy y sus amigos caminaban.

Unos de los monos asieron al Leñador de Hojalata y se lo llevaron por el aire hasta que volaron sobre un campo cubierto por completo con rocas filosas. Allí arrojaron al pobre Leñador, quien cayó de una gran altura hasta las rocas, en donde quedó tan machacado y menoscabado que no podía ni moverse ni quejarse.

Otros monos atraparon al Espantapájaros y con los dedos largos le quitaron toda la paja del interior de las ropas y de la cabeza. Hicieron una bola con su sombrero y sus botas y sus ropas, y la tiraron sobre la copa de un árbol elevado.

El resto de los monos cubrió al León con sogas gruesas y con muchos aparejos y le asieron el cuerpo y la cabeza y las patas hasta que no pudo morder, ni rasgar ni luchar de ninguna manera. Lo alzaron y se lo llevaron por los aires hasta el castillo de la bruja, donde lo dejaron en un jardín pequeño cercado con varas de hierro elevadas para que no pudiera

escape.

But Dorothy they did not harm at all. She stood, with Toto in her arms, watching the sad fate of her comrades and thinking it would soon be her turn. The leader of the Winged Monkeys flew up to her, his long, hairy arms stretched out and his ugly face grinning terribly; but he saw the mark of the Good Witch's kiss upon her forehead and stopped short, motioning the others not to touch her.

"We dare not harm this little girl," he said to them, "for she is protected by the Power of Good, and that is greater than the Power of Evil. All we can do is to carry her to the castle of the Wicked Witch and leave her there."

So, carefully and gently, they lifted Dorothy in their arms and carried her swiftly through the air until they came to the castle, where they set her down upon the front doorstep. Then the leader said to the Witch:

"We have obeyed you as far as we were able. The Tin Woodman and the Scarecrow are destroyed, and the Lion is tied up in your yard. The little girl we dare not harm, nor the dog she carries in her arms. Your power over our band is now ended, and you will never see us again."

Then all the Winged Monkeys, with much laughing and chattering and noise, flew into the air and were soon out of sight.

The Wicked Witch was both surprised and worried when she saw the mark on Dorothy's forehead, for she knew well that neither the Winged Monkeys nor she, herself, dare hurt the girl in any way. She looked down at Dorothy's feet, and seeing the Silver Shoes, began to tremble with fear, for she knew what a powerful charm belonged to them. At first the Witch was tempted to run away from Dorothy; but she happened to look into the child's eyes and saw how simple the soul behind them was, and that the little girl did not know of the wonderful power the Silver Shoes gave her. So the Wicked Witch laughed to herself, and thought, "I can still make her my slave, for she does not know how to use her power." Then she said to Dorothy, harshly and severely:

escaparse.

A Dorothy, empero, no la hirieron en absoluto. Parada y con Toto en brazos, veía el triste destino de sus compañeros y pensaba que pronto le llegaría su turno. El líder de los monos alados voló hacia ella extendiendo los largos brazos peludos y enseñando terriblemente unos dientes horrendos, pero, al verle la marca de la Bruja Buena en la frente, se detuvo en seco y les hizo señas a los demás para que no la tocaran.

—No nos atrevamos a tocar a esta niña —les advirtió—, pues la protege el poder del bien y es mayor que el del mal. Lo único que podemos hacer es llevarla al castillo de la Bruja Malvada y dejarla allí.

Así que, con cuidado y delicadeza alzaron a Dorothy con los brazos y se la llevaron prestos por el aire hasta llegar al castillo, donde la dejaron en el vano de la puerta. Acto seguido, el líder le informó a la Bruja:

—Hemos obedecido hasta donde fuimos capaces. El Leñador de Hojalata y el Espantapájaros yacen destruidos y el León está atado en su jardín. A la niña, no nos atrevemos a herirla ni tampoco al perro que lleva en brazos. El poder que usted ejercía sobre nuestra pandilla acabó y nunca volverá a vernos.

Luego, todos los monos alados, entre muchas risas y chillidos y barullo, se elevaron por el aire y pronto salieron del campo de visión.

La Bruja Malvada estuvo tanto sorprendida como preocupada al ver la marca en la frente de Dorothy porque sabía muy bien que ni los monos alados ni ella se atreverían a herir a la niña de ningún modo. Bajó la mirada a los pies de Dorothy y, viendo los zapatos plateados, empezó a temblar presa del miedo, pues sabía que portaban un poderoso encantamiento. La Bruja estuvo tentada primero de huir corriendo de Dorothy, pero miró a la niña a los ojos y vio que detrás de ellos vivía un alma sencilla y que la niña no sabía acerca del maravilloso poder que los zapatos plateados le conferían. Así que la Bruja Malvada se rio para sus adentros y pensó: «Todavía puedo esclavizarla, porque no sabe cómo aprovechar su poder». Luego, se dirigió a Dorothy con un tono muy duro y severo:

"Come with me; and see that you mind everything I tell you, for if you do not I will make an end of you, as I did of the Tin Woodman and the Scarecrow."

Dorothy followed her through many of the beautiful rooms in her castle until they came to the kitchen, where the Witch bade her clean the pots and kettles and sweep the floor and keep the fire fed with wood.

Dorothy went to work meekly, with her mind made up to work as hard as she could; for she was glad the Wicked Witch had decided not to kill her.

With Dorothy hard at work, the Witch thought she would go into the courtyard and harness the Cowardly Lion like a horse; it would amuse her, she was sure, to make him draw her chariot whenever she wished to go to drive. But as she opened the gate the Lion gave a loud roar and bounded at her so fiercely that the Witch was afraid, and ran out and shut the gate again.

"If I cannot harness you," said the Witch to the Lion, speaking through the bars of the gate, "I can starve you. You shall have nothing to eat until you do as I wish."

So after that she took no food to the imprisoned Lion; but every day she came to the gate at noon and asked, "Are you ready to be harnessed like a horse?"

And the Lion would answer, "No. If you come in this yard, I will bite you."

The reason the Lion did not have to do as the Witch wished was that every night, while the woman was asleep, Dorothy carried him food from the cupboard. After he had eaten he would lie down on his bed of straw, and Dorothy would lie beside him and put her head on his soft, shaggy mane, while they talked of their troubles and tried to plan some way to escape. But they could find no way to get out of the castle, for it was constantly guarded by the yellow Winkies, who were the slaves of the Wicked Witch and too afraid of her not to do as she told them.

—Ven conmigo y asegúrate de hacer todo lo que te ordene, porque, si no lo haces, acabaré contigo de la misma manera que hice con el Leñador de Hojalata y el Espantapájaros.

Dorothy la siguió a través de las varias habitaciones hermosas del castillo hasta que llegaron a la cocina, donde la Bruja Malvada le hizo lavar las ollas y teteras y fregar el piso y mantener el fuego vivo con leña.

Dorothy se puso a trabajar sin chistar y con la mente decidida a hacerlo cuan duro pudiera, porque estaba agradecida de que la Bruja Malvada hubiera decidido no asesinarla.

Mientras Dorothy trabajaba duramente, la Bruja pensó en ir al jardín y ponerle al León las riendas de caballo; estaba segura de que le daría mucho placer hacerlo tirar de su carruaje cuando ella quisiera salir a pasear. No obstante, mientras abría la puerta, el León pegó un rugido estruendoso y arremetió contra ella con tanta ferocidad que asustó a la Bruja, quien salió corriendo y cerró la puerta de nuevo.

—Si no puedo domarte —amenazó la Bruja al León por detrás de las varas de la puerta—, puedo hacerte morir de inanición. No comerás nada hasta que hagas lo que deseo.

Por lo que, a partir de ese momento, no le llevó comida al León prisionero; pero todos los días al mediodía iba hasta la puerta y le preguntaba: «¿Estás listo para dejarte domar como caballo?».

El León le respondía: «No. Si entras en el jardín, te masticaré».

La razón por la cual el León no necesitaba hacer lo que la Bruja deseaba era que Dorothy, cada noche, mientras la mujer dormía, le llevaba comida del aparador. Luego de que hubiera cenado, el León se recostaba en su cama de paja y Dorothy se acostaba con él y apoyaba la cabeza en la suave melena enmarañada. Discutían sus problemas y trataban de idear algún plan de escape. Sin embargo, no podían encontrar ninguna manera de escapar del castillo porque estaba vigilado por los winkies amarillos, los esclavos de la Bruja Malvada, quienes eran muy temerosos de ella como para no obedecerle.

The girl had to work hard during the day, and often the Witch threatened to beat her with the same old umbrella she always carried in her hand. But, in truth, she did not dare to strike Dorothy, because of the mark upon her forehead. The child did not know this, and was full of fear for herself and Toto. Once the Witch struck Toto a blow with her umbrella and the brave little dog flew at her and bit her leg in return. The Witch did not bleed where she was bitten, for she was so wicked that the blood in her had dried up many years before.

Dorothy's life became very sad as she grew to understand that it would be harder than ever to get back to Kansas and Aunt Em again. Sometimes she would cry bitterly for hours, with Toto sitting at her feet and looking into her face, whining dismally to show how sorry he was for his little mistress. Toto did not really care whether he was in Kansas or the Land of Oz so long as Dorothy was with him; but he knew the little girl was unhappy, and that made him unhappy too.

Now the Wicked Witch had a great longing to have for her own the Silver Shoes which the girl always wore. Her bees and her crows and her wolves were lying in heaps and drying up, and she had used up all the power of the Golden Cap; but if she could only get hold of the Silver Shoes, they would give her more power than all the other things she had lost. She watched Dorothy carefully, to see if she ever took off her shoes, thinking she might steal them. But the child was so proud of her pretty shoes that she never took them off except at night and when she took her bath. The Witch was too much afraid of the dark to dare go in Dorothy's room at night to take the shoes, and her dread of water was greater than her fear of the dark, so she never came near when Dorothy was bathing. Indeed, the old Witch never touched water, nor ever let water touch her in any way.

But the wicked creature was very cunning, and she finally thought of a trick that would give her what she wanted. She placed a bar of iron in the middle of the kitchen floor, and then by her magic arts made the iron invisible to human eyes. So that when Dorothy walked across the floor she stumbled over the bar, not being able to see it,

La niña debía trabajar duro durante el día y a menudo la Bruja amenazaba con pegarle usando un paraguas viejo que siempre llevaba en la mano. No obstante, lo cierto era que no se atrevía a golpear a Dorothy debido a su marca en la frente. La niña no lo sabía y temía en gran medida por ella y por Toto. En una ocasión, la Bruja le asestó un golpe a Toto con su paraguas y el perrito valiente acometió y le mordió la pierna en forma de venganza. De donde fue herida la Bruja, no brotó nada, pues era tan malvada que la sangre se le había marchitado hacía ya varios años.

La vida de Dorothy se tornaba más triste a medida que comprendía que sería más difícil que nunca volver a Kansas con la tía Em. En ocasiones, lloraba desconsolada por horas. Toto se le sentaba a los pies, clavaba su mirada en el rostro y gemía apenado para mostrar cuán triste estaba por su pequeña dueña. A decir verdad, a Toto no le interesaba si estaba en Kansas o en el Reino de Oz, en tanto y en cuanto Dorothy estuviera con él; pero sabía que Dorothy era infeliz y eso lo ponía infeliz a él también.

Ahora bien, la Bruja Malvada deseaba con locura adueñarse de los zapatos plateados que la niña usaba todo el tiempo. Tanto sus abejas como cuervos y lobos yacían amontonados y secos, y ya había agotado el poder del sombrero dorado; pero si tan solo pudiera hacerse con los zapatos plateados, le conferirían más poder que la combinación de todo lo que había perdido. Vigilaba con atención a Dorothy para ver si en algún momento se sacaba los zapatos, creyendo que quizás podría robarlos. La niña, empero, estaba tan orgullosa de sus lindos zapatos que nunca se los sacaba, salvo a la noche y a la hora del baño. La Bruja le tenía demasiado miedo a la oscuridad como para atreverse a entrar en la habitación de Dorothy durante la noche para robar los zapatos, y el pavor que sentía por el agua era aún mayor que el que sentía por la oscuridad, por lo que nunca se acercaba cuando Dorothy se bañaba. De hecho, la Bruja anciana nunca tocaba el agua ni dejaba que el agua la tocara de ninguna manera.

Sin embargo, la criatura malvada era muy astuta y al final se le ocurrió una treta con la que obtendría lo que quería. Colocó una vara de hierro en medio del piso de la cocina y, usando sus artes mágicas, la hizo invisible a los ojos humanos. Por lo que, cuando Dorothy atravesaba la cocina, se tropezó con la vara por ser incapaz de verla y se cayó dando

and fell at full length. She was not much hurt, but in her fall one of the Silver Shoes came off; and before she could reach it, the Witch had snatched it away and put it on her own skinny foot.

The wicked woman was greatly pleased with the success of her trick, for as long as she had one of the shoes she owned half the power of their charm, and Dorothy could not use it against her, even had she known how to do so.

The little girl, seeing she had lost one of her pretty shoes, grew angry, and said to the Witch, "Give me back my shoe!"

"I will not," retorted the Witch, "for it is now my shoe, and not yours."

"You are a wicked creature!" cried Dorothy. "You have no right to take my shoe from me."

"I shall keep it, just the same," said the Witch, laughing at her, "and someday I shall get the other one from you, too."

This made Dorothy so very angry that she picked up the bucket of water that stood near and dashed it over the Witch, wetting her from head to foot.

Instantly the wicked woman gave a loud cry of fear, and then, as Dorothy looked at her in wonder, the Witch began to shrink and fall away.

"See what you have done!" she screamed. "In a minute I shall melt away."

"I'm very sorry, indeed," said Dorothy, who was truly frightened to see the Witch actually melting away like brown sugar before her very eyes.

"Didn't you know water would be the end of me?" asked the Witch, in a wailing, despairing voice.

"Of course not," answered Dorothy. "How should I?"

un golpazo. No le dolió mucho, pero en la caída se le cayó uno de los zapatos plateados y, antes de que pudiera recuperarlo, la Bruja ya lo había tomado y se lo puso en el pie huesudo.

La mujer desalmada estaba muy complacida con el éxito de su treta, porque, mientras tuviera uno de los zapatos, poseía la mitad del poder del encantamiento y Dorothy no podría usarlo contra ella, incluso si hubiera sabido cómo usarlo.

La niña, viendo que había perdido uno de sus lindos zapatos, se enojó y le exigió a la Bruja: «¡Devuélveme mi zapato!».

—No —le repuso la Bruja—, ahora es mi zapato y no tuyo.

—¡Criatura maldita! —gritó Dorothy— No tienes ningún derecho a quitarme el zapato.

—De todas maneras, me lo quedaré —se le rio la Bruja— y algún día también te quitaré el otro.

Ante esto, a Dorothy le entró tanta rabia que tomó un balde de agua que estaba cerca y lo volcó sobre la Bruja, con lo que la mojó de pies a cabeza.

De inmediato, la Bruja pegó un alarido, asustada, y luego, para extrañamiento de Dorothy, la Bruja empezó a encogerse y deshacerse.

—¡Mira lo que has hecho! —gritó la Bruja—. En un minuto, me habré derretido.

—Lo siento mucho, de veras —se disculpó Dorothy, quien estaba muy asustada al ver que la Bruja se derretía como el azúcar mascabado ante sus propios ojos.

—¿No sabías que el agua sería mi fin? —preguntó la Bruja con una voz chillona y abatida.

—Por supuesto que no —respondió Dorothy—. ¿Cómo habría de saberlo?

"Well, in a few minutes I shall be all melted, and you will have the castle to yourself. I have been wicked in my day, but I never thought a little girl like you would ever be able to melt me and end my wicked deeds. Look out—here I go!"

With these words the Witch fell down in a brown, melted, shapeless mass and began to spread over the clean boards of the kitchen floor. Seeing that she had really melted away to nothing, Dorothy drew another bucket of water and threw it over the mess. She then swept it all out the door. After picking out the silver shoe, which was all that was left of the old woman, she cleaned and dried it with a cloth, and put it on her foot again. Then, being at last free to do as she chose, she ran out to the courtyard to tell the Lion that the Wicked Witch of the West had come to an end, and that they were no longer prisoners in a strange land.

—Bueno, en unos minutos me habré derretido por completo y tendrás el castillo para ti. En mis tiempos fui malvada, pero nunca creí que una niñita como tú sería capaz de derretirme y acabar con mis maldades. Mira: ¡ya me voy!

Con estas palabras, la Bruja se derritió hasta no ser más que una masa marrón y amorfa que se esparció por las tablas limpias del piso de la cocina. Viendo que se había derretido hasta no ser nada, Dorothy tomó otro balde de agua y lo volcó sobre toda la suciedad. Fregó todo y la echó por la puerta. Luego de haber levantado el zapato plateado, que era todo lo que quedaba de la anciana, lo limpió y secó con una tela y se lo puso en el pie de nuevo. Siendo por fin libre para hacer lo que quisiera, se fue corriendo al jardín a contarle al León que la Bruja Malvada del Oeste había llegado a su fin y que ya no eran prisioneros en una tierra extranjera.

CHAPTER XIII — THE RESCUE

The Cowardly Lion was much pleased to hear that the Wicked Witch had been melted by a bucket of water, and Dorothy at once unlocked the gate of his prison and set him free. They went in together to the castle, where Dorothy's first act was to call all the Winkies together and tell them that they were no longer slaves.

There was great rejoicing among the yellow Winkies, for they had been made to work hard during many years for the Wicked Witch, who had always treated them with great cruelty. They kept this day as a holiday, then and ever after, and spent the time in feasting and dancing.

"If our friends, the Scarecrow and the Tin Woodman, were only with us," said the Lion, "I should be quite happy."

"Don't you suppose we could rescue them?" asked the girl anxiously.

"We can try," answered the Lion.

So they called the yellow Winkies and asked them if they would help to rescue their friends, and the Winkies said that they would be delighted to do all in their power for Dorothy, who had set them free from bondage. So she chose a number of the Winkies who looked as if they knew the most, and they all started away. They traveled that day and part of the next until they came to the rocky plain where the Tin Woodman lay, all battered and bent. His axe was near him, but the blade was rusted and the handle broken off short.

The Winkies lifted him tenderly in their arms, and carried him back to the Yellow Castle again, Dorothy shedding a few tears by the way at the sad plight of her old friend, and the Lion looking sober and sorry. When they reached the castle Dorothy said to the Winkies:

"Are any of your people tinsmiths?"

El León Cobarde se alegró un montón al enterarse de que la Bruja Malvada se había derretido con un baldazo de agua y Dorothy lo liberó sin demora destrabando la puerta de su celda. Entraron juntos al castillo, donde lo primero que Dorothy hizo fue convocar a los winkies y anunciarles que ya no eran esclavos.

Se esparció el regocijo entre los winkies amarillos, pues la Bruja Malvada los había hecho trabajar arduamente durante varios años y, además, los trataba con crueldad gigantesca. Fijaron el día como festivo de ahí en adelante y pasaron el tiempo celebrando y bailando.

—Si nuestros amigos, el Espantapájaros y el Leñador de Hojalata, estuvieran con nosotros —se lamentó el León—; sería tan feliz.

—¿No crees que podríamos rescatarlos? —preguntó deseosa la niña.

—Podemos intentarlo —respondió el León.

De modo que llamaron a los winkies amarillos y les preguntaron si los ayudarían a rescatar a sus amigos. Los winkies les respondieron que con gusto harían todo lo que estuviera a su alcance para ayudar a Dorothy, quien los había librado de sus cadenas. Así que eligió a los winkies que parecían ser los más sabiondos y se pusieron manos a la obra. Viajaron durante ese día y parte del siguiente hasta llegar al campo de rocas en donde yacía el Leñador de Hojalata, todo machacado y menoscabado. El hacha estaba cerca, pero la hoja se había oxidado y el mango quebrado y desprendido cerca de ella.

Los winkies lo alzaron en brazos con delicadeza y lo llevaron de vuelta al castillo amarillo. Dorothy derramaba unas lágrimas por el triste estado en el que se encontraba su viejo amigo y el León lucía un aspecto serio y apenado. Cuando hubieron llegado al castillo, Dorothy les preguntó a los winkies:

—¿Hay hojalateros entre ustedes?

"Oh, yes. Some of us are very good tinsmiths," they told her.

"Then bring them to me," she said. And when the tinsmiths came, bringing with them all their tools in baskets, she inquired, "Can you straighten out those dents in the Tin Woodman, and bend him back into shape again, and solder him together where he is broken?"

The tinsmiths looked the Woodman over carefully and then answered that they thought they could mend him so he would be as good as ever. So they set to work in one of the big yellow rooms of the castle and worked for three days and four nights, hammering and twisting and bending and soldering and polishing and pounding at the legs and body and head of the Tin Woodman, until at last he was straightened out into his old form, and his joints worked as well as ever. To be sure, there were several patches on him, but the tinsmiths did a good job, and as the Woodman was not a vain man he did not mind the patches at all.

When, at last, he walked into Dorothy's room and thanked her for rescuing him, he was so pleased that he wept tears of joy, and Dorothy had to wipe every tear carefully from his face with her apron, so his joints would not be rusted. At the same time her own tears fell thick and fast at the joy of meeting her old friend again, and these tears did not need to be wiped away. As for the Lion, he wiped his eyes so often with the tip of his tail that it became quite wet, and he was obliged to go out into the courtyard and hold it in the sun till it dried.

"If we only had the Scarecrow with us again," said the Tin Woodman, when Dorothy had finished telling him everything that had happened, "I should be quite happy."

"We must try to find him," said the girl.

So she called the Winkies to help her, and they walked all that day and part of the next until they came to the tall tree in the branches of which the Winged Monkeys had tossed the Scarecrow's clothes.

It was a very tall tree, and the trunk was so smooth that no one could climb it; but the Woodman said at once, "I'll chop it down, and

—Ah, sí. Algunos son muy buenos hojalateros —le respondieron.

—Tráiganlos conmigo entonces —les pidió. Cuando hubieron llegado los hojalateros y traído consigo todas sus herramientas en canastas, la niña preguntó—: ¿Pueden repararle las abolladuras al Leñador de Hojalata, darle forma de nuevo y soldarlo en donde está roto?

Los hojalateros inspeccionaron al Leñador y le respondieron que creían poder arreglarlo para que vuelva a estar en tan buen estado como antes. Por lo que se pusieron a trabajar en una de las grandes salas amarillas del castillo y trabajaron por tres días y cuatro noches. Dieron martillazos y atornillaron tornillos y doblaron y soldaron y pulieron y unieron las piernas y cuerpo y cabeza del Leñador de Hojalata, hasta que adquirió de nuevo su forma antigua y las articulaciones le funcionaron tan bien como antes. Para cerciorarse, le habían puesto muchos parches, pero los hojalateros hicieron un buen trabajo y, como el Leñador no era vano, no le molestaron para nada los parches.

Por fin, cuando él hubo entrado a la habitación de Dorothy y le hubo agradecido por rescatarlo, se alegró tanto que derramó lágrimas de alegría y Dorothy le tuvo que secar con cuidado cada lágrima del rostro con su delantal para que no se le oxidaran las articulaciones. Al mismo tiempo, a Dorothy se le caían rápidamente unas lágrimas regordetas gracias al reencuentro con su viejo amigo; lágrimas que no hacía falta secar. En cuanto al León, se secó las lágrimas con la punta de la cola tantas veces que se le empapó y se vio obligado a salir al jardín y dejar que la cola se le seque al sol.

—Si solo el Espantapájaros estuviera de nuevo con nosotros —se lamentó el Leñador de Hojalata cuando Dorothy hubo acabado de contarle todo lo que había sucedido—, sería tan feliz.

—Debemos intentar encontrarlo —alentó la niña.

Por lo que llamó a los winkies para que les ayudaran y caminaron todo aquel día y parte del día siguiente hasta que llegaron al árbol alto a cuyas ramas los monos alados habían arrojado la ropa del Espantapájaros.

El árbol era muy alto; y el tronco, tan liso que nadie pudo treparlo, pero el Leñador decidió de inmediato: «Lo talaré y podremos rescatar la

then we can get the Scarecrow's clothes."

Now while the tinsmiths had been at work mending the Woodman himself, another of the Winkies, who was a goldsmith, had made an axe-handle of solid gold and fitted it to the Woodman's axe, instead of the old broken handle. Others polished the blade until all the rust was removed and it glistened like burnished silver.

As soon as he had spoken, the Tin Woodman began to chop, and in a short time the tree fell over with a crash, whereupon the Scarecrow's clothes fell out of the branches and rolled off on the ground.

Dorothy picked them up and had the Winkies carry them back to the castle, where they were stuffed with nice, clean straw; and behold! here was the Scarecrow, as good as ever, thanking them over and over again for saving him.

Now that they were reunited, Dorothy and her friends spent a few happy days at the Yellow Castle, where they found everything they needed to make them comfortable.

But one day the girl thought of Aunt Em, and said, "We must go back to Oz, and claim his promise."

"Yes," said the Woodman, "at last I shall get my heart."

"And I shall get my brains," added the Scarecrow joyfully.

"And I shall get my courage," said the Lion thoughtfully.

"And I shall get back to Kansas," cried Dorothy, clapping her hands. "Oh, let us start for the Emerald City tomorrow!"

This they decided to do. The next day they called the Winkies together and bade them good-bye. The Winkies were sorry to have them go, and they had grown so fond of the Tin Woodman that they begged him to stay and rule over them and the Yellow Land of the West. Finding they were determined to go, the Winkies gave Toto and the Lion each a golden collar; and to Dorothy they presented a beautiful bracelet studded with diamonds; and to the Scarecrow they gave

ropa del Espantapájaros».

Ahora bien, mientras los hojalateros le daban forma al Leñador de Hojalata, un winkie orfebre labró otro mango para el hacha del Leñador con oro sólido y reemplazó el mango viejo y roto. Otros winkies pulieron la hoja hasta remover todo el óxido y hacerle adquirir un brillo argénteo.

En cuanto hubo hablado, el Leñador de Hojalata empezó a talar y en poco tiempo el árbol cayó dando un golpazo, con el cual la ropa del Espantapájaros se desprendió de las ramas y rodó por el suelo.

Dorothy la recogió e hizo que los winkies la llevaran de vuelta al castillo, donde la rellenaron con paja nueva y limpia, y ¡helo allí! El Espantapájaros había resucitado con el mismo buen estado de siempre, y les agradeció una y otra vez por haberlo rescatado.

Ahora que se habían reencontrado, Dorothy y sus amigos descansaron unos días agradables en el castillo amarillo, donde encontraron todo lo necesario para sentirse cómodos.

No obstante, un día la niña recordó a la tía Em y propuso: «Debemos volver con Oz y reclamar su parte de la promesa».

—Sí —coincidió el Leñador—, por fin tendré corazón.

—Y yo tendré sesos —agregó, alegre, el Espantapájaros.

—Y yo tendré coraje —añadió, pensativo, el León.

—Y yo volveré a Kansas —concluyó Dorothy y aplaudió con las manos—. Ah, ¡volvamos a la Ciudad Esmeralda mañana!

Así lo decidieron. Al día siguiente, reunieron a los winkies y se despidieron. Los winkies se lamentaron por su partida, y se habían encariñado tanto con el Leñador de Hojalata que le rogaron que se quedara y gobernara en el país amarillo del oeste. Viendo que estaban decididos a partir, los winkies le dieron a Toto y al León un collar dorado a cada uno; a Dorothy, una pulsera hermosa incrustada de diamantes; al Espantapájaros, un bastón de caminar con cabezal de oro para evitar que

a gold-headed walking stick, to keep him from stumbling; and to the Tin Woodman they offered a silver oil-can, inlaid with gold and set with precious jewels.

Every one of the travelers made the Winkies a pretty speech in return, and all shook hands with them until their arms ached.

Dorothy went to the Witch's cupboard to fill her basket with food for the journey, and there she saw the Golden Cap. She tried it on her own head and found that it fitted her exactly. She did not know anything about the charm of the Golden Cap, but she saw that it was pretty, so she made up her mind to wear it and carry her sunbonnet in the basket.

Then, being prepared for the journey, they all started for the Emerald City; and the Winkies gave them three cheers and many good wishes to carry with them.

se tropezara; y al Leñador de Hojalata, una aceitera de plata bañada en oro y cubierta de piedras preciosas.

Cada uno de los caminantes pronunció un discurso hermoso de agradecimiento y les estrecharon la mano hasta que les dolieron los brazos.

Dorothy fue al aparador de la Bruja a llenar su canasta con comida para el viaje y allí vio el sombrero dorado. Se lo probó en la cabeza y vio que le quedaba a la perfección. No sabía nada acerca del encantamiento del sombrero dorado, pero viendo que era bonito, decidió que lo usaría y puso el sombrero para el sol en la canasta.

Luego, estando listos para viajar, emprendieron camino hacia la Ciudad Esmeralda; los winkies les dedicaron tres «¡hurra!» y les dieron muchos buenos deseos para que los acompañen.

CHAPTER XIV — THE WINGED MONKEYS

You will remember there was no road—not even a pathway—between the castle of the Wicked Witch and the Emerald City. When the four travelers went in search of the Witch she had seen them coming, and so sent the Winged Monkeys to bring them to her. It was much harder to find their way back through the big fields of buttercups and yellow daisies than it was being carried. They knew, of course, they must go straight east, toward the rising sun; and they started off in the right way. But at noon, when the sun was over their heads, they did not know which was east and which was west, and that was the reason they were lost in the great fields. They kept on walking, however, and at night the moon came out and shone brightly. So they lay down among the sweet smelling yellow flowers and slept soundly until morning—all but the Scarecrow and the Tin Woodman.

The next morning the sun was behind a cloud, but they started on, as if they were quite sure which way they were going.

"If we walk far enough," said Dorothy, "I am sure we shall sometime come to some place."

But day by day passed away, and they still saw nothing before them but the scarlet fields. The Scarecrow began to grumble a bit.

"We have surely lost our way," he said, "and unless we find it again in time to reach the Emerald City, I shall never get my brains."

"Nor I my heart," declared the Tin Woodman. "It seems to me I can scarcely wait till I get to Oz, and you must admit this is a very long journey."

"You see," said the Cowardly Lion, with a whimper, "I haven't the courage to keep tramping forever, without getting anywhere at all."

Recordarán que no había ningún camino, ni siquiera un sendero, entre el castillo de la Bruja Malvada y la Ciudad Esmeralda. Cuando los cuatro caminantes habían partido en su búsqueda, fue la Bruja quien los vio venir y por eso mandó a los monos alados para que los trajeran ante ella. Resultó ser mucho más difícil orientarse de vuelta entre los vastos campos de botones de oro y margaritas amarillas que dejarse llevar por los monos. Por supuesto, sabían que debían dirigirse derecho al este, hacia el sol saliente, y arrancaron en la dirección correcta. Al mediodía, empero, cuando tenían al sol sobre la cabeza, no sabían a dónde estaba el este ni a dónde estaba el oeste, y esa fue la razón por la que se perdieron en los campos vastos. De todas maneras, siguieron caminando y a la noche salió la luna, que brilló con fuerzas. Así que se acostaron en el dulce perfume amarillento y durmieron profundamente hasta la mañana, todos salvo el Espantapájaros y el Leñador de Hojalata.

A la mañana siguiente, el sol estaba escondido detrás de una nube, pero siguieron caminando como si estuvieran muy seguros de hacia donde se dirigían.

—Si caminamos lo suficiente —supuso Dorothy—, seguro que en algún momento llegamos a algún lugar.

Sin embargo, los días pasaban uno detrás del otro y no vieron nada ante ellos, salvo los campos escarlatas. El Espantapájaros empezó a refunfuñar un poco.

—Está claro que nos hemos perdido —comentó— y, a menos que nos desperdamos a tiempo para llegar a la Ciudad Esmeralda, nunca tendré seso.

—Ni yo corazón —agregó el Leñador de Hojalata—. Siento que apenas puedo esperar para ver a Oz y debes admitir que viene siendo un viaje muy largo.

—Verán —añadió gimoteando el León Cobarde—, me falta el coraje para seguir arrastrando las patas por siempre y sin llegar a ningún destino.

Then Dorothy lost heart. She sat down on the grass and looked at her companions, and they sat down and looked at her, and Toto found that for the first time in his life he was too tired to chase a butterfly that flew past his head. So he put out his tongue and panted and looked at Dorothy as if to ask what they should do next.

"Suppose we call the field mice," she suggested. "They could probably tell us the way to the Emerald City."

"To be sure they could," cried the Scarecrow. "Why didn't we think of that before?"

Dorothy blew the little whistle she had always carried about her neck since the Queen of the Mice had given it to her. In a few minutes they heard the pattering of tiny feet, and many of the small gray mice came running up to her. Among them was the Queen herself, who asked, in her squeaky little voice:

"What can I do for my friends?"

"We have lost our way," said Dorothy. "Can you tell us where the Emerald City is?"

"Certainly," answered the Queen; "but it is a great way off, for you have had it at your backs all this time." Then she noticed Dorothy's Golden Cap, and said, "Why don't you use the charm of the Cap, and call the Winged Monkeys to you? They will carry you to the City of Oz in less than an hour."

"I didn't know there was a charm," answered Dorothy, in surprise. "What is it?"

"It is written inside the Golden Cap," replied the Queen of the Mice. "But if you are going to call the Winged Monkeys we must run away, for they are full of mischief and think it great fun to plague us."

"Won't they hurt me?" asked the girl anxiously.

"Oh, no. They must obey the wearer of the Cap. Good-bye!" And she

Entonces, se le quebraron los ánimos a Dorothy. Se sentó en el suelo y miró a sus compañeros, y ellos se sentaron y la miraron, y Toto sintió por primera vez en su vida que estaba demasiado cansado como para perseguir una mariposa que le aleteaba cerca de la cabeza. Por lo que sacó la lengua y jadeó mirando a Dorothy como si fuera a preguntarle qué deberían hacer a continuación.

—Podríamos llamar a los ratones de campo —propuso la niña—. Es probable que puedan indicarnos el camino hacia la Ciudad Esmeralda.

—¡Por supuesto que podrán! —exclamó el Espantapájaros—. ¿Por qué no lo pensamos antes?

Dorothy hizo sonar el silbatito que cargaba en el cuello todo el tiempo desde que la reina ratona se lo había dado. En unos minutos, escucharon un golpeteo de patitas y varios de los ratoncitos grises llegaron corriendo hasta ella. Entre ellos estaba la reina en persona, quien les preguntó con su vocecita chilloncita:

—¿Qué puedo hacer por mis amigos?

—Nos hemos perdido —le explicó Dorothy—. ¿Podría decirnos dónde queda la Ciudad Esmeralda?

—Por supuesto —contestó la reina—, pero queda muy lejos, pues le estuvieron dando la espalda todo este tiempo. —Luego advirtió el sombrero dorado de Dorothy y sugirió: «¿Por qué no usan el encantamiento del sombrero e invocan a los monos alados? Los llevarán a la ciudad de Oz en menos de una hora».

—No sabía que tenía un encantamiento —se sorprendió Dorothy—. ¿Cómo es?

—Está escrito dentro del sombrero dorado —contestó la reina ratona—. Pero si van a invocarlos, debemos huir porque se dejan llevar por las travesuras y se divierten mucho atormentándonos.

—¿No me lastimarán? —quiso saber la niña nerviosa.

—Ah, no. Deben obedecer al portador del sombrero. ¡Adiós! —Y se ale-

scampered out of sight, with all the mice hurrying after her.

Dorothy looked inside the Golden Cap and saw some words written upon the lining. These, she thought, must be the charm, so she read the directions carefully and put the Cap upon her head.

"Ep-pe, pep-pe, kak-ke!" she said, standing on her left foot.

"What did you say?" asked the Scarecrow, who did not know what she was doing.

"Hil-lo, hol-lo, hel-lo!" Dorothy went on, standing this time on her right foot.

"Hello!" replied the Tin Woodman calmly.

"Ziz-zy, zuz-zy, zik!" said Dorothy, who was now standing on both feet. This ended the saying of the charm, and they heard a great chattering and flapping of wings, as the band of Winged Monkeys flew up to them.

The King bowed low before Dorothy, and asked, "What is your command?"

"We wish to go to the Emerald City," said the child, "and we have lost our way."

"We will carry you," replied the King, and no sooner had he spoken than two of the Monkeys caught Dorothy in their arms and flew away with her. Others took the Scarecrow and the Woodman and the Lion, and one little Monkey seized Toto and flew after them, although the dog tried hard to bite him.

The Scarecrow and the Tin Woodman were rather frightened at first, for they remembered how badly the Winged Monkeys had treated them before; but they saw that no harm was intended, so they rode through the air quite cheerfully, and had a fine time looking at the pretty gardens and woods far below them.

jó seguida de sus súbditos hasta perderse de vista.

Dorothy revisó el interior del sombrero dorado y vio unas palabras escritas en el forro interno. Supuso que debían de ser el encantamiento, así que leyó las instrucciones con cuidado y se puso el sombrero sobre la cabeza.

—¡E-pe, pe-pe, ka-ke! —pronunció Dorothy parada en la pierna izquierda.

—¿Qué cosa? —preguntó el Espantapájaros, quien no entendía qué estaba haciendo.

—¡Hi-la, he-lo, ho-la! —prosiguió Dorothy, esta vez parada en la pierna derecha.

—¡Hola! —saludó calmado el Espantapájaros.

—¡Zi-zi, zu-zi, zik! —concluyó Dorothy, ahora parada en las dos piernas. Así terminó de pronunciar el encantamiento y escucharon una bandada de risas y aleteos mientras los monos alados llegaban volando hasta ellos.

El rey hizo una reverencia profunda para Dorothy y preguntó: «¿Qué nos ordena?».

—Queremos ir a la Ciudad Esmeralda —contestó la niña— y nos hemos perdido.

—Los llevaremos —respondió el rey y, ni bien hubo dicho estas palabras, dos de los monos la asieron a Dorothy con los brazos y se la llevaron volando. Otros llevaron al Espantapájaros y al Leñador y al León, y un monito tomó a Toto y los siguió a todos, a pesar de que el perro trataba con ganas de morderlo.

El Espantapájaros y el Leñador de Hojalata estaban algo asustados al principio porque recordaban con cuánta maldad los monos alados los habían tratado en el pasado. Sin embargo, vieron que no tenían la intención de causarles ningún daño, así que surcaron los cielos bastante alegres y se la pasaron muy bien viendo los jardines preciosos y el bosque

Dorothy found herself riding easily between two of the biggest Monkeys, one of them the King himself. They had made a chair of their hands and were careful not to hurt her.

"Why do you have to obey the charm of the Golden Cap?" she asked.

"That is a long story," answered the King, with a winged laugh; "but as we have a long journey before us, I will pass the time by telling you about it, if you wish."

"I shall be glad to hear it," she replied.

"Once," began the leader, "we were a free people, living happily in the great forest, flying from tree to tree, eating nuts and fruit, and doing just as we pleased without calling anybody master. Perhaps some of us were rather too full of mischief at times, flying down to pull the tails of the animals that had no wings, chasing birds, and throwing nuts at the people who walked in the forest. But we were careless and happy and full of fun, and enjoyed every minute of the day. This was many years ago, long before Oz came out of the clouds to rule over this land.

"There lived here then, away at the North, a beautiful princess, who was also a powerful sorceress. All her magic was used to help the people, and she was never known to hurt anyone who was good. Her name was Gayelette, and she lived in a handsome palace built from great blocks of ruby. Everyone loved her, but her greatest sorrow was that she could find no one to love in return, since all the men were much too stupid and ugly to mate with one so beautiful and wise. At last, however, she found a boy who was handsome and manly and wise beyond his years. Gayelette made up her mind that when he grew to be a man she would make him her husband, so she took him to her ruby palace and used all her magic powers to make him as strong and good and lovely as any woman could wish. When he grew to manhood, Quelala, as he was called, was said to be the best and wisest man in all the land, while his manly beauty was so great that

muy por debajo de ellos.

Dorothy se sintió cómoda sentada entre dos de los monos más grandes, siendo uno de ellos el mismísimo rey. Habían hecho una silla con las manos y eran cuidadosos de no lastimarla.

—¿Por qué tienen que obedecer el encantamiento del sombrero dorado? —preguntó la niña.

—Es una historia larga —respondió el rey entre risas—, pero dado que el viaje que nos depara es largo, te la contaré para que el tiempo se nos pase volando si quieres.

—Sería un placer escucharla —le contestó.

—Hubo un tiempo —empezó a narrar el líder— en el que éramos un pueblo libre, vivíamos felices en el gran bosque, volábamos de un árbol al otro, comíamos nueces y frutas y hacíamos los que nos placía sin tener a nadie a quien llamarle amo. Capaz que las travesuras de algunos de nosotros se pasaban de la raya en algunas ocasiones, como cuando bajábamos a tirarles de la cola a los animales sin alas o perseguíamos aves o le tirábamos nueces a quienes paseaban por el bosque. Pero vivíamos despreocupados, felices y atiborrados de diversión, y disfrutábamos cada minuto del día. Fue hace muchos años, mucho antes de que Oz bajara de las nubes a gobernar estas tierras.

»Por ese entonces, vivía aquí muy lejos en el norte una princesa preciosa, quien también era una hechicera poderosa. Destinaba toda su magia a ayudar a las personas y nunca se supo que hiriera a alguien bueno. ¿Su nombre? Felixeta. Vivía en un palacio hermoso, construido con bloques enormes de rubíes. Todos la amaban, pero su mayor pena era que, en cambio, no podía encontrar a nadie a quien amar, dado que todas las personas eran demasiado horrorosas y tarambanas como para casarse con alguien tan bella e inteligente. No obstante, terminó dando con un chico cuyos atractivo, inteligencia y masculinidad eran inesperados para alguien de su edad. Felixeta decidió que cuando él alcanzara la adultez, se casarían; de modo que se lo llevó al palacio de rubíes y usó todos sus poderes mágicos para hacerlo tan fuerte, bondadoso y amoroso como cualquier mujer querría. Cuando alcanzó la adultez, se decía que Quelala, su nombre, era el mejor hombre y el más sabio en todo el

Gayelette loved him dearly, and hastened to make everything ready for the wedding.

"My grandfather was at that time the King of the Winged Monkeys which lived in the forest near Gayelette's palace, and the old fellow loved a joke better than a good dinner. One day, just before the wedding, my grandfather was flying out with his band when he saw Quelala walking beside the river. He was dressed in a rich costume of pink silk and purple velvet, and my grandfather thought he would see what he could do. At his word the band flew down and seized Quelala, carried him in their arms until they were over the middle of the river, and then dropped him into the water.

"'Swim out, my fine fellow,' cried my grandfather, 'and see if the water has spotted your clothes.' Quelala was much too wise not to swim, and he was not in the least spoiled by all his good fortune. He laughed, when he came to the top of the water, and swam in to shore. But when Gayelette came running out to him she found his silks and velvet all ruined by the river.

"The princess was angry, and she knew, of course, who did it. She had all the Winged Monkeys brought before her, and she said at first that their wings should be tied and they should be treated as they had treated Quelala, and dropped in the river. But my grandfather pleaded hard, for he knew the Monkeys would drown in the river with their wings tied, and Quelala said a kind word for them also; so that Gayelette finally spared them, on condition that the Winged Monkeys should ever after do three times the bidding of the owner of the Golden Cap. This Cap had been made for a wedding present to Quelala, and it is said to have cost the princess half her kingdom. Of course my grandfather and all the other Monkeys at once agreed to the condition, and that is how it happens that we are three times the slaves of the owner of the Golden Cap, whosoever he may be."

"And what became of them?" asked Dorothy, who had been greatly interested in the story.

"Quelala being the first owner of the Golden Cap," replied the Monkey, "he was the first to lay his wishes upon us. As his bride could not bear the sight of us, he called us all to him in the forest after he had

reino, mientras que su belleza masculina era tanta que Felixeta lo amaba con locura y se apresuró a alistar todo para el casamiento.

»En ese entonces, mi abuelo era el rey de los monos alados, que vivían en el bosque cerca del palacio de Felixeta, y ese viejo rufián disfrutaba más gastando bromas que dándose una panzada en la cena. Un día, justo antes del casamiento, mi abuelo volaba con su pandilla cuando vio a Quelala caminando junto al río. Lucía un atuendo ostentoso de seda rosa y terciopelo púrpura y mi abuelo creyó saber qué podía hacer. Con una orden, los pandilleros descendieron y asieron a Quelala, se lo llevaron hasta sobrevolar el medio de un río y lo dejaron caer al agua.

»«Nade, mi estimadísimo caballero», gritó mi abuelo, «y fíjese si el agua no le mancha los ropajes». Quelala era suficientemente inteligente como para no nadar y no sufrió ni el más mínimo rasguño por suerte. Cuando hubo emergido de las aguas, se rio y nadó hasta la orilla. Pero cuando Felixeta acudió corriendo a rescatarlo, vio que el agua había arruinado la seda y el terciopelo.

»La princesa estaba enojada y, por supuesto, sabía quién lo había hecho. Hizo que llevaran a todos los monos alados ante ella y lo primero que pidió fue que les ataran las alas, que los trataran como habían tratado a Quelala y que los arrojaran al río. Pero mi abuelo le suplicó con fuerza, porque sabía que los monos se ahogarían en el río con las alas atadas, y Quelala salió a defenderlos también; por lo que Felixeta al final los perdonó con la condición de que los monos alados desde ese momento en adelante le cumplirían tres veces los deseos al portador del sombrero dorado. El sombrero había sido un regalo de casamiento para Quelala y dicen que le costó a la princesa la mitad de su reino. Por supuesto que mi abuelo y los demás monos aceptaron sin chistar la condición y es por eso que somos tres veces esclavos del dueño del sombrero dorado, quienquiera que sea.

—¿Y qué fue de ellos? —preguntó Dorothy, que se había interesado mucho en la historia.

—Siendo Quelala el primer dueño del sombrero dorado —explicó el mono—, fue el primero en encomendarnos su deseo. Dado que su esposa no toleraba vernos, después de casarse nos invocó a todos al bosque

married her and ordered us always to keep where she could never again set eyes on a Winged Monkey, which we were glad to do, for we were all afraid of her.

"This was all we ever had to do until the Golden Cap fell into the hands of the Wicked Witch of the West, who made us enslave the Winkies, and afterward drive Oz himself out of the Land of the West. Now the Golden Cap is yours, and three times you have the right to lay your wishes upon us."

As the Monkey King finished his story Dorothy looked down and saw the green, shining walls of the Emerald City before them. She wondered at the rapid flight of the Monkeys, but was glad the journey was over. The strange creatures set the travelers down carefully before the gate of the City, the King bowed low to Dorothy, and then flew swiftly away, followed by all his band.

"That was a good ride," said the little girl.

"Yes, and a quick way out of our troubles," replied the Lion. "How lucky it was you brought away that wonderful Cap!"

y nos ordenó que nos quedáramos siempre en donde ella no pudiera ver jamás un mono alado, lo cual estábamos complacidos de hacer porque le teníamos miedo.

»Esto fue todo lo que tuvimos que hacer hasta que el sombrero dorado cayó en las manos de la Bruja Malvada del Oeste, quien nos ordenó esclavizar a los winkies y después expulsar a Oz del País del Oeste. Ahora el sombrero dorado es tuyo y tienes el poder de encomendarnos tus deseos tres veces.

Mientras el rey mono terminaba de narrarle la historia, Dorothy bajó la mirada y vio los brillantes muros verdes de la Ciudad Esmeralda levantarse ante ellos. Se sorprendió por la velocidad de vuelo de los monos, pero estaba agradecida de que el viaje hubiera terminado. Las criaturas extrañas dejaron con cuidado a los viajantes en la puerta de la ciudad; el rey le hizo una reverencia profunda a Dorothy y se fue volando rápido, seguido de su bandada.

—Qué buen viaje —comentó la niña.

—Sí y qué manera rápida de salir de nuestros problemas —coincidió el León—. ¡Por suerte has traído ese maravilloso sombrero!

CHAPTER XV — THE DISCOVERY OF OZ, THE TERRIBLE

The four travelers walked up to the great gate of Emerald City and rang the bell. After ringing several times, it was opened by the same Guardian of the Gates they had met before.

"What! are you back again?" he asked, in surprise.

"Do you not see us?" answered the Scarecrow.

"But I thought you had gone to visit the Wicked Witch of the West."

"We did visit her," said the Scarecrow.

"And she let you go again?" asked the man, in wonder.

"She could not help it, for she is melted," explained the Scarecrow.

"Melted! Well, that is good news, indeed," said the man. "Who melted her?"

"It was Dorothy," said the Lion gravely.

"Good gracious!" exclaimed the man, and he bowed very low indeed before her.

Then he led them into his little room and locked the spectacles from the great box on all their eyes, just as he had done before. Afterward they passed on through the gate into the Emerald City. When the people heard from the Guardian of the Gates that Dorothy had melted the Wicked Witch of the West, they all gathered around the travelers and followed them in a great crowd to the Palace of Oz.

The soldier with the green whiskers was still on guard before the door, but he let them in at once, and they were again met by the beautiful green girl, who showed each of them to their old rooms at once, so they might rest until the Great Oz was ready to receive them.

The soldier had the news carried straight to Oz that Dorothy and

Los cuatro caminantes se acercaron a la gran puerta de la Ciudad Esmeralda y tocaron el timbre. Después de tocarlo varias veces, el mismo guardián que habían conocido antes les abrió la puerta.

—Pero ¡cómo! ¿Volvieron? —preguntó sorprendido.

—¿Acaso no nos ves? —devolvió el Espantapájaros.

—Pero creía que se habían ido a ver a la Bruja Malvada del Oeste.

—Sí que la vimos —continuó el Espantapájaros.

—¿Y les dejó volver? —se maravilló el hombre.

—No pudo detenernos: está derretida —explicó el Espantapájaros.

—¡¿Derretida?! Bueno, en efecto, son buenas noticias —se alegró el hombre—. ¿Quién lo hizo?

—Dorothy —nombró el León con seriedad.

—¡Dios santo! —se sorprendió el hombre y le hizo una reverencia profundísima a la niña.

Luego los hizo entrar a la habitacioncita, les puso los anteojos de la gran caja sobre los ojos y los trabó; tal como hizo la vez anterior. Atravesaron la puerta y entraron en la Ciudad Esmeralda. Cuando las personas se hubieron enterado a través del guardián de la puerta que Dorothy había derretido a la Bruja Malvada del Oeste, todos se reunieron alrededor de los caminantes y los siguieron en procesión al palacio de Oz.

El soldado con bigotes verdes seguía guardando la puerta, pero les permitió entrar al instante y los recibió de nuevo la linda niña verde, quien de inmediato le mostró a cada uno sus viejas habitaciones, así podrían descansar hasta que Oz estuviera listo para concederles una audiencia.

El soldado hizo que le informaran con prontitud a Oz acerca de la no-

the other travelers had come back again, after destroying the Wicked Witch; but Oz made no reply. They thought the Great Wizard would send for them at once, but he did not. They had no word from him the next day, nor the next, nor the next. The waiting was tiresome and wearing, and at last they grew vexed that Oz should treat them in so poor a fashion, after sending them to undergo hardships and slavery. So the Scarecrow at last asked the green girl to take another message to Oz, saying if he did not let them in to see him at once they would call the Winged Monkeys to help them, and find out whether he kept his promises or not. When the Wizard was given this message he was so frightened that he sent word for them to come to the Throne Room at four minutes after nine o'clock the next morning. He had once met the Winged Monkeys in the Land of the West, and he did not wish to meet them again.

The four travelers passed a sleepless night, each thinking of the gift Oz had promised to bestow on him. Dorothy fell asleep only once, and then she dreamed she was in Kansas, where Aunt Em was telling her how glad she was to have her little girl at home again.

Promptly at nine o'clock the next morning the green-whiskered soldier came to them, and four minutes later they all went into the Throne Room of the Great Oz.

Of course each one of them expected to see the Wizard in the shape he had taken before, and all were greatly surprised when they looked about and saw no one at all in the room. They kept close to the door and closer to one another, for the stillness of the empty room was more dreadful than any of the forms they had seen Oz take.

Presently they heard a solemn Voice, that seemed to come from somewhere near the top of the great dome, and it said:

"I am Oz, the Great and Terrible. Why do you seek me?"

They looked again in every part of the room, and then, seeing no one, Dorothy asked, "Where are you?"

"I am everywhere," answered the Voice, "but to the eyes of common mortals I am invisible. I will now seat myself upon my throne,

ticia de que Dorothy y sus compañeros habían regresado después de haber derretido a la Bruja Malvada; Oz, empero, no emitió respuesta alguna. Creyeron que el gran Mago los haría llamar sin espera, pero no lo hizo. No supieron nada de él al día siguiente, ni al siguiente, ni al siguiente. Se angustiaron y desesperaron esperando y, después de un tiempo, se resintieron por la manera tan indecorosa con la que Oz los trataba luego de haberlos mandado a sufrir adversidades y la esclavitud. Por lo que el Espantapájaros le terminó pidiendo a la niña verde que le llevara otro mensaje a Oz: si no les concedía una audiencia de inmediato, llamarían a los monos alados para averiguar si cumplía con sus promesas o no. Cuando le transmitieron el mensaje, el Mago se asustó tanto que les informó que fueran al salón del trono a las nueve y cuatro minutos de la mañana siguiente. Se había enfrentado una vez contra los monos alados en el País del Oeste y no deseaba repetirlo.

Los cuatro amigos pasaron la noche en vela, cada uno pensando en el deseo que Oz había prometido concederles. Dorothy logró dormir solo una vez y soñó que estaba en Kansas, donde la tía Em le decía cuánto se alegraba por tener a su sobrinita de vuelta en casa.

A las nueve en punto de la mañana siguiente el soldado con bigotes verdes fue a buscarlos y cuatro minutos después entraron todos al salón del trono de Oz el Grande.

Claro, cada uno esperaba ver al mago con la forma que había adoptado la vez anterior y fue enorme la sorpresa de todos cuando echaron un vistazo y no vieron a nadie en la habitación. Se quedaron cerca de la puerta y aún más cerca entre ellos, pues la quietud del salón era más inquietante que cualquiera de las otras formas que vieron a Oz adoptar.

En ese momento escucharon una voz solemne que parecía provenir de algún lugar cerca de la gran cúpula y anunció:

—Soy Oz, el Grande y Terrible. ¿Por qué me buscan?

Echaron otro vistazo a cada rincón del salón y, viendo que no había nadie, Dorothy preguntó: «¿Dónde está?».

—En todas partes —contestó la voz—, pero soy invisible a los ojos de simples mortales. Ahora me sentaré en el trono para que puedan hablar

that you may converse with me." Indeed, the Voice seemed just then to come straight from the throne itself; so they walked toward it and stood in a row while Dorothy said:

"We have come to claim our promise, O Oz."

"What promise?" asked Oz.

"You promised to send me back to Kansas when the Wicked Witch was destroyed," said the girl.

"And you promised to give me brains," said the Scarecrow.

"And you promised to give me a heart," said the Tin Woodman.

"And you promised to give me courage," said the Cowardly Lion.

"Is the Wicked Witch really destroyed?" asked the Voice, and Dorothy thought it trembled a little.

"Yes," she answered, "I melted her with a bucket of water."

"Dear me," said the Voice, "how sudden! Well, come to me tomorrow, for I must have time to think it over."

"You've had plenty of time already," said the Tin Woodman angrily.

"We shan't wait a day longer," said the Scarecrow.

"You must keep your promises to us!" exclaimed Dorothy.

The Lion thought it might be as well to frighten the Wizard, so he gave a large, loud roar, which was so fierce and dreadful that Toto jumped away from him in alarm and tipped over the screen that stood in a corner. As it fell with a crash they looked that way, and the next moment all of them were filled with wonder. For they saw, standing in just the spot the screen had hidden, a little old man, with a bald head and a wrinkled face, who seemed to be as much surprised as they were. The Tin Woodman, raising his axe, rushed toward the

conmigo. —En efecto, la voz pareció provenir directo desde el trono; así que se acercaron, se ordenaron en hilera y Dorothy explicó:

—Vinimos a reclamar su parte de su promesa, oh, Oz.

—¿Qué promesa? —preguntó Oz.

—Prometió enviarme de vuelta a Kansas una vez que acabara con la Bruja Malvada —respondió la niña.

—Y prometió darme sesos —agregó el Espantapájaros.

—Y prometió darme corazón —añadió el Leñador de Hojalata.

—Y prometió darme coraje —concluyó el León Cobarde.

—¿De verdad asesinaron a la Bruja Malvada? —preguntó la voz y Dorothy creyó oírla trastabillar un poco.

—Sí —confirmó ella—, la derretí con un baldazo de agua.

—Dios mío —dijo la voz—, ¡qué repentino! Bueno, vuelvan mañana porque necesito tiempo para considerarlo.

—Ya tuvo tiempo de sobra —elevó la voz, enojado, el Leñador de Hojalata.

—No esperaremos ni un día más —clamó el Espantapájaros.

—Debe cumplirnos su parte de la promesa —reclamó Dorothy.

El León pensó que sería bueno asustar al Mago, así que lanzó un rugido fuerte y sonoro, que fue tan feroz y terrible que Toto saltó, se alejó alarmado de él y volcó una pantalla que había en un rincón. Cuando la pantalla cayó dando un golpazo, vieron en esa dirección y de inmediato la sorpresa se apoderó de ellos. Vieron en el rincón, oculto tras la pantalla, a un viejito con la cabeza calva y el rostro arrugado, quien parecía estar tan sorprendido como ellos. El Leñador de Hojalata elevó el hacha, se acercó al hombrecito y gritó: «¿Quién eres?».

little man and cried out, "Who are you?"

"I am Oz, the Great and Terrible," said the little man, in a trembling voice. "But don't strike me—please don't—and I'll do anything you want me to."

Our friends looked at him in surprise and dismay.

"I thought Oz was a great Head," said Dorothy.

"And I thought Oz was a lovely Lady," said the Scarecrow.

"And I thought Oz was a terrible Beast," said the Tin Woodman.

"And I thought Oz was a Ball of Fire," exclaimed the Lion.

"No, you are all wrong," said the little man meekly. "I have been making believe."

"Making believe!" cried Dorothy. "Are you not a Great Wizard?"

"Hush, my dear," he said. "Don't speak so loud, or you will be overheard—and I should be ruined. I'm supposed to be a Great Wizard."

"And aren't you?" she asked.

"Not a bit of it, my dear; I'm just a common man."

"You're more than that," said the Scarecrow, in a grieved tone; "you're a humbug."

"Exactly so!" declared the little man, rubbing his hands together as if it pleased him. "I am a humbug."

"But this is terrible," said the Tin Woodman. "How shall I ever get my heart?"

"Or I my courage?" asked the Lion.

"Or I my brains?" wailed the Scarecrow, wiping the tears from his

—Soy Oz, el Grande y Terrible —contestó el hombrecito con voz temblorosa—. Pero no me pegue, por favor, no lo haga, y haré todo lo que me pida.

Nuestros amigos lo vieron sorprendidos y desalentados.

—Creía que Oz era una cabeza gigantesca —comentó Dorothy.

—Y yo, que era una doncella encantadora —agregó el Espantapájaros.

—Y yo, que era una bestia terrible —añadió el Leñador de Hojalata.

—Y yo, que era una bola de fuego —cerró el León.

—No, todos se equivocan —corrigió apenado el hombrecito—. Eran todos artilugios.

—¡Artilugios! —se indignó Dorothy— ¿No eres un mago poderoso?

—¡Chist!, querida —le llamó Oz la atención—. No alces tanto la voz o te oirán de fuera y sería mi ruina. Se supone que soy un mago poderoso.

—¿Y no lo eres? —preguntó la niña.

—En absoluto, querida; soy tan solo un hombre común y corriente.

—En realidad no, eres más que eso —corrigió el Espantapájaros con un tono decepcionado—: eres un embustero.

—¡Tal cual! —confesó el hombrecito fregándose las manos como si le trajera placer—. Soy un embustero.

—Pero es trágico —se indignó el Leñador de Hojalata—. ¿Cómo tendré corazón?

—¿Y yo coraje? —preguntó el León.

—¿Y yo sesos? —se lamentó el Espantapájaros, secándose las lágrimas

eyes with his coat sleeve.

"My dear friends," said Oz, "I pray you not to speak of these little things. Think of me, and the terrible trouble I'm in at being found out."

"Doesn't anyone else know you're a humbug?" asked Dorothy.

"No one knows it but you four—and myself," replied Oz. "I have fooled everyone so long that I thought I should never be found out. It was a great mistake my ever letting you into the Throne Room. Usually I will not see even my subjects, and so they believe I am something terrible."

"But, I don't understand," said Dorothy, in bewilderment. "How was it that you appeared to me as a great Head?"

"That was one of my tricks," answered Oz. "Step this way, please, and I will tell you all about it."

He led the way to a small chamber in the rear of the Throne Room, and they all followed him. He pointed to one corner, in which lay the great Head, made out of many thicknesses of paper, and with a carefully painted face.

"This I hung from the ceiling by a wire," said Oz. "I stood behind the screen and pulled a thread, to make the eyes move and the mouth open."

"But how about the voice?" she inquired.

"Oh, I am a ventriloquist," said the little man. "I can throw the sound of my voice wherever I wish, so that you thought it was coming out of the Head. Here are the other things I used to deceive you." He showed the Scarecrow the dress and the mask he had worn when he seemed to be the lovely Lady. And the Tin Woodman saw that his terrible Beast was nothing but a lot of skins, sewn together, with slats to keep their sides out. As for the Ball of Fire, the false Wizard had hung that also from the ceiling. It was really a ball of cotton, but when oil was poured upon it the ball burned fiercely.

del rostro con la manga de su saco.

—Amigos míos —suplicó Oz—, les ruego que no hablen de esas pequeñeces. Piensen en mí y los terribles problemas que corro de ser descubierto.

—¿Nadie más sabe que eres embustero? —quiso saber Dorothy.

—Nadie lo sabe, salvo ustedes cuatro y yo —respondió Oz—. He engañado a todos por tanto tiempo que creí que nunca me descubrirían. Fue un error garrafal haberlos dejado entrar al salón del trono. Por lo general, no veo ni siquiera a mis súbditos para que crean que soy terrible.

—Pero, no entiendo —dijo Dorothy incrédula—, ¿cómo es que te vi con la forma de una cabeza gigantesca?

—Es uno de mis trucos —contestó Oz—. Vengan por aquí, por favor, y les contaré todo.

Se dirigió a una cámara pequeña en la parte trasera del salón del trono y lo siguieron. Señaló una esquina, donde yacía la cabeza gigantesca, hecha de varias capas de papel y con el rostro pintado con cuidado.

—La colgué del techo con un cable —explicó Oz—. Estaba detrás de la pantalla y tiraba de un hilo para mover los ojos y abrir la boca.

—Pero ¿cómo hacías la voz? —quiso saber.

—Ah, soy ventrílocuo —aclaró el hombrecito—. Puedo proyectar mi voz a donde quiera, así creíste que era la cabeza quien hablaba. Aquí están los otros artilugios con los que los engañé. Le enseñó al Espantapájaros el vestido y la máscara que usó cuando pretendió ser una doncella encantadora. El Leñador de Hojalata comprobó que la bestia terrible no era nada más que un montón de pieles cocidas juntas, con un armazón para mantenerla extendida. En cuanto a la bola de fuego, el fraudumago también la había colgado del techo. Era, en realidad, una bola de algodón, pero que, al verterle aceite, ardía con fuerza.

"Really," said the Scarecrow, "you ought to be ashamed of yourself for being such a humbug."

"I am—I certainly am," answered the little man sorrowfully; "but it was the only thing I could do. Sit down, please, there are plenty of chairs; and I will tell you my story."

So they sat down and listened while he told the following tale.

"I was born in Omaha—"

"Why, that isn't very far from Kansas!" cried Dorothy.

"No, but it's farther from here," he said, shaking his head at her sadly. "When I grew up I became a ventriloquist, and at that I was very well trained by a great master. I can imitate any kind of a bird or beast." Here he mewed so like a kitten that Toto pricked up his ears and looked everywhere to see where she was. "After a time," continued Oz, "I tired of that, and became a balloonist."

"What is that?" asked Dorothy.

"A man who goes up in a balloon on circus day, so as to draw a crowd of people together and get them to pay to see the circus," he explained.

"Oh," she said, "I know."

"Well, one day I went up in a balloon and the ropes got twisted, so that I couldn't come down again. It went way up above the clouds, so far that a current of air struck it and carried it many, many miles away. For a day and a night I traveled through the air, and on the morning of the second day I awoke and found the balloon floating over a strange and beautiful country.

"It came down gradually, and I was not hurt a bit. But I found myself in the midst of a strange people, who, seeing me come from the clouds, thought I was a great Wizard. Of course I let them think so, because they were afraid of me, and promised to do anything I wished them to.

—De veras —le reprochó el Espantapájaros—, deberías sentirte avergonzado por ser semejante embustero.

—Lo estoy, por supuesto que lo estoy —respondió apenado el hombrecito—, pero era lo único que podía hacer. Por favor, siéntense, hay sillas suficientes, y les contaré mi historia.

Por lo que se sentaron y escucharon mientras les narraba el siguiente relato:

—Nací en Omaha...

—Pero ¡si no queda muy lejos de Kansas! —exclamó Dorothy.

—No, pero sí queda más lejos que de acá —indicó lamentándose con la cabeza—. Cuando crecí, me hice ventrílocuo y me entrenó muy bien un maestro excelente. Puedo imitar a cualquier tipo de ave o bestia —maulló como gatito y Toto levantó las orejas y miró a todas partes para ver en dónde estaba—. Después de un tiempo —siguió Oz—, me cansé y me hice piloto de globos aerostáticos.

—¿Qué cosa? —preguntó Dorothy.

—Una persona que en los días de circo sube en un globo aerostático para atraer a las personas a que paguen y vean el espectáculo —explicó.

—Ah, ya sé—comprendió.

—La cuestión es que un día subí en el globo y las cuerdas se entrelazaron, por lo que no pude bajar de nuevo. Subí por encima de las nubes, tanto que una corriente de aire me atrapó y me llevó por muchos, pero muchos kilómetros. Por un día y una noche surqué los aires y, a la mañana del segundo día, desperté y vi que el globo sobrevolaba unas tierras desconocidas y hermosas.

»Bajé poco a poco y no me lastimé en lo más mínimo. Pero me encontraba rodeado por unas personas extrañas que, al verme bajar de las nubes, pensaron que era un mago poderoso. Por supuesto, les dejé creerlo, porque me temían y prometían cumplirme cualquier cosa que deseara.

"Just to amuse myself, and keep the good people busy, I ordered them to build this City, and my Palace; and they did it all willingly and well. Then I thought, as the country was so green and beautiful, I would call it the Emerald City; and to make the name fit better I put green spectacles on all the people, so that everything they saw was green."

"But isn't everything here green?" asked Dorothy.

"No more than in any other city," replied Oz; "but when you wear green spectacles, why of course everything you see looks green to you. The Emerald City was built a great many years ago, for I was a young man when the balloon brought me here, and I am a very old man now. But my people have worn green glasses on their eyes so long that most of them think it really is an Emerald City, and it certainly is a beautiful place, abounding in jewels and precious metals, and every good thing that is needed to make one happy. I have been good to the people, and they like me; but ever since this Palace was built, I have shut myself up and would not see any of them.

"One of my greatest fears was the Witches, for while I had no magical powers at all I soon found out that the Witches were really able to do wonderful things. There were four of them in this country, and they ruled the people who live in the North and South and East and West. Fortunately, the Witches of the North and South were good, and I knew they would do me no harm; but the Witches of the East and West were terribly wicked, and had they not thought I was more powerful than they themselves, they would surely have destroyed me. As it was, I lived in deadly fear of them for many years; so you can imagine how pleased I was when I heard your house had fallen on the Wicked Witch of the East. When you came to me, I was willing to promise anything if you would only do away with the other Witch; but, now that you have melted her, I am ashamed to say that I cannot keep my promises."

"I think you are a very bad man," said Dorothy.

"Oh, no, my dear; I'm really a very good man, but I'm a very bad Wizard, I must admit."

»Tan solo para entretenerme y mantener al pueblo bondadoso ocupado, les ordené que construyeran esta ciudad y mi palacio; lo hicieron con muchas ganas y muy bien. Luego pensé, como el país era tan verde y hermoso, llamarla Ciudad Esmeralda; y para que el nombre pegara mejor, les coloqué anteojos verdes a todos los ciudadanos para que todo lo que vieran fuera verde.

—Pero ¿no es todo verde aquí? —preguntó Dorothy.

—Tan verde como en cualquier otra ciudad —respondió Oz—, pero si usas lentes verdes, pues claro que todo lo que veas te parecerá verde. Los ciudadanos construyeron la Ciudad Esmeralda hace ya muchos años, pues era joven cuando llegué en el globo aerostático y ahora soy anciano. Pero mis ciudadanos llevan usando los anteojos hace tantos años ya que la mayoría cree de verdad que la ciudad es de esmeraldas y, en efecto, es una ciudad hermosa, rebosante de joyas y metales preciosos y todas las utilidades necesarias para alegrarle la vida a uno. He sido bueno con los ciudadanos y me quieren, pero desde que construyeron este palacio, me he encerrado y no he visto a nadie.

»Uno de mis mayores temores eran las Brujas porque, mientras yo no tenía en absoluto ningún poder mágico, pronto descubrí que ellas eran capaces de lograr verdaderas maravillas. Había cuatro en el reino y gobernaban a los ciudadanos que habitaban en el norte, sur, este y oeste. Por suerte, las Brujas del Norte y del Sur son buenas y sabía que no me harían ningún daño; pero las Brujas del Este y del Oeste eran seres malvados y, si no hubiesen creído que era más poderoso que ellas, de seguro me habrían destruido. Por lo cual, viví con un miedo mortal hacia ellas por muchos años; así que, se imaginarán cuán complacido estuve cuando me enteré de que tu casa había aplastado a la Bruja Malvada del Este. Cuando acudiste a mí, estaba dispuesto a prometerte el mundo si te deshacías de la otra Bruja, pero ahora que la derretiste, me avergüenza confesar que no puedo cumplir mis promesas.

—Creo que eres un hombre muy malo —le recriminó Dorothy.

—Ah, no, querida; soy un hombre muy bueno, de veras. Pero debo admitir que, como mago, soy muy malo.

"Can't you give me brains?" asked the Scarecrow.

"You don't need them. You are learning something every day. A baby has brains, but it doesn't know much. Experience is the only thing that brings knowledge, and the longer you are on earth the more experience you are sure to get."

"That may all be true," said the Scarecrow, "but I shall be very unhappy unless you give me brains."

The false Wizard looked at him carefully.

"Well," he said with a sigh, "I'm not much of a magician, as I said; but if you will come to me tomorrow morning, I will stuff your head with brains. I cannot tell you how to use them, however; you must find that out for yourself."

"Oh, thank you—thank you!" cried the Scarecrow. "I'll find a way to use them, never fear!"

"But how about my courage?" asked the Lion anxiously.

"You have plenty of courage, I am sure," answered Oz. "All you need is confidence in yourself. There is no living thing that is not afraid when it faces danger. The True courage is in facing danger when you are afraid, and that kind of courage you have in plenty."

"Perhaps I have, but I'm scared just the same," said the Lion. "I shall really be very unhappy unless you give me the sort of courage that makes one forget he is afraid."

"Very well, I will give you that sort of courage tomorrow," replied Oz.

"How about my heart?" asked the Tin Woodman.

"Why, as for that," answered Oz, "I think you are wrong to want a heart. It makes most people unhappy. If you only knew it, you are in luck not to have a heart."

—¿No puedes darme sesos? —preguntó el Espantapájaros.

—No lo necesitas. Aprendes todos los días. Los bebés tienen cerebro y no saben mucho. La única fuente de sabiduría es la experiencia y, mientras más tiempo vivas sobre la Tierra, mayor será la experiencia que adquieras.

—Puede que todo eso sea cierto —coincidió el Espantapájaros—, pero seré muy desgraciado a menos que me des algún seso.

El fraudumago lo vio con atención.

—Bueno —suspiró él—, como dije, no seré todo un mago, pero si vienes mañana a la mañana, te encerebraré la cabeza. Pero no puedo enseñarte a usarlo, eso deberás averiguarlo por tu cuenta.

—Ah, ¡gracias, mil gracias! —lo alabó el Espantapájaros— Encontraré la forma de usarlo, no te preocupes.

—Y ¿qué hay de mi coraje? —preguntó el León ansioso.

—Estoy seguro de que estás lleno de coraje —contestó Oz—. Solo necesitas confiar en ti. No existe ser vivo que no sea presa del miedo cuando se enfrenta al peligro. El verdadero coraje reside en hacerle frente al peligro incluso siendo presa del miedo, y dominas por completo ese tipo de coraje.

—Capaz así lo haga, pero tengo miedo de todas formas —confesó el León—. Seré muy desgraciado a menos que me des el tipo de coraje que le hace a uno olvidar que tiene miedo.

—De acuerdo, te daré de ese coraje mañana —respondió Oz.

—Y ¿qué hay de mi corazón? —preguntó el Leñador de Hojalata.

—Bueno, en cuanto a eso —repuso Oz—, creo que te equivocas al desear corazón. A la mayoría de las personas les trae desgracias. Si tan solo lo supieras, eres afortunado de no tener corazón.

"That must be a matter of opinion," said the Tin Woodman. "For my part, I will bear all the unhappiness without a murmur, if you will give me the heart."

"Very well," answered Oz meekly. "Come to me tomorrow and you shall have a heart. I have played Wizard for so many years that I may as well continue the part a little longer."

"And now," said Dorothy, "how am I to get back to Kansas?"

"We shall have to think about that," replied the little man. "Give me two or three days to consider the matter and I'll try to find a way to carry you over the desert. In the meantime you shall all be treated as my guests, and while you live in the Palace my people will wait upon you and obey your slightest wish. There is only one thing I ask in return for my help—such as it is. You must keep my secret and tell no one I am a humbug."

They agreed to say nothing of what they had learned, and went back to their rooms in high spirits. Even Dorothy had hope that "The Great and Terrible Humbug," as she called him, would find a way to send her back to Kansas, and if he did she was willing to forgive him everything.

—Debe ser más una cuestión de opiniones —devolvió el Leñador de Hojalata—. Por mi parte, no habrá sarna que me pique si me dieras corazón.

—Muy bien —aceptó Oz dócil—. Ven a verme mañana y tendrás corazón. Actué de mago por tantos años que bien podría seguir en el papel un poco más.

—Ahora bien —dijo Dorothy—, ¿cómo volveré a Kansas?

—Tendremos que pensarlo —contestó el hombrecito—. Dame dos o tres días para considerar el asunto y buscaré la forma de llevarte a través del desierto. En el ínterin, los tratarán como mis invitados y mientras vivan en el palacio, mis trabajadores les servirán y obedecerán hasta el más mínimo deseo. Tan solo les pido apenas una cosa a cambio de mi ayuda: deben guardar mi secreto y no decirle a nadie que soy un embustero.

Aceptaron no decir nada de lo que descubrieron y volvieron animados a sus habitaciones. Hasta Dorothy tenía esperanzas de que el Embustero, el Grande y Terrible, como lo llamaba, encontraría la forma de enviarla de vuelta a Kansas y, si lo lograba, estaba dispuesta a perdonarlo por todo.

Next morning the Scarecrow said to his friends:

"Congratulate me. I am going to Oz to get my brains at last. When I return I shall be as other men are."

"I have always liked you as you were," said Dorothy simply.

"It is kind of you to like a Scarecrow," he replied. "But surely you will think more of me when you hear the splendid thoughts my new brain is going to turn out." Then he said good-bye to them all in a cheerful voice and went to the Throne Room, where he rapped upon the door.

"Come in," said Oz.

The Scarecrow went in and found the little man sitting down by the window, engaged in deep thought.

"I have come for my brains," remarked the Scarecrow, a little uneasily.

"Oh, yes; sit down in that chair, please," replied Oz. "You must excuse me for taking your head off, but I shall have to do it in order to put your brains in their proper place."

"That's all right," said the Scarecrow. "You are quite welcome to take my head off, as long as it will be a better one when you put it on again."

So the Wizard unfastened his head and emptied out the straw. Then he entered the back room and took up a measure of bran, which he mixed with a great many pins and needles. Having shaken them together thoroughly, he filled the top of the Scarecrow's head with the mixture and stuffed the rest of the space with straw, to hold it in place.

When he had fastened the Scarecrow's head on his body again he said to him, "Hereafter you will be a great man, for I have given you a

CAPÍTULO XVI – LAS ARTIMAGIAS DEL GRAN EMBUSTERO

A la mañana siguiente, el Espantapájaros les anunció a sus amigos:

—Alégrense por mí. Me voy a ver a Oz para recibir por fin mis sesos. Cuando vuelva, seré como el resto de los humanos.

—Siempre te quise como eres —respondió Dorothy con simpleza.

—Es muy lindo de tu parte que quieras a un Espantapájaros —le devolvió—. Pero de seguro me tendrás más estima cuando escuches las maravillas de pensamientos que mi cerebro escupirá —se despidió de ellos con una voz alegre y fue al salón del trono, cuya puerta golpeteó.

—Adelante —llamó Oz.

El Espantapájaros entró y encontró al hombrecito sentado junto a la ventana, sumido en sus pensamientos.

—Vengo a por mis sesos—aclaró un poco incómodo el Espantapájaros.

—Ah, sí; siéntate en esa silla, por favor —pidió Oz—. Deberás disculparme por quitarte la cabeza, pero tendré que hacerlo para colocar el cerebro en el lugar adecuado.

—No hay ningún problema —lo tranquilizó el Espantapájaros—. Por supuesto que puedes descoserme la cabeza, en tanto y en cuanto sea mejor cuando la recosas.

Así que el mago le desprendió la cabeza y le quitó la paja. Luego, entró a la sala trasera y tomó un jarrón con avispas muertas, al cual le agregó muchas agujas y alfileres. Habiendo agitado todo con brío, rellenó la parte superior de la cabeza del Espantapájaros con la mezcla y rellenó el resto de la cabeza con la paja para que se mantenga en su lugar.

Cuando hubo cosido la cabeza con el cuerpo al Espantapájaros de nuevo, le anunció: «De ahora en adelante serás un ser humano de pri-

lot of bran-new brains."

The Scarecrow was both pleased and proud at the fulfillment of his greatest wish, and having thanked Oz warmly he went back to his friends.

Dorothy looked at him curiously. His head was quite bulged out at the top with brains.

"How do you feel?" she asked.

"I feel wise indeed," he answered earnestly. "When I get used to my brains I shall know everything."

"Why are those needles and pins sticking out of your head?" asked the Tin Woodman.

"That is proof that he is sharp," remarked the Lion.

"Well, I must go to Oz and get my heart," said the Woodman. So he walked to the Throne Room and knocked at the door.

"Come in," called Oz, and the Woodman entered and said, "I have come for my heart."

"Very well," answered the little man. "But I shall have to cut a hole in your breast, so I can put your heart in the right place. I hope it won't hurt you."

"Oh, no," answered the Woodman. "I shall not feel it at all."

So Oz brought a pair of tinsmith's shears and cut a small, square hole in the left side of the Tin Woodman's breast. Then, going to a chest of drawers, he took out a pretty heart, made entirely of silk and stuffed with sawdust.

"Isn't it a beauty?" he asked.

"It is, indeed!" replied the Woodman, who was greatly pleased. "But is it a kind heart?"

mera, pues te di un cerebro avispado».

El Espantapájaros estuvo tanto complacido como orgulloso porque se le cumpliera su mayor deseo y, habiéndole agradecido profusamente a Oz, volvió con sus amigos.

Dorothy lo miró con curiosidad. Tenía la coronilla de la cabeza bastante abultada con el cerebro.

—¿Cómo te sientes? —preguntó.

—Sabiondo, a decir verdad —respondió con franqueza—. Una vez que me acostumbre al cerebro, sabré todo.

—¿Por qué se te asoman agujas y alfileres de la cabeza? —le preguntó el Leñador de Hojalata.

—Es prueba de que tiene ideas filosas —comentó el León.

—Bueno, debo ir con Oz y recibir mi corazón —anunció el Leñador de Hojalata. Así que se fue caminando al salón del trono y tocó la puerta.

—Adelante —llamó Oz, y el Leñador entró y explicó—: Vengo por mi corazón.

—De acuerdo —respondió el hombrecito—. Pero deberé abrirte un agujero en el pecho para que pueda colocar el corazón en el lugar adecuado. Espero que no te duela.

—Ah, no —contestó el Leñador—. No sentiré nada de nada.

De modo que Oz trajo un par de alicates de hojalatero y cortó un agujerito cuadrado en el lado izquierdo del pecho del Leñador de Hojalata. Luego, acercándose a una cajonera, sacó un corazón precioso, hecho por completo de seda y relleno con aserrín.

—¿No es una preciosura? —preguntó.

—¡Sí que lo es! —respondió muy complacido el Leñador—. Pero ¿es un corazón bondadoso?

"Oh, very!" answered Oz. He put the heart in the Woodman's breast and then replaced the square of tin, soldering it neatly together where it had been cut.

"There," said he; "now you have a heart that any man might be proud of. I'm sorry I had to put a patch on your breast, but it really couldn't be helped."

"Never mind the patch," exclaimed the happy Woodman. "I am very grateful to you, and shall never forget your kindness."

"Don't speak of it," replied Oz.

Then the Tin Woodman went back to his friends, who wished him every joy on account of his good fortune.

The Lion now walked to the Throne Room and knocked at the door.

"Come in," said Oz.

"I have come for my courage," announced the Lion, entering the room.

"Very well," answered the little man; "I will get it for you."

He went to a cupboard and reaching up to a high shelf took down a square green bottle, the contents of which he poured into a green-gold dish, beautifully carved. Placing this before the Cowardly Lion, who sniffed at it as if he did not like it, the Wizard said:

"Drink."

"What is it?" asked the Lion.

"Well," answered Oz, "if it were inside of you, it would be courage. You know, of course, that courage is always inside one; so that this really cannot be called courage until you have swallowed it. Therefore I advise you to drink it as soon as possible."

The Lion hesitated no longer, but drank till the dish was empty.

—Ah, ¡bastante! —le aseguró Oz. Le puso el corazón en el pecho al Leñador y luego reemplazó el cuadradito de hojalata y lo soldó prolijo todo justo donde lo había cortado.

—Ya está —concluyó él—, ahora tienes un corazón del que cualquier humano se enorgullecería. Lamento haber tenido que parcharte el pecho, pero no podía evitarse.

—No te preocupes por el parche —lo tranquilizó el Leñador alegre—. Te estoy muy agradecido y nunca olvidaré tu gentileza.

—Ni lo menciones —contestó Oz.

Luego, el Leñador de Hojalata volvió con sus amigos, quienes le desearon todas las alegrías en el mundo por su buena fortuna.

Ahora fue el León quien se dirigió al salón del trono y tocó la puerta.

—Adelante —llamó Oz.

—Vengo por mi coraje —aclaró el León al entrar en el salón.

—De acuerdo —contestó el hombrecito—, lo traeré para ti.

Fue a un armario y, alcanzando un estante elevado, sacó una botella verde cuadrada, cuyo contenido vertió en un plato dorado verdoso, bellamente tallado. Lo colocó frente al León Cobarde, quien lo olfateó como si no le gustara, y el mago lo alentó:

—Bebe.

—¿Qué es? —preguntó el León.

—Verás —explicó Oz—, si estuviera dentro tuyo, sería coraje. Por supuesto que sabes que el coraje siempre está dentro de uno; así que no podemos llamar a este brebaje coraje a menos que lo bebas. Por lo que te recomiendo beberlo lo antes posible.

El León apartó las dudas y bebió hasta secar el plato.

"How do you feel now?" asked Oz.

"Full of courage," replied the Lion, who went joyfully back to his friends to tell them of his good fortune.

Oz, left to himself, smiled to think of his success in giving the Scarecrow and the Tin Woodman and the Lion exactly what they thought they wanted. "How can I help being a humbug," he said, "when all these people make me do things that everybody knows can't be done? It was easy to make the Scarecrow and the Lion and the Woodman happy, because they imagined I could do anything. But it will take more than imagination to carry Dorothy back to Kansas, and I'm sure I don't know how it can be done."

—¿Cómo te sientes ahora? —quiso saber Oz.

—Lleno de coraje —respondió el León, quien volvió lleno de alegría con sus amigos para contarles las buenas nuevas.

Oz, solo, sonrió al pensar en el éxito que alcanzó al darle al Espantapájaros y al Leñador de Hojalata y al León justo lo que creían querer. Se preguntó: «¿Cómo puedo evitar ser un embustero si todas estas personas me piden hacer cosas que todo el mundo sabe que no se pueden lograr? Fue fácil alegrarlos al Espantapájaros, al León y al Leñador porque creían que podía hacer cualquier cosa. Pero necesitaré más que imaginación para enviar a Dorothy de vuelta a Kansas y solo sé que no sé cómo hacerlo».

CHAPTER XVII — HOW THE BALLOON WAS LAUNCHED

For three days Dorothy heard nothing from Oz. These were sad days for the little girl, although her friends were all quite happy and contented. The Scarecrow told them there were wonderful thoughts in his head; but he would not say what they were because he knew no one could understand them but himself. When the Tin Woodman walked about he felt his heart rattling around in his breast; and he told Dorothy he had discovered it to be a kinder and more tender heart than the one he had owned when he was made of flesh. The Lion declared he was afraid of nothing on earth, and would gladly face an army or a dozen of the fierce Kalidahs.

Thus each of the little party was satisfied except Dorothy, who longed more than ever to get back to Kansas.

On the fourth day, to her great joy, Oz sent for her, and when she entered the Throne Room he greeted her pleasantly:

"Sit down, my dear; I think I have found the way to get you out of this country."

"And back to Kansas?" she asked eagerly.

"Well, I'm not sure about Kansas," said Oz, "for I haven't the faintest notion which way it lies. But the first thing to do is to cross the desert, and then it should be easy to find your way home."

"How can I cross the desert?" she inquired.

"Well, I'll tell you what I think," said the little man. "You see, when I came to this country it was in a balloon. You also came through the air, being carried by a cyclone. So I believe the best way to get across the desert will be through the air. Now, it is quite beyond my powers to make a cyclone; but I've been thinking the matter over, and I believe I can make a balloon."

"How?" asked Dorothy.

Por tres días, Dorothy no supo nada de Oz. Fueron días tristes para la niña, aunque sus amigos estaban todos bastante alegres y satisfechos. El Espantapájaros les decía que albergaba pensamientos maravillosos en la cabeza, pero no se los explicaba porque sabía que nadie, salvo él, los comprendería. Cuando el Leñador de Hojalata caminaba, sentía al corazón dar brincos en el pecho y le comentó a Dorothy que sentía que este corazón era más bondadoso y cariñoso que el que supo tener cuando era de carne y hueso. El León afirmaba que no había nada en la Tierra que le infundiera temor y que con gusto se enfrentaría a un ejército o a una docena de los feroces kalidahs.

Por lo que cada uno de los miembros del grupito estaba satisfecho, excepto Dorothy, quien deseaba más que nunca volver a Kansas.

Al cuarto día y para su alegría, Oz la llamó y, cuando entró al salón del trono, la saludó gustosamente:

—Siéntate, mi niña. Creo haber encontrado la manera de sacarte de estas tierras.

—¿Y volver a Kansas? —preguntó deseosa la niña.

—Bueno, no estoy tan seguro sobre esa parte —admitió Oz—, pues no tengo ni idea de en qué dirección se encuentra. Pero lo primero que hay que hacer es atravesar el desierto y luego debería ser fácil averiguar hacia dónde queda tu hogar.

—¿Cómo puedo atravesar el desierto? —quiso saber ella.

—Bueno, te diré lo que creo —empezó el hombrecito—. Verás, cuando llegué a estas tierras, fue en globo. Tú también llegaste desde el aire, de la mano de un huracán. Entonces, creo que el mejor camino para atravesar el desierto es por el aire. Ahora bien, no tengo el poder de conjurar un huracán, pero le estuve dando vueltas al asunto y creo que lo que sí puedo hacer es un globo aerostático.

—¿Cómo? —preguntó Dorothy.

"A balloon," said Oz, "is made of silk, which is coated with glue to keep the gas in it. I have plenty of silk in the Palace, so it will be no trouble to make the balloon. But in all this country there is no gas to fill the balloon with, to make it float."

"If it won't float," remarked Dorothy, "it will be of no use to us."

"True," answered Oz. "But there is another way to make it float, which is to fill it with hot air. Hot air isn't as good as gas, for if the air should get cold the balloon would come down in the desert, and we should be lost."

"We!" exclaimed the girl. "Are you going with me?"

"Yes, of course," replied Oz. "I am tired of being such a humbug. If I should go out of this Palace my people would soon discover I am not a Wizard, and then they would be vexed with me for having deceived them. So I have to stay shut up in these rooms all day, and it gets tiresome. I'd much rather go back to Kansas with you and be in a circus again."

"I shall be glad to have your company," said Dorothy.

"Thank you," he answered. "Now, if you will help me sew the silk together, we will begin to work on our balloon."

So Dorothy took a needle and thread, and as fast as Oz cut the strips of silk into proper shape the girl sewed them neatly together. First there was a strip of light green silk, then a strip of dark green and then a strip of emerald green; for Oz had a fancy to make the balloon in different shades of the color about them. It took three days to sew all the strips together, but when it was finished they had a big bag of green silk more than twenty feet long.

Then Oz painted it on the inside with a coat of thin glue, to make it airtight, after which he announced that the balloon was ready.

"But we must have a basket to ride in," he said. So he sent the sol-

—Los globos aerostáticos —explicó Oz— están hechos con seda y revestidos con cola para evitar que el propano se escape. Tengo seda de sobra en el palacio, por lo que no sería ningún problema coser un globo. Pero no hay en todo el país propano con el que llenar el globo y hacerlo flotar.

—Si no flota —intervino Dorothy—, no nos servirá de nada.

—Cierto —concedió Oz—. Pero hay otra manera con la que podemos hacerlo flotar y es llenándolo con aire caliente. No es tan bueno como el propano porque, si se enfría, el globo perdería altitud en el desierto y estaríamos perdidos.

—¡Estaríamos! —exclamó la niña— ¿Vendrás conmigo?

—Por supuesto que sí —respondió Oz—. Estoy harto de ser un embustero. Si saliera del palacio, mis ciudadanos descubrirían en seguida que no soy mago y entonces se molestarían conmigo por haberlos engañado. Por lo que debo encerrarme en estos salones todo el día y es agotador. Prefiero volver contigo a Kansas y trabajar de nuevo en el circo.

—Sería muy feliz de que me acompañaras —le dijo Dorothy.

—Gracias —continuó Oz—. Ahora bien, si me ayudaras a coser la seda, pronto confeccionaremos nuestro globo.

De modo que Dorothy tomó aguja e hilo y, con la misma velocidad a la que Oz cortaba las tiras de seda con la forma adecuada, las fue cosiendo y uniendo con prolijidad. Primero, fue una tira de seda verde claro; luego, una tira de verde oscuro; y luego, una tira de verde esmeralda; pues Oz tenía la intención de fabricar el globo con los distintos tonos del color que los rodeaban. Les llevó tres días coser todas las tiras, pero cuando hubieron terminado, habían confeccionado un globo de más de seis metros de largo con la seda verde.

Luego, Oz recubrió el interior con una capa de cola diluida para que el aire no se escape, después de lo cual anunció que el globo estaba listo.

—Pero necesitamos una canasta desde donde pilotear —comentó Oz.

dier with the green whiskers for a big clothes basket, which he fastened with many ropes to the bottom of the balloon.

When it was all ready, Oz sent word to his people that he was going to make a visit to a great brother Wizard who lived in the clouds. The news spread rapidly throughout the city and everyone came to see the wonderful sight.

Oz ordered the balloon carried out in front of the Palace, and the people gazed upon it with much curiosity. The Tin Woodman had chopped a big pile of wood, and now he made a fire of it, and Oz held the bottom of the balloon over the fire so that the hot air that arose from it would be caught in the silken bag. Gradually the balloon swelled out and rose into the air, until finally the basket just touched the ground.

Then Oz got into the basket and said to all the people in a loud voice:

"I am now going away to make a visit. While I am gone the Scarecrow will rule over you. I command you to obey him as you would me."

The balloon was by this time tugging hard at the rope that held it to the ground, for the air within it was hot, and this made it so much lighter in weight than the air without that it pulled hard to rise into the sky.

"Come, Dorothy!" cried the Wizard. "Hurry up, or the balloon will fly away."

"I can't find Toto anywhere," replied Dorothy, who did not wish to leave her little dog behind. Toto had run into the crowd to bark at a kitten, and Dorothy at last found him. She picked him up and ran towards the balloon.

She was within a few steps of it, and Oz was holding out his hands to help her into the basket, when, crack! went the ropes, and the balloon rose into the air without her.

Por lo que envió al soldado con bigotes verdes a buscar un cesto grande de ropa, el cual unió con muchas sogas a la base del globo.

Cuando estuvo todo alistado, Oz le hizo saber a sus ciudadanos que visitaría a un mago hermano mayor que vivía en las nubes. La noticia se esparció con rapidez por la ciudad y todos acudieron a presenciar el acto maravilloso.

Oz ordenó que sacaran el globo y lo llevaran al frente del palacio y los ciudadanos lo contemplaron envueltos por la curiosidad. El Leñador de Hojalata había talado un gran montón de leña y armó un fuego con ella, y Oz sostuvo la base del globo sobre el fuego para que el aire caliente que emergiera fuera aprisionado en la bolsa de seda. Poco a poco, el globo se fue hinchando y elevando en el aire, hasta que al final el cesto apenas tocaba el suelo.

Luego, Oz se subió al cesto y les anunció en voz alta a sus ciudadanos:

—Me estoy yendo a hacer una visita ahora. Mientras no esté, será el Espantapájaros quien gobierne la ciudad. Les encomiendo que le obedezcan, así como me obedecieron a mí.

Para ese momento, el globo tiraba con ímpetu de la soga que lo aferraba al suelo porque el aire dentro suyo estaba caliente y lo hacía mucho más liviano que el aire fuera suyo; tanto que tiraba con fuerza para subir por los aires.

—¡Vamos, Dorothy! —llamó el mago—. Apúrate o el globo se irá volando.

—No puedo encontrar a Toto por ninguna parte —contestó Dorothy, quien no quería abandonar a su perrito. Toto se había metido en la multitud para ladrarle a un gatito y por fin Dorothy lo encontró. Lo tomó y se fue corriendo hacia el globo.

Dorothy estaba tan solo a unos pasos de distancia y Oz tenía el brazo extendido para ayudarla a entrar al cesto, cuando ¡crac!: las sogas se cortaron y el globo subió por los aires sin ella.

"Come back!" she screamed. "I want to go, too!"

"I can't come back, my dear," called Oz from the basket. "Good-bye!"

"Good-bye!" shouted everyone, and all eyes were turned upward to where the Wizard was riding in the basket, rising every moment farther and farther into the sky.

And that was the last any of them ever saw of Oz, the Wonderful Wizard, though he may have reached Omaha safely, and be there now, for all we know. But the people remembered him lovingly, and said to one another:

"Oz was always our friend. When he was here he built for us this beautiful Emerald City, and now he is gone he has left the Wise Scarecrow to rule over us."

Still, for many days they grieved over the loss of the Wonderful Wizard, and would not be comforted.

—¡Vuelve! —gritó la niña— ¡Yo también quiero ir!

—No puedo bajar, mi niña —exclamó Oz desde el cesto—. ¡Adiós!

—¡Adiós! —se despidieron todos y subieron la mirada a donde el mago montaba en el cesto, quien se iba elevando y alejando cada vez más por el cielo.

Aquella fue la última vez que cualquiera de ellos vio a Oz, el Mago Maravilloso. Quizás haya vuelto seguro a Omaha y quizás esté allí ahora. Su pueblo, empero, lo recordó con cariño y se decían el uno al otro:

—Oz siempre fue nuestro amigo. Cuando estaba entre nosotros, nos construyó esta Ciudad Esmeralda hermosa y ahora se fue y nos dejó en manos del gobierno del Espantapájaros sabio.

De todas maneras, lloraron muchos días la partida de su maravilloso mago y no hallaban consuelo.

CHAPTER XVIII — AWAY TO THE SOUTH

Dorothy wept bitterly at the passing of her hope to get home to Kansas again; but when she thought it all over she was glad she had not gone up in a balloon. And she also felt sorry at losing Oz, and so did her companions.

The Tin Woodman came to her and said:

"Truly I should be ungrateful if I failed to mourn for the man who gave me my lovely heart. I should like to cry a little because Oz is gone, if you will kindly wipe away my tears, so that I shall not rust."

"With pleasure," she answered, and brought a towel at once. Then the Tin Woodman wept for several minutes, and she watched the tears carefully and wiped them away with the towel. When he had finished, he thanked her kindly and oiled himself thoroughly with his jeweled oil-can, to guard against mishap.

The Scarecrow was now the ruler of the Emerald City, and although he was not a Wizard the people were proud of him. "For," they said, "there is not another city in all the world that is ruled by a stuffed man." And, so far as they knew, they were quite right.

The morning after the balloon had gone up with Oz, the four travelers met in the Throne Room and talked matters over. The Scarecrow sat in the big throne and the others stood respectfully before him.

"We are not so unlucky," said the new ruler, "for this Palace and the Emerald City belong to us, and we can do just as we please. When I remember that a short time ago I was up on a pole in a farmer's cornfield, and that now I am the ruler of this beautiful City, I am quite satisfied with my lot."

"I also," said the Tin Woodman, "am well-pleased with my new heart; and, really, that was the only thing I wished in all the world."

"For my part, I am content in knowing I am as brave as any beast

Dorothy derramó lágrimas amargas por haber perdido la esperanza de volver a su hogar en Kansas; pero, una vez que le hubo dado vueltas al asunto, estuvo agradecida de no haberse ido en un globo. Además, se sintió muy apenada por separarse de Oz y así también se sintieron sus compañeros.

El Leñador de Hojalata se le acercó y le pidió:

—De veras sería desagradecido si no llorara la pérdida del hombre que me proveyó de un corazón sensible. Quisiera llorar un poco su partida; si pudieras, ¿me secarías las lágrimas? Así no me oxidaré.

—Sería un placer —le contestó y buscó sin demora una toalla. El Leñador de Hojalata lloró durante varios minutos y ella veía con atención las lágrimas y se las secaba con la toalla. Cuando hubo acabado, le agradeció cariñosamente y se lubricó con cuidado usando su aceitera engastada de joyas para prevenir cualquier mal.

Ahora era el Espantapájaros quien gobernaba la ciudad y, a pesar de no ser mago, el pueblo se enorgullecía de él. «Pues», decían, «no hay en todo el mundo otra ciudad gobernada por un hombre de paja». Hasta donde sabían, estaban bastante en lo cierto.

A la mañana siguiente a la que el globo se llevó a Oz, los cuatro amigos se reunieron en el salón del trono y discutieron el asunto. El Espantapájaros se sentó en el gran trono y los demás se quedaron parados frente a él con respeto.

—No somos tan desafortunados —dijo el nuevo gobernante—, pues este palacio en la Ciudad Esmeralda nos pertenece y podemos hacer cuanto nos plazca. Cuando pienso que poco tiempo atrás estaba atado a un poste en el campo de maíz de un granjero y que ahora gobierno esta ciudad hermosa, me siento bastante satisfecho con mi suerte.

—Yo también —agregó el Leñador de Hojalata— me siento pleno con mi corazón nuevo y, en efecto, era lo único que quería en el mundo.

—En cuanto a mí, me alegra saber que soy tan corajudo como cual-

that ever lived, if not braver," said the Lion modestly.

"If Dorothy would only be contented to live in the Emerald City," continued the Scarecrow, "we might all be happy together."

"But I don't want to live here," cried Dorothy. "I want to go to Kansas, and live with Aunt Em and Uncle Henry."

"Well, then, what can be done?" inquired the Woodman.

The Scarecrow decided to think, and he thought so hard that the pins and needles began to stick out of his brains. Finally he said:

"Why not call the Winged Monkeys, and ask them to carry you over the desert?"

"I never thought of that!" said Dorothy joyfully. "It's just the thing. I'll go at once for the Golden Cap."

When she brought it into the Throne Room she spoke the magic words, and soon the band of Winged Monkeys flew in through the open window and stood beside her.

"This is the second time you have called us," said the Monkey King, bowing before the little girl. "What do you wish?"

"I want you to fly with me to Kansas," said Dorothy.

But the Monkey King shook his head.

"That cannot be done," he said. "We belong to this country alone, and cannot leave it. There has never been a Winged Monkey in Kansas yet, and I suppose there never will be, for they don't belong there. We shall be glad to serve you in any way in our power, but we cannot cross the desert. Good-bye."

And with another bow, the Monkey King spread his wings and flew away through the window, followed by all his band.

quier otra bestia que haya caminado sobre la faz de la tierra, o aún más —añadió el León con modestia.

—Si tan solo Dorothy se alegrara de vivir en la Ciudad Esmeralda —prosiguió el Espantapájaros—, seríamos todos felices.

—Pero no quiero vivir aquí —lloró ella—. Quiero volver a Kansas y vivir con mi tía Em y tío Henry.

—Bien, entonces, ¿qué podemos hacer? —preguntó el Leñador.

El Espantapájaros se puso pensamientos a la obra y pensó con tantas fuerzas que las agujas y alfileres empezaron a asomársele por la cabeza. Al final propuso:

—Y ¿si llamas a los monos alados y les pides que te lleven a través del desierto?

—¡No lo había pensado nunca! —exclamó Dorothy con alegría—. Es justo lo que necesito. Ahora mismo voy por el sombrero dorado.

Cuando volvió al salón del trono con el sombrero, pronunció las palabras mágicas y pronto los monos alados entraron volando en bandada por la ventana abierta y se quedaron parados junto a ella.

—Nos invoca por segunda vez —anunció el rey mono y le hizo una reverencia a la niña—, ¿qué desea?

—Quiero que vuelen conmigo a Kansas —pidió Dorothy.

No obstante, el rey mono negó con la cabeza.

—No podemos hacerlo —aclaró el rey—. Pertenecemos únicamente a estas tierras y no podemos dejarlas. Hasta ahora nunca hubo un mono alado en Kansas y calculo que nunca lo habrá, porque no pertenecen a ese lugar. Nos encantaría servirle en alguna manera que podamos, pero no podemos atravesar el desierto. Adiós.

Y con otra reverencia, el rey mono extendió las alas y se fue volando por la ventana, seguido de su séquito.

Dorothy was ready to cry with disappointment. "I have wasted the charm of the Golden Cap to no purpose," she said, "for the Winged Monkeys cannot help me."

"It is certainly too bad!" said the tender-hearted Woodman.

The Scarecrow was thinking again, and his head bulged out so horribly that Dorothy feared it would burst.

"Let us call in the soldier with the green whiskers," he said, "and ask his advice."

So the soldier was summoned and entered the Throne Room timidly, for while Oz was alive he never was allowed to come farther than the door.

"This little girl," said the Scarecrow to the soldier, "wishes to cross the desert. How can she do so?"

"I cannot tell," answered the soldier, "for nobody has ever crossed the desert, unless it is Oz himself."

"Is there no one who can help me?" asked Dorothy earnestly.

"Glinda might," he suggested.

"Who is Glinda?" inquired the Scarecrow.

"The Witch of the South. She is the most powerful of all the Witches, and rules over the Quadlings. Besides, her castle stands on the edge of the desert, so she may know a way to cross it."

"Glinda is a Good Witch, isn't she?" asked the child.

"The Quadlings think she is good," said the soldier, "and she is kind to everyone. I have heard that Glinda is a beautiful woman, who knows how to keep young in spite of the many years she has lived."

"How can I get to her castle?" asked Dorothy.

Dorothy estaba lista para llorar decepcionada.

—Gasté un deseo del sombrero dorado para nada —se lamentó—, porque los monos alados no pueden ayudarme.

—Es verdad, ¡qué mal! —se apiadó el Leñador de gran corazón.

El Espantapájaros estaba pensando de nuevo y la cabeza se le hinchó de una manera tan horrenda que Dorothy temía explotara.

—Llamemos al soldado con bigotes verdes —sugirió él— y le pidamos su consejo.

De modo que lo llamaron y el soldado entró tímido al salón del trono porque, mientras Oz lo habitaba, nunca tuvo permiso de ir más allá de la puerta.

—La niña —le explicó el Espantapájaros al soldado— desea cruzar el desierto. ¿Cómo puede lograrlo?

—No sabría decirlo —respondió el soldado—, pues nadie vivió para atravesarlo, salvo que hablemos de Oz.

—¿Nadie puede ayudarme? —deseó saber Dorothy.

—Quizás Glinda pueda —recomendó el soldado.

—¿Quién es Glinda? —preguntó el Espantapájaros.

—La Bruja del Sur. Es la más poderosa de todas y gobierna en el país de los quadlings. Además, su castillo está construido al borde del desierto, por lo que capaz sepa de alguna manera de atravesarlo.

—Glinda es una Bruja Buena, ¿no? —preguntó la niña.

—Los quadlings la consideran buena —contestó el soldado— y es buena con todo el mundo. Escuché que Glinda es hermosa y que sabe cómo mantenerse joven sin importar todos los años que lleva vividos.

—¿Cómo puedo llegar a su castillo? —quiso saber Dorothy.

"The road is straight to the South," he answered, "but it is said to be full of dangers to travelers. There are wild beasts in the woods, and a race of queer men who do not like strangers to cross their country. For this reason none of the Quadlings ever come to the Emerald City."

The soldier then left them and the Scarecrow said:

"It seems, in spite of dangers, that the best thing Dorothy can do is to travel to the Land of the South and ask Glinda to help her. For, of course, if Dorothy stays here she will never get back to Kansas."

"You must have been thinking again," remarked the Tin Woodman.

"I have," said the Scarecrow.

"I shall go with Dorothy," declared the Lion, "for I am tired of your city and long for the woods and the country again. I am really a wild beast, you know. Besides, Dorothy will need someone to protect her."

"That is true," agreed the Woodman. "My axe may be of service to her; so I also will go with her to the Land of the South."

"When shall we start?" asked the Scarecrow.

"Are you going?" they asked, in surprise.

"Certainly. If it wasn't for Dorothy I should never have had brains. She lifted me from the pole in the cornfield and brought me to the Emerald City. So my good luck is all due to her, and I shall never leave her until she starts back to Kansas for good and all."

"Thank you," said Dorothy gratefully. "You are all very kind to me. But I should like to start as soon as possible."

"We shall go tomorrow morning," returned the Scarecrow. "So now let us all get ready, for it will be a long journey."

—Hay un camino derecho hacia el sur —respondió el soldado—, pero dicen que es peligroso para los caminantes. Hay fieras salvajes en el bosque y una tribu de personas exóticas a la que no le gusta que atraviesen sus tierras. Por esa razón, no hay quadling que haya venido a la Ciudad Esmeralda.

El soldado los dejó y el Espantapájaros concluyó:

—Parece ser que, a pesar de los peligros que corre, lo más sensato que Dorothy puede hacer es viajar al País del Sur y pedirle a Glinda que la ayude, dado que, por supuesto, si se queda aquí, no volverá nunca a Kansas.

—Debes de haber estado pensando de nuevo —comentó el Leñador de Hojalata.

—En efecto —confirmó el Espantapájaros.

—Iré con Dorothy —se ofreció el León— porque estoy harto de la ciudad y extraño el bosque y la intemperie de nuevo. Saben que soy más bien una bestia salvaje. Aparte, Dorothy necesita que la protejan.

—Cierto —coincidió el Leñador—. Mi hacha puede serle de utilidad, por lo que también la acompañaré al País del Sur.

—¿Cuándo partimos? —preguntó el Espantapájaros.

—¿Vienes? —se sorprendieron todos.

—Por supuesto. Si no fuera por Dorothy, nunca habría obtenido mis sesos. Fue ella quien me desató del poste en el campo de maíz y quien me trajo a la Ciudad Esmeralda. Por lo que le debo toda mi buena suerte a ella y no pienso dejarla atrás hasta que no haya vuelto a Kansas de una vez por todas.

—Gracias —le agradeció Dorothy—. Son todos muy buenos conmigo. Pero me gustaría partir cuanto antes.

—Mañana a la mañana nos iremos —tomó la decisión el Espantapájaros—. Así que preparémonos, porque será un viaje largo.

CHAPTER XIX — ATTACKED BY THE FIGHTING TREES

The next morning Dorothy kissed the pretty green girl good-bye, and they all shook hands with the soldier with the green whiskers, who had walked with them as far as the gate. When the Guardian of the Gate saw them again he wondered greatly that they could leave the beautiful City to get into new trouble. But he at once unlocked their spectacles, which he put back into the green box, and gave them many good wishes to carry with them.

"You are now our ruler," he said to the Scarecrow; "so you must come back to us as soon as possible."

"I certainly shall if I am able," the Scarecrow replied; "but I must help Dorothy to get home, first."

As Dorothy bade the good-natured Guardian a last farewell she said:

"I have been very kindly treated in your lovely City, and everyone has been good to me. I cannot tell you how grateful I am."

"Don't try, my dear," he answered. "We should like to keep you with us, but if it is your wish to return to Kansas, I hope you will find a way." He then opened the gate of the outer wall, and they walked forth and started upon their journey.

The sun shone brightly as our friends turned their faces toward the Land of the South. They were all in the best of spirits, and laughed and chatted together. Dorothy was once more filled with the hope of getting home, and the Scarecrow and the Tin Woodman were glad to be of use to her. As for the Lion, he sniffed the fresh air with delight and whisked his tail from side to side in pure joy at being in the country again, while Toto ran around them and chased the moths and butterflies, barking merrily all the time.

"City life does not agree with me at all," remarked the Lion, as they walked along at a brisk pace. "I have lost much flesh since I lived there, and now I am anxious for a chance to show the other beasts how courageous I have grown."

CAPÍTULO XIX — EL ATAQUE DE LOS ÁRBOLES PÚGILES

A la mañana siguiente, Dorothy se despidió de la linda niña verde con un beso y todos le estrecharon la mano al soldado con bigotes verdes, quien los acompañó hasta la puerta. Cuando el guardián de la puerta los vio de nuevo, quedó incrédulo porque abandonaran la ciudad hermosa en búsqueda de nuevos problemas. No obstante, al instante les destrabó los anteojos, los cuales guardó de nuevo en la caja verde, y les deseó que toda la suerte del mundo los acompañara.

—Ahora gobiernas nuestra ciudad —le advirtió al Espantapájaros—, por lo que debes volver con nosotros en cuanto antes.

—Por descontado que lo haré si puedo —contestó el Espantapájaros—, pero primero debo ayudar a Dorothy a volver a su hogar.

Mientras Dorothy se despedía por última vez del guardián amable, le explicó:

—Me trataron con mucho cariño en su ciudad hermosa y todos fueron muy buenos conmigo. No puedo explicar cuán agradecida estoy.

—Ni lo intentes, corazón —le respondió él—. Nos encantaría que te quedaras con nosotros, pero si tu deseo es volver a Kansas, espero que encuentres el camino. —Luego les abrió la puerta del muro exterior, lo atravesaron y emprendieron camino.

El sol brillaba con fuerza a medida que avanzaban en dirección del País del Sur. Estaban todos de muy buen humor y se reían y parloteaban. Dorothy sentía una vez más la esperanza de volver a su hogar y el Espantapájaros y el Leñador de Hojalata estaban alegres por serle de utilidad. En cuanto al León, se deleitaba al inhalar el aire fresco y meneaba la cola de un lado al otro por la alegría de haber vuelto a la naturaleza; mientras que Toto correteaba en rededor cazando polillas y mariposas y dando ladridos de alegría todo el tiempo.

—No me sienta para nada la vida de ciudad —comentó el León mientras avanzaban por el camino a buen ritmo—. He perdido mucho músculo desde que me fui a vivir allá y ahora estoy deseoso de tener la oportunidad de demostrarles a las otras bestias cuánto coraje tengo dentro.

They now turned and took a last look at the Emerald City. All they could see was a mass of towers and steeples behind the green walls, and high up above everything the spires and dome of the Palace of Oz.

"Oz was not such a bad Wizard, after all," said the Tin Woodman, as he felt his heart rattling around in his breast.

"He knew how to give me brains, and very good brains, too," said the Scarecrow.

"If Oz had taken a dose of the same courage he gave me," added the Lion, "he would have been a brave man."

Dorothy said nothing. Oz had not kept the promise he made her, but he had done his best, so she forgave him. As he said, he was a good man, even if he was a bad Wizard.

The first day's journey was through the green fields and bright flowers that stretched about the Emerald City on every side. They slept that night on the grass, with nothing but the stars over them; and they rested very well indeed.

In the morning they traveled on until they came to a thick wood. There was no way of going around it, for it seemed to extend to the right and left as far as they could see; and, besides, they did not dare change the direction of their journey for fear of getting lost. So they looked for the place where it would be easiest to get into the forest.

The Scarecrow, who was in the lead, finally discovered a big tree with such wide-spreading branches that there was room for the party to pass underneath. So he walked forward to the tree, but just as he came under the first branches they bent down and twined around him, and the next minute he was raised from the ground and flung headlong among his fellow travelers.

This did not hurt the Scarecrow, but it surprised him, and he looked rather dizzy when Dorothy picked him up.

"Here is another space between the trees," called the Lion.

Giraron la cabeza y echaron un último vistazo a la Ciudad Esmeralda. Todo cuanto podían ver era un cúmulo de torres y torreones detrás de los muros verdes y, muy por encima de todo, las agujas y cúpula del palacio de Oz.

—Después de todo, Oz no resultó ser mal mago—comentó el Leñador de Hojalata mientras sentía el corazón darle brincos en el pecho.

—Supo cómo darme sesos, y uno muy bueno a decir verdad también —agregó el Espantapájaros.

—Si Oz hubiera tomado del mismo coraje que me dio —añadió el León—, habría sido muy valiente.

Dorothy no dijo nada. Oz no le cumplió su parte de la promesa, pero hizo todo lo que pudo, así que lo perdonó. Tal como había dicho, era un buen hombre, incluso para ser un mal mago.

El primer día de viaje fue por los campos verdes y las flores brillantes que crecían en todas las direcciones alrededor de la Ciudad Esmeralda. Durmieron esa noche sobre el césped, cubiertos solo con el manto de estrellas en el cielo, y descansaron muy bien.

Durante la mañana viajaron hasta toparse con un bosque tupido. No había forma de rodearlo, porque parecía extenderse de izquierda a derecha hasta donde les alcanzaba la vista; además, no se atrevían a cambiar de rumbo por miedo de perderse. Por lo que buscaron el lugar por donde sería más fácil entrar en el bosque.

El Espantapájaros, quien dirigía, terminó encontrando un árbol grande cuyas ramas se desplegaban tanto que hacían lugar para que los caminantes pasaran por debajo. De modo que caminó hacia el árbol, pero, justo cuando entraba al espacio debajo de las ramas, se doblaron y lo atraparon. Acto seguido, lo elevaron por los aires y lo tiraron de cabeza hasta sus compañeros caminantes.

No se lastimó el Espantapájaros, pero sí se sorprendió y parecía confundido cuando Dorothy lo levantó.

—Aquí hay otro espacio entre los árboles —avisó el León.

"Let me try it first," said the Scarecrow, "for it doesn't hurt me to get thrown about." He walked up to another tree, as he spoke, but its branches immediately seized him and tossed him back again.

"This is strange," exclaimed Dorothy. "What shall we do?"

"The trees seem to have made up their minds to fight us, and stop our journey," remarked the Lion.

"I believe I will try it myself," said the Woodman, and shouldering his axe, he marched up to the first tree that had handled the Scarecrow so roughly. When a big branch bent down to seize him the Woodman chopped at it so fiercely that he cut it in two. At once the tree began shaking all its branches as if in pain, and the Tin Woodman passed safely under it.

"Come on!" he shouted to the others. "Be quick!" They all ran forward and passed under the tree without injury, except Toto, who was caught by a small branch and shaken until he howled. But the Woodman promptly chopped off the branch and set the little dog free.

The other trees of the forest did nothing to keep them back, so they made up their minds that only the first row of trees could bend down their branches, and that probably these were the policemen of the forest, and given this wonderful power in order to keep strangers out of it.

The four travelers walked with ease through the trees until they came to the farther edge of the wood. Then, to their surprise, they found before them a high wall which seemed to be made of white china. It was smooth, like the surface of a dish, and higher than their heads.

"What shall we do now?" asked Dorothy.

"I will make a ladder," said the Tin Woodman, "for we certainly must climb over the wall."

—Déjenme intentarlo primero —pidió el Espantapájaros—, porque no me duele que me tiren por el aire. —Se acercó al otro árbol mientras hablaba, pero las ramas lo tomaron de inmediato y volvieron a arrojarlo.

—¡Qué raro! —se extrañó Dorothy—. ¿Qué haremos?

—Parece que los árboles se decidieron a plantarnos batalla y evitar que viajemos —explicó el León.

—Creo que ahora lo intentaré yo —ofreció el Leñador y, hacha en mano, marchó hasta el primer árbol, el que lo trató con tanta rudeza al Espantapájaros. Cuando una rama grande se dobló para atraparlo, el Leñador la hachó con tanta fiereza que la cortó en dos. El árbol empezó en el acto a sacudir todas las ramas como si adolorido y el Leñador de Hojalata caminó por debajo con seguridad.

—¡Vengan! —llamó a sus amigos—. ¡Rápido! —Corrieron y pasaron por debajo del árbol sin sufrir ninguna herida, salvo Toto, a quien una ramita atrapó y sacudió hasta que aulló. El Leñador, empero, la cortó rápido y liberó al perrito.

Los demás árboles del bosque no hicieron nada para ahuyentarlos, por lo que dedujeron que tan solo la primera hilera de árboles podía doblar las ramas y que debían de ser los policías del bosque, a los que les dieron este poder maravilloso para mantener a los extranjeros fuera.

Los cuatro caminaron con facilidad por entre los árboles hasta llegar al extremo opuesto del bosque. Entonces, para su sorpresa, se encontraron con un muro elevado que parecía ser de porcelana blanca. Tenía la superficie lisa, como un plato, y se elevaba por encima de las cabezas.

—¿Qué haremos ahora? —preguntó Dorothy.

—Fabricaré una escalera —se ofreció el Leñador de Hojalata— porque está claro que debemos trepar el muro.

CHAPTER XX — THE DAINTY CHINA COUNTRY

While the Woodman was making a ladder from wood which he found in the forest Dorothy lay down and slept, for she was tired by the long walk. The Lion also curled himself up to sleep and Toto lay beside him.

The Scarecrow watched the Woodman while he worked, and said to him:

"I cannot think why this wall is here, nor what it is made of."

"Rest your brains and do not worry about the wall," replied the Woodman. "When we have climbed over it, we shall know what is on the other side."

After a time the ladder was finished. It looked clumsy, but the Tin Woodman was sure it was strong and would answer their purpose. The Scarecrow waked Dorothy and the Lion and Toto, and told them that the ladder was ready. The Scarecrow climbed up the ladder first, but he was so awkward that Dorothy had to follow close behind and keep him from falling off. When he got his head over the top of the wall the Scarecrow said, "Oh, my!"

"Go on," exclaimed Dorothy.

So the Scarecrow climbed farther up and sat down on the top of the wall, and Dorothy put her head over and cried, "Oh, my!" just as the Scarecrow had done.

Then Toto came up, and immediately began to bark, but Dorothy made him be still.

The Lion climbed the ladder next, and the Tin Woodman came last; but both of them cried, "Oh, my!" as soon as they looked over the wall. When they were all sitting in a row on the top of the wall, they looked down and saw a strange sight.

Before them was a great stretch of country having a floor as smooth

Mientras el Leñador fabricaba la escalera con madera que sacó del bosque, Dorothy se recostó y durmió, pues se había cansado con la caminata larga. También se acurrucó el León para dormir y Toto se acostó junto a él.

El Espantapájaros observaba al Leñador trabajar y le preguntó:

—¿Por qué estará este muro aquí?, ¿de qué está hecho? No puedo pensarlo.

—Deja al cerebro descansar y no te preocupes por el muro —lo tranquilizó el Leñador—. Cuando la hayamos trepado, sabremos qué hay del otro lado.

Pasado un tiempo, la escalera estaba terminada. Se veía enclenque, pero el Leñador de Hojalata estaba seguro de que era robusta y de que serviría su propósito. El Espantapájaros despertó a Dorothy y al León y a Toto y les avisó que la escalera estaba terminada. Primero la escaló el Espantapájaros, pero era tan torpe que Dorothy tuvo que seguirlo de cerca para evitar que se cayera. Cuando asomó la cabeza sobre el muro, lanzó un: «Pero ¿qué?».

—Sigue subiendo —le pidió Dorothy.

Así que el Espantapájaros terminó de escalar y se sentó sobre el muro y Dorothy asomó la cabeza sobre el muro y soltó otro: «Pero ¿qué?», tal como hizo el Espantapájaros.

Luego subió Toto y empezó a ladrar de inmediato, pero Dorothy lo tranquilizó.

Subió luego el León la escalera y el Leñador de Hojalata fue el último, ambos lanzaron un: «Pero ¿qué?», al asomar la cabeza sobre el muro. Cuando estuvieron todos sentados en fila sobre el muro, miraron abajo y presenciaron un escenario insólito.

Ante ellos se extendía un gran pueblo cuyo suelo era igual de liso y

and shining and white as the bottom of a big platter. Scattered around were many houses made entirely of china and painted in the brightest colors. These houses were quite small, the biggest of them reaching only as high as Dorothy's waist. There were also pretty little barns, with china fences around them; and many cows and sheep and horses and pigs and chickens, all made of china, were standing about in groups.

But the strangest of all were the people who lived in this queer country. There were milkmaids and shepherdesses, with brightly colored bodices and golden spots all over their gowns; and princesses with most gorgeous frocks of silver and gold and purple; and shepherds dressed in knee breeches with pink and yellow and blue stripes down them, and golden buckles on their shoes; and princes with jeweled crowns upon their heads, wearing ermine robes and satin doublets; and funny clowns in ruffled gowns, with round red spots upon their cheeks and tall, pointed caps. And, strangest of all, these people were all made of china, even to their clothes, and were so small that the tallest of them was no higher than Dorothy's knee.

No one did so much as look at the travelers at first, except one little purple china dog with an extra-large head, which came to the wall and barked at them in a tiny voice, afterwards running away again.

"How shall we get down?" asked Dorothy.

They found the ladder so heavy they could not pull it up, so the Scarecrow fell off the wall and the others jumped down upon him so that the hard floor would not hurt their feet. Of course they took pains not to light on his head and get the pins in their feet. When all were safely down they picked up the Scarecrow, whose body was quite flattened out, and patted his straw into shape again.

"We must cross this strange place in order to get to the other side," said Dorothy, "for it would be unwise for us to go any other way except due South."

They began walking through the country of the china people, and the first thing they came to was a china milkmaid milking a china

brillante y blanco como la superficie de una fuente de cocina. Esparcidas por allí y por allá, había varias casas de porcelana pintadas de colores vivos. Eran chicas, la más grande le llegaba a Dorothy apenas hasta la cintura. También había lindos graneros pequeños, con vallas de porcelana alrededor, y muchas vacas y ovejas y caballos y cerdos y gallinas, hechos todos de porcelana, agrupados.

No obstante, lo más insólito de todo eran los habitantes de este pueblo particular. Había lecheras y pastoras con corsés de colores vivos y vestidos con manchas doradas. Había princesas con vestidos ornados plateados y dorados y púrpuras. Había pastores con calzas rayadas rosas y amarillas y azules que llegaban hasta la rodilla y con broches dorados en los zapatos. Había príncipes con coronas enjoyadas en la cabeza y con capas de armiño y jubones de satén. Había bufones exóticos con atuendos con volantes, con manchas rojas en las mejillas y con sombreros puntiagudos. Más insólito aún, todas las personas eran de porcelana, incluso sus ropas, y eran tan bajos que el mayor de todos no superaba la rodilla de Dorothy.

Al principio, ninguno hizo mucho salvo ver a los viajantes, excepto un perrito de porcelana púrpura con una cabezota, que fue hasta el muro, les profirió unos ladriditos y se alejó corriendo de vuelta.

—¿Cómo bajaremos? —preguntó Dorothy.

Vieron que la escalera era muy pesada y no podían levantarla, por lo que el Espantapájaros saltó del muro y el resto saltó sobre él para que la caída sobre el suelo duro no les lastimara los pies. Por supuesto, tomaron todas las precauciones para no aterrizar sobre la cabeza y clavarse las agujas en los pies. Cuando todos hubieron bajado, levantaron al Espantapájaros, cuyo cuerpo estaba bastante aplastado y lo devolvieron la forma a la paja con unas palmaditas.

—Hay que atravesar este lugar raro para llegar al otro lado —explicó Dorothy—, pues sería incauto que nos desviáramos de nuestro camino al sur.

Empezaron a caminar a través del país de los ciudadanos de porcelana y lo primero con lo que se toparon fue una lechera de porcelana

cow. As they drew near, the cow suddenly gave a kick and kicked over the stool, the pail, and even the milkmaid herself, and all fell on the china ground with a great clatter.

Dorothy was shocked to see that the cow had broken her leg off, and that the pail was lying in several small pieces, while the poor milkmaid had a nick in her left elbow.

"There!" cried the milkmaid angrily. "See what you have done! My cow has broken her leg, and I must take her to the mender's shop and have it glued on again. What do you mean by coming here and frightening my cow?"

"I'm very sorry," returned Dorothy. "Please forgive us."

But the pretty milkmaid was much too vexed to make any answer. She picked up the leg sulkily and led her cow away, the poor animal limping on three legs. As she left them the milkmaid cast many reproachful glances over her shoulder at the clumsy strangers, holding her nicked elbow close to her side.

Dorothy was quite grieved at this mishap.

"We must be very careful here," said the kind-hearted Woodman, "or we may hurt these pretty little people so they will never get over it."

A little farther on Dorothy met a most beautifully dressed young Princess, who stopped short as she saw the strangers and started to run away.

Dorothy wanted to see more of the Princess, so she ran after her. But the china girl cried out:

"Don't chase me! Don't chase me!"

She had such a frightened little voice that Dorothy stopped and said, "Why not?"

"Because," answered the Princess, also stopping, a safe distance

ordeñando una vaca de porcelana. Cuando se acercaron, la vaca dio una patada repentina y golpeó el banco y el balde e incluso a la lechera y se cayó sobre el suelo de porcelana dando un crac sonoro.

Dorothy se sorprendió al ver que a la vaca se le había roto la pierna y que el balde se había hecho trizas, mientras que la pobre lechera tenía una grieta en el codo izquierdo.

—¡Ya está! —exclamó enojada la lechera—. ¡Miren lo que hicieron! Mi vaca se rompió la pierna y debo llevarla a que se la peguen de nuevo. ¿Para qué irrumpen aquí y espantan mi vaca?

—Lo siento mucho —se disculpó Dorothy—. Por favor, perdónenos.

Sin embargo, la lechera bonita estaba demasiado molesta como para emitir una respuesta. Recogió malhumorada la pierna y se alejó con su pobre vaca, que cojeaba sobre las tres piernas. A medida que se iba, les lanzaba por encima del hombro miradas cargadas de reproche a los extranjeros torpes y mantenía el codo agrietado pegado al costado.

Dorothy se apenó bastante por este pequeño infortunio.

—Hay que ser muy cuidadosos aquí —advirtió el Leñador bondadoso— o podemos llegar a herir a estas personitas adorables y nunca lo superarán.

Un poco más adelante, Dorothy se topó con una joven princesa hermosamente vestida, quien se detuvo en seco al ver a los extranjeros y salió corriendo.

Dorothy quería ver más a la princesa, así que la persiguió. La joven de porcelana, empero, exclamó:

—¡No me persiga!, ¡no me persiga!

Salía de la princesa una vocecita cargada de tanto miedo que Dorothy se detuvo y le preguntó: «¿Por qué no?».

—Porque —explicó la princesa, también detenida, pero a una distan-

away, "if I run I may fall down and break myself."

"But could you not be mended?" asked the girl.

"Oh, yes; but one is never so pretty after being mended, you know," replied the Princess.

"I suppose not," said Dorothy.

"Now there is Mr. Joker, one of our clowns," continued the china lady, "who is always trying to stand upon his head. He has broken himself so often that he is mended in a hundred places, and doesn't look at all pretty. Here he comes now, so you can see for yourself."

Indeed, a jolly little clown came walking toward them, and Dorothy could see that in spite of his pretty clothes of red and yellow and green he was completely covered with cracks, running every which way and showing plainly that he had been mended in many places.

The Clown put his hands in his pockets, and after puffing out his cheeks and nodding his head at them saucily, he said:

> "My lady fair,
> Why do you stare
> At poor old Mr. Joker?
> You're quite as stiff
> And prim as if
> You'd eaten up a poker!"

"Be quiet, sir!" said the Princess. "Can't you see these are strangers, and should be treated with respect?"

"Well, that's respect, I expect," declared the Clown, and immediately stood upon his head.

"Don't mind Mr. Joker," said the Princess to Dorothy. "He is considerably cracked in his head, and that makes him foolish."

cia segura—, si corro, puedo tropezarme y romperme.

—¿Pero no pueden pegarte? —preguntó la niña.

—Pues sí, pero verás, nadie conserva la misma belleza una vez que se rompe —explicó la princesa.

—Calculo que no —entendió Dorothy.

—Por ejemplo, está don Chistón, uno de nuestros bufones —prosiguió la doncella de porcelana—, quien siempre está intentando pararse sobre la cabeza. Se rompió tantas veces que tiene pegamento en cientos de lugares y no tiene un ápice de belleza. Ahí está viniendo, así podrán verlo por ustedes mismos.

En efecto, un bufoncito alegre se acercó caminando y Dorothy pudo ver que, en vez de sus atuendos lindos de rojo y amarillo y verde, tenía el cuerpo cubierto entero de grietas que lo atravesaban en todas las direcciones y que dejaban en evidencia que lo habían pegado en varios lugares.

El bufón se llevó las manos a los bolsillos, y después de inflar los cachetes y asentirles con picardía la cabeza, recitó en verso:

> Princesa honesta,
> ¿por qué observa la testa
> del pobre don Chistón
> con tanta desazón?
> Es rígida y estirada
> como si se hubiera tragado un gran bastón.

—¡Cierre la boca, señor! —ordenó la princesa— ¿Qué no ve que son extranjeros y merecen ser tratados con respeto?

—Bueno, es respeto lo que espeto —recitó el bufón y de inmediato se paró sobre la cabeza.

—No se molesten con don Chistón —le tranquilizó la princesa a Dorothy—. Se rompió la cabeza muchas veces y por eso perdió muchos tornillos.

"Oh, I don't mind him a bit," said Dorothy. "But you are so beautiful," she continued, "that I am sure I could love you dearly. Won't you let me carry you back to Kansas, and stand you on Aunt Em's mantel? I could carry you in my basket."

"That would make me very unhappy," answered the china Princess. "You see, here in our country we live contentedly, and can talk and move around as we please. But whenever any of us are taken away our joints at once stiffen, and we can only stand straight and look pretty. Of course that is all that is expected of us when we are on mantels and cabinets and drawing-room tables, but our lives are much pleasanter here in our own country."

"I would not make you unhappy for all the world!" exclaimed Dorothy. "So I'll just say good-bye."

"Good-bye," replied the Princess.

They walked carefully through the china country. The little animals and all the people scampered out of their way, fearing the strangers would break them, and after an hour or so the travelers reached the other side of the country and came to another china wall.

It was not so high as the first, however, and by standing upon the Lion's back they all managed to scramble to the top. Then the Lion gathered his legs under him and jumped on the wall; but just as he jumped, he upset a china church with his tail and smashed it all to pieces.

"That was too bad," said Dorothy, "but really I think we were lucky in not doing these little people more harm than breaking a cow's leg and a church. They are all so brittle!"

"They are, indeed," said the Scarecrow, "and I am thankful I am made of straw and cannot be easily damaged. There are worse things in the world than being a Scarecrow."

—Oh, no me molesta en lo más mínimo —aseguró Dorothy—. Pero usted es tan preciosa —continuó— que estoy segura de que podría amarla con locura. ¿No me dejaría llevarla a Kansas y dejarla sobre la repisa de mi tía Em? Podría llevarla en mi canasta.

—Me haría muy desgraciada —contestó la princesa de porcelana—. Verá, en nuestro país llevamos vidas plenas y podemos hablar y movernos como nos plazca. Pero en cuanto se llevan a uno de nosotros, en ese mismo instante se le rigidizan las articulaciones y tan solo puede estar parado y verse bonito. Por supuesto, es lo único que se espera de nosotros cuando estamos sobre repisas o en gabinetes o en mesas de salas de estar; pero disfrutamos de nuestras vidas mucho más cuando estamos en nuestro propio pueblo.

—¡No la haría desgraciada por nada en el mundo! —exclamó Dorothy—. Por lo que solo me limitaré a decirle adiós.

—Adiós —devolvió la princesa.

Caminaron con cuidado por el país de porcelana. Los animalitos y las personitas se alejaban de su camino temiendo que los extranjeros los rompieran y, pasada alrededor de una hora, los caminantes llegaron al otro lado del país y se toparon con otro muro de porcelana.

No obstante, no era tan elevado como el primero y, parándose sobre el lomo del León, todos lograron escalar hasta la cima. Luego, el León se agazapó y se estiró dando un saltazo sobre el muro, pero, justo cuando saltaba, volcó una iglesia con la cola y la rompió en pedazos.

—Qué pena —se lamentó Dorothy—, pero creo que fuimos afortunados de no causarle ningún daño a este pueblito, salvo por la pierna de la vaca y la iglesia. ¡Son muy frágiles!

—Sí que lo son —agregó el Espantapájaros— y agradezco estar hecho de paja y no poder lastimarme con facilidad. Hay cosas peores en la vida que ser un espantapájaros.

CHAPTER XXI — THE LION BECOMES THE KING OF BEASTS

After climbing down from the china wall the travelers found themselves in a disagreeable country, full of bogs and marshes and covered with tall, rank grass. It was difficult to walk without falling into muddy holes, for the grass was so thick that it hid them from sight. However, by carefully picking their way, they got safely along until they reached solid ground. But here the country seemed wilder than ever, and after a long and tiresome walk through the underbrush they entered another forest, where the trees were bigger and older than any they had ever seen.

"This forest is perfectly delightful," declared the Lion, looking around him with joy. "Never have I seen a more beautiful place."

"It seems gloomy," said the Scarecrow.

"Not a bit of it," answered the Lion. "I should like to live here all my life. See how soft the dried leaves are under your feet and how rich and green the moss is that clings to these old trees. Surely no wild beast could wish a pleasanter home."

"Perhaps there are wild beasts in the forest now," said Dorothy.

"I suppose there are," returned the Lion, "but I do not see any of them about."

They walked through the forest until it became too dark to go any farther. Dorothy and Toto and the Lion lay down to sleep, while the Woodman and the Scarecrow kept watch over them as usual.

When morning came, they started again. Before they had gone far they heard a low rumble, as of the growling of many wild animals. Toto whimpered a little, but none of the others was frightened, and they kept along the well-trodden path until they came to an opening in the wood, in which were gathered hundreds of beasts of every variety. There were tigers and elephants and bears and wolves and foxes and all the others in the natural history, and for a moment Dorothy was afraid. But the Lion explained that the animals were holding a

Luego de haber descendido del muro de porcelana, los caminantes se encontraron en un bosque desagradable, lleno de lodazales y pantanos cubiertos con pastos altos y tupidos. Era difícil caminar sin caerse en los pozos de barro, pues los pastos crecían tan densamente que los ocultaban de la vista. Sin embargo, al elegir con cuidado dónde pisar, avanzaron seguros hasta llegar a tierra firme. No obstante, aquí el bosque se veía más salvaje que nunca y, tras una caminata larga y agotadora por entre los matorrales, entraron en otro bosque, donde los árboles eran más grandes y antiguos que cualquiera que hubieran visto antes.

—Qué perfecto es este bosque —indicó el León mirando alrededor—. Nunca había visto un lugar más deleitoso.

—Se ve tenebroso —contradijo el Espantapájaros.

—En absoluto —repuso el León—. Me gustaría pasar toda mi vida aquí. Siente la suavidad de las hojas secas bajo los pies y mira cuán abundante y verde es el musgo que crece de estos árboles viejos. De seguro no hay bestia que pudiera desear un hogar más placentero.

—Quizás haya bestias salvajes en el bosque ahora —agregó Dorothy.

—Calculo que debe haber —respondió el León—, pero no las veo por ninguna parte.

Atravesaron caminando el bosque hasta que se volvió demasiado oscuro como para seguir avanzando. Dorothy, Toto y el León se acostaron a dormir, mientras que el Leñador y el Espantapájaros hacían la guardia como de costumbre.

Cuando la mañana hubo llegado, emprendieron de nuevo el viaje. Antes de haber avanzado mucho, oyeron un rumor bajo, como las voces de muchos animales salvajes. Toto lloriqueó un poco, pero ninguno de los demás sintió temor y siguieron por el camino bien marcado hasta llegar a un claro del bosque, en donde se habían reunido cientos de bestias de todas las variedades. Había tigres y elefantes, osos y lobos, zorros y todas las otras especies en la historia de la naturaleza y, por un momento, Dorothy sintió miedo. El León, empero, les explicó que los animales es-

meeting, and he judged by their snarling and growling that they were in great trouble.

As he spoke several of the beasts caught sight of him, and at once the great assemblage hushed as if by magic. The biggest of the tigers came up to the Lion and bowed, saying:

"Welcome, O King of Beasts! You have come in good time to fight our enemy and bring peace to all the animals of the forest once more."

"What is your trouble?" asked the Lion quietly.

"We are all threatened," answered the tiger, "by a fierce enemy which has lately come into this forest. It is a most tremendous monster, like a great spider, with a body as big as an elephant and legs as long as a tree trunk. It has eight of these long legs, and as the monster crawls through the forest he seizes an animal with a leg and drags it to his mouth, where he eats it as a spider does a fly. Not one of us is safe while this fierce creature is alive, and we had called a meeting to decide how to take care of ourselves when you came among us."

The Lion thought for a moment.

"Are there any other lions in this forest?" he asked.

"No; there were some, but the monster has eaten them all. And, besides, they were none of them nearly so large and brave as you."

"If I put an end to your enemy, will you bow down to me and obey me as King of the Forest?" inquired the Lion.

"We will do that gladly," returned the tiger; and all the other beasts roared with a mighty roar: "We will!"

"Where is this great spider of yours now?" asked the Lion.

taban en reunión y, juzgando los rugidos y bufidos, tenían un problema serio.

Mientras hablaba, varias de las bestias lo vieron de repente y, como si por obra de magia fuera, la manada enmudeció. El tigre más grande de todos se le acercó al León y le hizo una reverencia mientras le daba la bienvenida:

—¡Bienvenido sea, Rey de las Fieras! Llega en buen momento para enfrentar a nuestro gran enemigo y devolvernos la paz a todos los animales del bosque una vez más.

—¿Cuál es el problema? —preguntó tranquilo el León.

—Hay un enemigo feroz —le contestó el tigre— que viene seguido al bosque y nos amenaza. Es un monstruo de lo más terrible, como una araña gigantesca con un cuerpo tan grande como el de un elefante y con patas tan largas como el tronco de un árbol. Tiene ocho de estas patas largas y, a medida que se arrastra por el bosque, toma a un animal con una de las patas y se lo lleva a la boca, donde lo devora como una araña devora una mosca. Ninguno de nosotros está a salvo en tanto y en cuanto esta criatura feroz viva y hemos decidido convocar esta reunión para decidir cómo protegernos hasta que llegaste.

El León pensó por un momento.

—¿Hay más leones en el bosque? —quiso saber.

—Ninguno; había algunos, pero la bestia los devoró. Además, ninguno era tan grande y corajudo como lo es usted.

—Si acabara con su enemigo, ¿se inclinarían ante mí y me obedecerían como Rey del Bosque? —quiso saber el León.

—Con mucho gusto —respondió el tigre y todas las otras bestias profirieron un gran rugido y coincidieron—: ¡Sí!

—¿Dónde se encuentra esta araña gigante de la que me cuentas? —preguntó el León.

"Yonder, among the oak trees," said the tiger, pointing with his forefoot.

"Take good care of these friends of mine," said the Lion, "and I will go at once to fight the monster."

He bade his comrades good-bye and marched proudly away to do battle with the enemy.

The great spider was lying asleep when the Lion found him, and it looked so ugly that its foe turned up his nose in disgust. Its legs were quite as long as the tiger had said, and its body covered with coarse black hair. It had a great mouth, with a row of sharp teeth a foot long; but its head was joined to the pudgy body by a neck as slender as a wasp's waist. This gave the Lion a hint of the best way to attack the creature, and as he knew it was easier to fight it asleep than awake, he gave a great spring and landed directly upon the monster's back. Then, with one blow of his heavy paw, all armed with sharp claws, he knocked the spider's head from its body. Jumping down, he watched it until the long legs stopped wiggling, when he knew it was quite dead.

The Lion went back to the opening where the beasts of the forest were waiting for him and said proudly:

"You need fear your enemy no longer."

Then the beasts bowed down to the Lion as their King, and he promised to come back and rule over them as soon as Dorothy was safely on her way to Kansas.

—Por allá, entre los robles —indicó el tigre y señaló con la pata delantera.

—Cuiden bien a mis amigos —ordenó el León— e iré de inmediato a pelear al monstruo.

Se despidió de sus amigos y marchó con orgullo para plantarle batalla al enemigo.

La araña gigante estaba acostada dormida cuando el León la encontró y era tan fea que su némesis frunció el hocico con desagrado. Tenía las patas casi tan largas como el tigre las había descrito y el cuerpo cubierto de pelo grueso y negro. La boca era grande y con una hilera de dientes filosos de treinta centímetros, pero la cabeza se unía al cuerpo regordete con un cuello tan fino como la cintura de una avispa. Fue esto lo que le dio una pista al León sobre cuál sería la mejor forma de atacar a la criatura y, sabiendo que sería más fácil atacarla mientras dormía, dio un saltazo y aterrizó justo sobre la espalda del monstruo. Luego, le separó la cabeza del cuello a la araña con un zarpazo pesado de la pata delantera, armada con las garras filosas. Se bajó y la observó hasta que las patas largas dejaron de sacudirse, en ese momento supo que estaba muerta para bien.

El León volvió al claro donde las bestias del bosque lo esperaban y les anunció lleno de orgullo:

—Ya no es necesario que le teman al enemigo.

Las bestias le hicieron una reverencia profunda al León, su rey, y él les prometió que volvería y reinaría en cuanto Dorothy estuviera de vuelta camino a Kansas.

CHAPTER XXII — THE COUNTRY OF THE QUADLINGS

The four travelers passed through the rest of the forest in safety, and when they came out from its gloom saw before them a steep hill, covered from top to bottom with great pieces of rock.

"That will be a hard climb," said the Scarecrow, "but we must get over the hill, nevertheless."

So he led the way and the others followed. They had nearly reached the first rock when they heard a rough voice cry out, "Keep back!"

"Who are you?" asked the Scarecrow.

Then a head showed itself over the rock and the same voice said, "This hill belongs to us, and we don't allow anyone to cross it."

"But we must cross it," said the Scarecrow. "We're going to the country of the Quadlings."

"But you shall not!" replied the voice, and there stepped from behind the rock the strangest man the travelers had ever seen.

He was quite short and stout and had a big head, which was flat at the top and supported by a thick neck full of wrinkles. But he had no arms at all, and, seeing this, the Scarecrow did not fear that so helpless a creature could prevent them from climbing the hill. So he said, "I'm sorry not to do as you wish, but we must pass over your hill whether you like it or not," and he walked boldly forward.

As quick as lightning the man's head shot forward and his neck stretched out until the top of the head, where it was flat, struck the Scarecrow in the middle and sent him tumbling, over and over, down the hill. Almost as quickly as it came the head went back to the body, and the man laughed harshly as he said, "It isn't as easy as you think!"

A chorus of boisterous laughter came from the other rocks, and Dorothy saw hundreds of the armless Hammer-Heads upon the hillside, one behind every rock.

CAPÍTULO XXII — EL PAÍS DE LOS QUADLINGS

Los cuatro caminantes atravesaron el resto del bosque seguros y, cuando salieron de la penumbra, vieron ante ellos una colina empinada cubierta desde la cima hasta la base de grandes rocas.

—Será una subida dura —supuso el Espantapájaros—, pero de todas maneras debemos superar esta colina.

Por lo que tomó la delantera y los demás lo siguieron. Apenas habían alcanzado a la primera roca cuando oyeron un grito rasposo ordenarles: «¡Vuélvanse!».

—¿Quién eres? —preguntó el Espantapájaros.

Luego, apareció una cabeza por encima de la roca y con la misma voz aclaró: «Esta colina es nuestra y no permitimos que nadie cruce».

—Pero debemos cruzarla —explicó el Espantapájaros—. Vamos de camino al país de los quadlings.

—Pero no lo harán —repuso la cabeza y de atrás de la roca salió el hombre más extraño que los caminantes jamás habían visto.

Era bastante bajo y robusto y con una cabeza enorme, cuya coronilla era plana y que estaba sostenida por un cuello grueso cubierto de arrugas. No tenía brazos, empero, y al verlo, el Espantapájaros no temió que una criatura así pudiera evitar que atravesara la colina. Por lo que le comunicó: «Perdón por no hacer lo que deseas, pero debemos atravesar la colina, quieras o no», y avanzó con valentía.

Con la velocidad de un rayo, la cabeza del hombre salió disparada y el cuello se estiró hasta que la coronilla, donde era plana, golpeó al Espantapájaros en el centro y lo hizo caer de un tumbo por la colina. Casi con la misma velocidad con la que había salido, la cabeza volvió al cuerpo y el hombre se rio con sorna diciendo: «¡No es tan fácil como crees!».

Un coro de risas sonoras se escuchó detrás de las demás rocas y Dorothy vio cientos de testaduros sin brazos por la colina, uno detrás de cada roca.

The Lion became quite angry at the laughter caused by the Scarecrow's mishap, and giving a loud roar that echoed like thunder, he dashed up the hill.

Again a head shot swiftly out, and the great Lion went rolling down the hill as if he had been struck by a cannon ball.

Dorothy ran down and helped the Scarecrow to his feet, and the Lion came up to her, feeling rather bruised and sore, and said, "It is useless to fight people with shooting heads; no one can withstand them."

"What can we do, then?" she asked.

"Call the Winged Monkeys," suggested the Tin Woodman. "You have still the right to command them once more."

"Very well," she answered, and putting on the Golden Cap she uttered the magic words. The Monkeys were as prompt as ever, and in a few moments the entire band stood before her.

"What are your commands?" inquired the King of the Monkeys, bowing low.

"Carry us over the hill to the country of the Quadlings," answered the girl.

"It shall be done," said the King, and at once the Winged Monkeys caught the four travelers and Toto up in their arms and flew away with them. As they passed over the hill the Hammer-Heads yelled with vexation, and shot their heads high in the air, but they could not reach the Winged Monkeys, which carried Dorothy and her comrades safely over the hill and set them down in the beautiful country of the Quadlings.

"This is the last time you can summon us," said the leader to Dorothy; "so good-bye and good luck to you."

"Good-bye, and thank you very much," returned the girl; and the

El León se enojó bastante por la risa que les dio el accidente del Espantapájaros y, dando un rugido fuerte que retumbó como un trueno, se apuró a subir la colina.

De nuevo, una cabeza salió disparada a toda velocidad y el León enorme bajó rodando la colina como si le hubieran dado con una bala de cañón.

Dorothy se fue corriendo para ayudar al Espantapájaros a pararse sobre los pies, el León se le acercó sintiéndose magullado y adolorido y dijo: «Es inútil pelear contra cabezas voladoras, nadie puede hacerles frente».

—¿Qué podemos hacer entonces? —preguntó Dorothy.

—Invoca a los monos alados —sugirió el Leñador de Hojalata—. Todavía tienes el derecho a darles una orden más.

—Muy bien —respondió Dorothy y, poniéndose el sombrero dorado, pronunció las palabras mágicas. Los monos fueron veloces como siempre y en un instante estuvo la bandada entera parada ante ella.

—¿Qué nos ordena? —preguntó el rey mono con una reverencia profunda.

—Llévennos sobre la colina hasta el país de los quadlings —ordenó la niña.

—Así será —aceptó el rey y, de inmediato, los monos alados asieron con los brazos a los cuatro caminantes y a Toto y se fueron volando con ellos. Mientras sobrevolaban la colina, los testaduros gritaban molestos y disparaban las cabezas hacia arriba. No podían alcanzar, empero, a los monos alados, que llevaban a Dorothy y a sus amigos seguros por encima de la colina y los dejaron en el país hermoso de los quadlings.

—Esta fue la última vez que podía invocarnos —aclaró el líder a Dorothy—, por lo que, adiós y le deseamos buena suerte.

—Adiós y muchas gracias —devolvió la niña y los monos alados subie-

Monkeys rose into the air and were out of sight in a twinkling.

The country of the Quadlings seemed rich and happy. There was field upon field of ripening grain, with well-paved roads running between, and pretty rippling brooks with strong bridges across them. The fences and houses and bridges were all painted bright red, just as they had been painted yellow in the country of the Winkies and blue in the country of the Munchkins. The Quadlings themselves, who were short and fat and looked chubby and good-natured, were dressed all in red, which showed bright against the green grass and the yellowing grain.

The Monkeys had set them down near a farmhouse, and the four travelers walked up to it and knocked at the door. It was opened by the farmer's wife, and when Dorothy asked for something to eat the woman gave them all a good dinner, with three kinds of cake and four kinds of cookies, and a bowl of milk for Toto.

"How far is it to the Castle of Glinda?" asked the child.

"It is not a great way," answered the farmer's wife. "Take the road to the South and you will soon reach it."

Thanking the good woman, they started afresh and walked by the fields and across the pretty bridges until they saw before them a very beautiful Castle. Before the gates were three young girls, dressed in handsome red uniforms trimmed with gold braid; and as Dorothy approached, one of them said to her:

"Why have you come to the South Country?"

"To see the Good Witch who rules here," she answered. "Will you take me to her?"

"Let me have your name, and I will ask Glinda if she will receive you." They told who they were, and the girl soldier went into the Castle. After a few moments she came back to say that Dorothy and the others were to be admitted at once.

ron por los aires y desaparecieron del campo de visión con un titileo.

El país de los quadlings se veía rico y feliz. Había campos y campos de granos madurando, con caminos bien pavimentados que los atravesaban y con preciosos arroyos que transcurrían atravesados por puentes robustos. Las vallas y las casas y los puentes estaban todos pintados de rojo vivo, de la misma manera en que estaban pintados de amarillo en el país de los winkies y de azul en el de los munchkins. Incluso los quadlings, quienes eran bajos y rechonchos y con apariencia regordeta y bondadosa, vestían de rojo por completo; contrastaban brillantes contra el césped verde y el grano amarillo.

Los monos los habían dejado cerca de una granja y los cuatro caminantes se acercaron y tocaron la puerta. La abrió la esposa del granjero y, cuando Dorothy pidió algo para comer, la mujer les ofreció una buena cena con tres tipos de tortas y cuatro de galletas y un tazón de leche para Toto.

—¿Cuán lejos queda el castillo de Glinda? —preguntó la niña.

—No muy lejos —respondió la mujer—. Vayan por el camino hacia el sur y pronto llegarán.

Habiéndole agradecido a la mujer bondadosa, emprendieron renovados el viaje junto a los campos y a través de los puentes preciosos hasta que vieron ante ellos un castillo muy hermoso. Frente a la puerta, había tres jóvenes vestidas con elegantes uniformes rojos con bordados de oro; cuando Dorothy se acercó, una de ellas le preguntó:

—¿Por qué has venido al País del Sur?

—Para ver a la bruja bondadosa que aquí reina —contestó Dorothy—. ¿Me llevarías con ella?

—Dame tu nombre y le preguntaré a Glinda si te admitirá. —Le contaron quiénes eran y la soldado entró al castillo. Tras unos momentos, volvió y les informó a Dorothy y a los demás que los admitirían de inmediato.

CHAPTER XXIII —
GLINDA THE GOOD WITCH GRANTS DOROTHY'S WISH

Before they went to see Glinda, however, they were taken to a room of the Castle, where Dorothy washed her face and combed her hair, and the Lion shook the dust out of his mane, and the Scarecrow patted himself into his best shape, and the Woodman polished his tin and oiled his joints.

When they were all quite presentable they followed the soldier girl into a big room where the Witch Glinda sat upon a throne of rubies.

She was both beautiful and young to their eyes. Her hair was a rich red in color and fell in flowing ringlets over her shoulders. Her dress was pure white but her eyes were blue, and they looked kindly upon the little girl.

"What can I do for you, my child?" she asked.

Dorothy told the Witch all her story: how the cyclone had brought her to the Land of Oz, how she had found her companions, and of the wonderful adventures they had met with.

"My greatest wish now," she added, "is to get back to Kansas, for Aunt Em will surely think something dreadful has happened to me, and that will make her put on mourning; and unless the crops are better this year than they were last, I am sure Uncle Henry cannot afford it."

Glinda leaned forward and kissed the sweet, upturned face of the loving little girl.

"Bless your dear heart," she said, "I am sure I can tell you of a way to get back to Kansas." Then she added, "But, if I do, you must give me the Golden Cap."

"Willingly!" exclaimed Dorothy; "indeed, it is of no use to me now, and when you have it you can command the Winged Monkeys three times."

CAPÍTULO XXIII —
GLINDA, LA BRUJA BUENA, LE CONCEDE A DOROTHY EL DESEO

No obstante, antes de entrar a ver a Glinda, los llevaron a una habitación del castillo en donde Dorothy se lavó el rostro y peinó el cabello y el León se sacudió el polvo de la melena y el Espantapájaros se dio golpecitos para tener mejor forma y el Leñador se lustró la hojalata y lubricó las articulaciones.

Cuando hubieron estado bastante presentables, siguieron a la soldado hasta un salón donde la bruja Glinda estaba sentada en un trono de rubíes.

Se veía tanto hermosa como joven. El cabello rebozaba de un color rojo y caía como una cascada de rizos sobre los hombros. El vestido era puramente blanco, pero los ojos eran azules y se posaban con ternura sobre la niña.

—¿Qué puedo hacer por ti, mi niña? —se ofreció Glinda.

Dorothy le narró su historia: cómo el huracán la había traído al Reino de Oz, cómo se había encontrado con sus compañeros y sobre las aventuras maravillosas que tuvieron.

—Mi mayor deseo ahora —concluyó Dorothy— es volver a Kansas, pues la tía Em de seguro pensará que me pasó algo terrible y entrará en luto y, a menos que los cultivos sean mejores que los del año pasado, estoy segura de que mi tío Henry no podrá pagarlo.

Glinda se inclinó y le dio un beso en el rostro tierno y erguido de la niñita amorosa.

—Bendito sea tu corazón querido —elogió Glinda—, estoy segura de que puedo decirte de un modo para que regreses a Kansas. —Y luego agregó—: pero si lo hago, debes darme el sombrero dorado.

—¡Con gusto! —aceptó Dorothy—, de hecho, ya no me sirve y, cuando lo tenga, podrá darles una orden a los monos alados tres veces.

"And I think I shall need their service just those three times," answered Glinda, smiling.

Dorothy then gave her the Golden Cap, and the Witch said to the Scarecrow, "What will you do when Dorothy has left us?"

"I will return to the Emerald City," he replied, "for Oz has made me its ruler and the people like me. The only thing that worries me is how to cross the hill of the Hammer-Heads."

"By means of the Golden Cap I shall command the Winged Monkeys to carry you to the gates of the Emerald City," said Glinda, "for it would be a shame to deprive the people of so wonderful a ruler."

"Am I really wonderful?" asked the Scarecrow.

"You are unusual," replied Glinda.

Turning to the Tin Woodman, she asked, "What will become of you when Dorothy leaves this country?"

He leaned on his axe and thought a moment. Then he said, "The Winkies were very kind to me, and wanted me to rule over them after the Wicked Witch died. I am fond of the Winkies, and if I could get back again to the Country of the West, I should like nothing better than to rule over them forever."

"My second command to the Winged Monkeys," said Glinda "will be that they carry you safely to the land of the Winkies. Your brain may not be so large to look at as those of the Scarecrow, but you are really brighter than he is—when you are well polished—and I am sure you will rule the Winkies wisely and well."

Then the Witch looked at the big, shaggy Lion and asked, "When Dorothy has returned to her own home, what will become of you?"

"Over the hill of the Hammer-Heads," he answered, "lies a grand old forest, and all the beasts that live there have made me their King. If I could only get back to this forest, I would pass my life very happily there."

—Y creo que necesitaré de sus servicios tan solo esas tres veces —respondió Glinda con una sonrisa.

Dorothy le dio el sombrero dorado y la bruja le preguntó al Espantapájaros: «¿Qué harás cuando Dorothy nos deje?».

—Volveré a la Ciudad Esmeralda —respondió él—, pues Oz me nombró alcalde y el pueblo me quiere. Lo único que me preocupa es cómo atravesar la colina de los testaduros.

—Con el sombrero dorado, les pediré a los monos alados que te lleven hasta las puertas de la Ciudad Esmeralda —lo tranquilizó Glinda—, pues sería una pena privar al pueblo de un gobernador tan maravilloso.

—¿En serio soy maravilloso? —preguntó el Espantapájaros.

—Eres atípico —contestó Glinda.

Volviéndose al Leñador de Hojalata, le preguntó: «¿Qué será de ti una vez que Dorothy deje este reino?».

Se apoyó sobre el hacha y pensó por un momento. Luego respondió: «Los winkies fueron muy amables conmigo y querían que gobernara su país después de que muriera la Bruja Malvada del Oeste. Quiero mucho a los winkies y, si pudiera volver al País del Oeste, no hay nada que me gustaría más que gobernar en el país por siempre».

—Mi segunda orden para los monos alados —decidió Glinda— será que te lleven seguro hasta el país de los winkies. Quizás tu cerebro no se vea tan grande como el del Espantapájaros, pero sin lugar a dudas eres más brillante que él, cuando estás bien lustrado, y estoy segura de que gobernarás el país de los winkies con sabiduría y bondad.

Por último, la Bruja miró al gran León enmarañado y le preguntó: «Cuándo Dorothy haya vuelto a su hogar, ¿qué será de ti?».

—Pasando la colina de los testaduros —contestó el León—, se extiende un gran bosque antiguo y todas las bestias que lo habitan me proclamaron rey. Si tan solo pudiera volver al bosque, pasaría mi vida feliz allí.

"My third command to the Winged Monkeys," said Glinda, "shall be to carry you to your forest. Then, having used up the powers of the Golden Cap, I shall give it to the King of the Monkeys, that he and his band may thereafter be free for evermore."

The Scarecrow and the Tin Woodman and the Lion now thanked the Good Witch earnestly for her kindness; and Dorothy exclaimed:

"You are certainly as good as you are beautiful! But you have not yet told me how to get back to Kansas."

"Your Silver Shoes will carry you over the desert," replied Glinda. "If you had known their power you could have gone back to your Aunt Em the very first day you came to this country."

"But then I should not have had my wonderful brains!" cried the Scarecrow. "I might have passed my whole life in the farmer's corn-field."

"And I should not have had my lovely heart," said the Tin Wood-man. "I might have stood and rusted in the forest till the end of the world."

"And I should have lived a coward forever," declared the Lion, "and no beast in all the forest would have had a good word to say to me."

"This is all true," said Dorothy, "and I am glad I was of use to these good friends. But now that each of them has had what he most de-sired, and each is happy in having a kingdom to rule besides, I think I should like to go back to Kansas."

"The Silver Shoes," said the Good Witch, "have wonderful powers. And one of the most curious things about them is that they can carry you to any place in the world in three steps, and each step will be made in the wink of an eye. All you have to do is to knock the heels together three times and command the shoes to carry you wherever you wish to go."

"If that is so," said the child joyfully, "I will ask them to carry me

—Mi tercera orden para los monos alados —tomó la decisión Glinda—
será que te lleven al bosque. Luego, habiendo agotado el encantamiento
del sombrero dorado, se lo daré al rey de los monos para que él y su
bandada sean libres de ahí en adelante.

El Espantapájaros y el Leñador de Hojalata y el León le agradecieron a
la Bruja Buena con ánimos por su bondad y Dorothy exclamó:

—De veras, ¡es tan buena como hermosa! Pero aún no me reveló cómo
volver a Kansas.

—Tus zapatos plateados te llevarán a través del desierto —contestó
Glinda—. Si hubieras conocido su poder, habrías podido volver con tu
tía Em el mismo día en que llegaste a este reino.

—¡Pero entonces nunca habría conseguido mis sesos maravillosos! —
exclamó el Espantapájaros—. Podría haber pasado mi vida entera en los
campos de maíz del granjero.

—Y yo no habría conseguido mi corazón amoroso —agregó el Leñador
de Hojalata—. Podría haberme quedado parado y oxidado en el bosque
hasta el fin del mundo.

—Y yo habría vivido como cobarde para siempre —añadió el León— y
ninguna bestia en todo el bosque me hubiera dirigido una palabra buena.

—Es todo cierto —concluyó Dorothy— y me alegra haberles sido de
ayuda a mis buenos amigos. Pero ahora que cada uno obtuvo lo que más
deseaba y, además, tiene un reino por gobernar; creo que me gustaría
volver a Kansas.

—Los zapatos plateados —explicó la Bruja Buena— tienen poderes in-
creíbles. Y uno de sus poderes más curiosos es que pueden llevarte a
cualquier lugar del mundo en tres pasos y cada paso dura lo que dura
un parpadeo. Todo lo que debes hacer es juntar los talones tres veces y
ordenarles a los zapatos que te lleven a donde desees ir.

—Si es así —se alegró la niña—, les pediré que me lleven de inmediato

back to Kansas at once."

She threw her arms around the Lion's neck and kissed him, patting his big head tenderly. Then she kissed the Tin Woodman, who was weeping in a way most dangerous to his joints. But she hugged the soft, stuffed body of the Scarecrow in her arms instead of kissing his painted face, and found she was crying herself at this sorrowful parting from her loving comrades.

Glinda the Good stepped down from her ruby throne to give the little girl a good-bye kiss, and Dorothy thanked her for all the kindness she had shown to her friends and herself.

Dorothy now took Toto up solemnly in her arms, and having said one last good-bye she clapped the heels of her shoes together three times, saying:

"Take me home to Aunt Em!"

Instantly she was whirling through the air, so swiftly that all she could see or feel was the wind whistling past her ears.The Silver Shoes took but three steps, and then she stopped so suddenly that she rolled over upon the grass several times before she knew where she was.At length, however, she sat up and looked about her."Good gracious!" she cried.For she was sitting on the broad Kansas prairie, and just before her was the new farmhouse Uncle Henry built after the cyclone had carried away the old one. Uncle Henry was milking the cows in the barnyard, and Toto had jumped out of her arms and was running toward the barn, barking furiously.Dorothy stood up and found she was in her stocking-feet. For the Silver Shoes had fallen off in her flight through the air, and were lost forever in the desert.

a Kansas.

Abrazó al León del cuello y le dio un beso y palmaditas en la cabeza con cariño. Luego le dio otro beso al Leñador de Hojalata, quien lloraba unas lágrimas peligrosas de más para las articulaciones. No obstante, al suave cuerpo de paja del Espantapájaros lo envolvió en los brazos en vez de darle un beso en el rostro de pintura y Dorothy se vio llorando por la despedida dolorosa de sus amigos queridos.

Glinda, la Buena, bajó de su trono de rubíes para darle un beso de despedida a la niña y Dorothy le agradeció por toda la bondad que derramó sobre sus amigos y ella.

Dorothy ahora tomó a Toto en brazos con solemnidad y, habiendo dicho adiós por última vez, chocó los talones de sus zapatos tres veces diciendo:

—¡Llévenme a mi hogar con tía Em!

En un instante estaba girando por los aires tan rápido que todo cuanto pudo ver o sentir fue el viento silbándole en los oídos.

Los zapatos plateados dieron tan solo tres pasos y después Dorothy se detuvo tan de repente que rodó sobre el césped varias veces antes de saber en dónde estaba.

Después de un tiempo, empero, se sentó y miró en rededor.

—¡Por dios! —exclamó.

Pues estaba sentada en medio de las grandes llanuras de Kansas y justo en frente a ella estaba la casa nueva que el tío Henry había construido luego de que el huracán se hubiera llevado la vieja. Tío Henry estaba ordeñando las vacas en el corral y Toto había saltado de los brazos de Dorothy y estaba corriendo hacia el corral, ladrando con locura.

Dorothy se levantó y se dio cuenta de que solo tenía las medias en los pies porque los zapatos plateados se habían caído en su vuelo por los aires y se habían perdido para siempre en el desierto.

Aunt Em had just come out of the house to water the cabbages when she looked up and saw Dorothy running toward her.

"My darling child!" she cried, folding the little girl in her arms and covering her face with kisses. "Where in the world did you come from?"

"From the Land of Oz," said Dorothy gravely. "And here is Toto, too. And oh, Aunt Em! I'm so glad to be at home again!"

CAPÍTULO XXIV — HOGAR OTRA VEZ

Tía Em acababa de salir de la casa para regar las coles cuando levantó la mirada y vio a Dorothy corriendo hacia ella.

—¡Mi niña querida! —gritó, atrapando a la niña en brazos y cubriéndole el rostro de besos—. ¿De dónde saliste?

—Del reino de Oz —explicó Dorothy con severidad—. Y aquí está Toto también. Y, ¡ah, tía Em! Me alegra muchísimo haber vuelto a mi hogar.

ROSETTA EDU

CLÁSICOS EN ESPAÑOL

Esperamos que haya disfrutado esta lectura. ¿Quiere leer otra obra de nuestra colección de *Clásicos en español*?

En nuestro Club del Libro encontrarás artículos relacionados con los libros que publicamos y la literatura en general. ¡Suscríbete en nuestra página web y te ofrecemos un ebook gratis por mes!

Recibe tu copia totalmente gratuita de nuestro *Club del libro* en rosettaedu.com/pages/club-del-libro

ROSETTA EDU

CLÁSICOS EN ESPAÑOL

Una habitación propia se estableció desde su publicación como uno de los libros fundamentales del feminismo. Basado en dos conferencias pronunciadas por Virginia Woolf en colleges para mujeres y ampliado luego por la autora, el texto es un testamento visionario, donde tópicos característicos del feminismo por casi un siglo son expuestos con claridad tal vez por primera vez.

Oscar Wilde escribe una sola novela, *El retrato de Dorian Gray*; ésta fue el objeto de una crítica moralizante mordaz por parte de sus contemporáneos que no pudieron ver que dentro de una trama perfectamente compuesta se escondía toda la tragedia del romanticismo. Cien años después no ha perdido su impacto original y sigue siendo un texto fundamental para los debates sobre la estética y la moral.

Otra vuelta de tuerca es una de las novelas de terror más difundidas en la literatura universal y cuenta una historia absorbente, siguiendo a una institutriz a cargo de dos niños en una gran mansión en la campiña inglesa que parece estar embrujada. Los detalles de la descripción y la narración en primera persona van conformando un mundo que puede inspirar genuino terror.

rosettaedu.com

ROSETTA EDU

EDICIONES BILINGÜES

En una atmósfera constante de misterio y amenaza, *El corazón de las tinieblas* narra el peligroso viaje de Marlow por un río (sin duda el Congo aunque no es nombrado en el relato) africano. Lo que el marino puede observar en su viaje le horroriza, le deja perplejo, y pone en tela de juicio las bases mismas de la civilización y la naturaleza humana.

Durante décadas, y acercándose a su centenario, *El gran Gatsby* ha sido considerada una obra maestra de la literatura y candidata al título de «Gran novela americana» por su dominio al mostrar la pura identidad americana junto a un estilo distinto y maduro. La edición bilingüe permite apreciar los detalles del texto original y constituye un paso obligado para aprender el inglés en profundidad.

En *La señora Dalloway* Virginia Woolf relata un día en la vida de Clarissa Dalloway, una señora de la clase alta casada con un miembro del parlamento inglés, y de un ex-combatiente que lucha contra su enfermedad mental. La innovación de la novela es la corriente de consciencia: Woolf sigue el pensamiento de cada personaje, siendo excelente a la hora de narrar emociones, asociaciones y sentimientos.

rosettaedu.com